# 세븐 블라인드

《세븐 블라인드》는 사회가 애써 외면하는 청소년 문제 7가지를 다루고 있습니다.

사회는 청소년들이 왜 성매매, 도박 중독, 몰카 범죄, 왕따, 사생팬, 자살, 폭력 등의 문제를 겪는지 원인을 제대로 파악하려 노력하기보다 그 문제를 겪는 아이들을 격리시키거나 가해자, 범죄자로 낙인을 먼저 찍으려 합니다. 이번 단편집이 블라인드를 통해 가려진 청소년 문제를 올바르게 볼 수 있는 계기가 되었으면 좋겠습니다. 또한 사회가 그동안 직면하지 못했던 블라인드를 열어 그 안에 있는 아이들이 밝은 빛을 보고, 더불어 세상의 어른도 블라인드를 걷어 아이들의 모습을 제대로 볼 수 있게 되기를 기대해 봅니다. 한 편 한 편 청소년들의 마음을 담아 써 주신 일곱 분의 작가님께 감사의 마음을 전합니다.

**소원라이트나우 01** _____ light now

바로 지금, 용기 내어 이야기하는 청소년들의 가려진 문제를 양지로 이끌어 냅니다.

소원라이트나우 01

# 세븐 블라인드

**초판 1쇄 발행** | 2018년 4월 20일  **초판 5쇄 발행** | 2023년 03월 20일

**글** | 김선희, 나윤아, 문부일, 박하령, 신지영, 양호문, 이송현
**표지 일러스트** | 조현진(HNJN)

**펴낸이** | 이미순 **편집** | 전지애 **디자인** | 토닥
**펴낸곳** | 소원나무
**주소** | 경기도 파주시 회동길 37-20, 202호
**전화** | 031-812-2552 **팩스** | 070-7610-2367
**등록** | 제 406-251002012000220호(2012.12.27)
**카페** | https://cafe.naver.com/swnamu
**블로그** | https://blog.naver.com/swnamupublishing
**페이스북** | https://www.facebook.com/sowonnamu
**인스타그램** | https://www.instagram.com/sowonnamu

ISBN 979-11-86531-67-9 44810
(세트) 979-11-86531-66-2 44800

ⓒ 김선희, 나윤아, 문부일, 박하령, 신지영, 양호문, 이송현, 2018

이 도서의 국립중앙도서관 출판예정도서목록(CIP)은 서지정보유통지원시스템
홈페이지(http://seoji.nl.go.kr)와 국가자료공동목록시스템(http://www.nl.go.kr/kolisnet)
에서 이용하실 수 있습니다. (CIP제어번호: CIP2018011459)

⭷ 도깨비책방 선정도서 | 아침독서 추천도서 | 학교도서관저널 추천도서

🌱소원나무는 한 권의 책 속에 우리의 꿈과 희망을 소중하게, 정성스럽게, 웅숭깊게 담아냅니다.

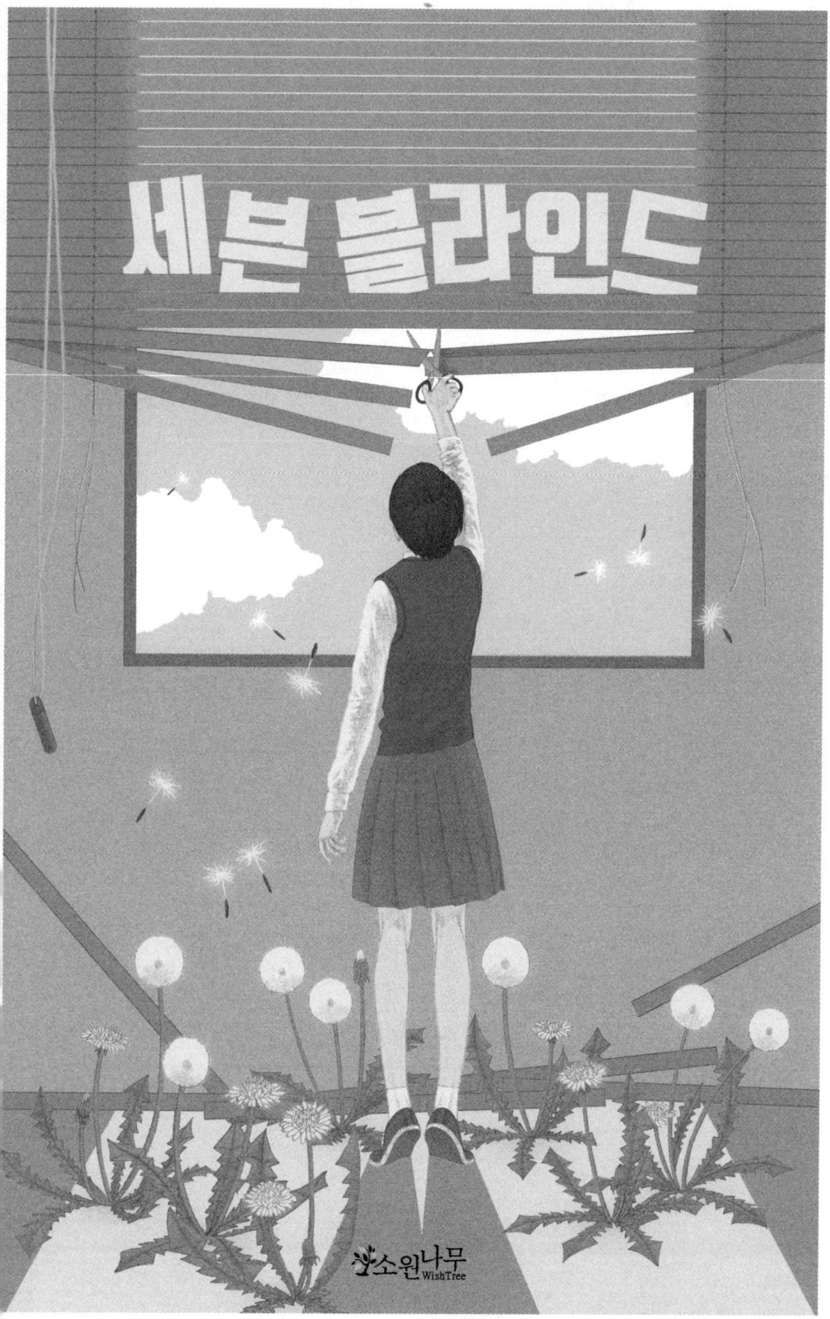
세븐 블라인드
소원나무
WishTree

# 차례

블라인드 1. 성매매

# 그루밍

김선희

<u>김선희</u>
2012년 《열여덟 소울》로 살림 YA문학상을, 2012년 《더 빨강》으로 사계절 문학상 대상을
수상했다. 청소년 문제들을 날카로운 시선으로 잘 표현해 내는 작가이다.

# 그루밍

　"너 누가 저거 사 줄 테니 콩 까자고 하면 할래?"

　서연은 뭔가에 홀린 듯한 눈으로 백화점 쇼윈도를 바라보며 물었다. 눈부시도록 환한 조명이 켜진 쇼윈도 안에는 흰색 티셔츠와 청바지를 입은 마네킹이 무심한 얼굴로 먼 곳을 바라보고 있다. 마네킹 발 옆에는 티셔츠 15만4천 원, 청바지 37만6천 원이라는 가격표가 붙어 있다. 밑단이 뜯어져 실밥이 너덜너덜한 옅은 하늘색 청바지에 군데군데 구멍이 나고 솔기가 바깥으로 나 있는 티셔츠였다. 누가 10년쯤 입고 내버린 것 같은 저 허접한 옷이 한 벌에 50만 원이 넘는다고? 제이는 쇼윈도로 바짝 다가가 가격표를 들여다보며 혀를 찼다. 가격표는 그런 그녀를 비웃기라도 하듯 동그라미가 세 개나 붙은 숫자를 레지옹 도뇌르 훈장처럼 당당하게 달고 있다. 제이는 황홀한 눈으로 마네킹을 보는 서연에게 되물었다.

"넌?"

"당연한 걸 왜 물어?"

제이가 처음으로 '콩 깐다'는 은어를 알게 된 건 중학생 때다. 평소에는 있는 듯 없는 듯 표도 나지 않던 한 아이가 사실은 콩 까기 전문가라는 소문이 반에 퍼졌다. 콩까는 것과 섹스가 어떻게 같은 의미가 된 건지는 몰랐지만, 어쨌든 콩 깐다는 게 섹스를 의미한다는 것을 그때 알았다. 결국 그 아이는 주위의 시선을 견디다 못해 인근 학교로 전학을 갔고, 그 학교에서도 여전히 콩을 깐다는 소문이 공기와 바람을 타고 전해져 왔다.

고등학교에서는 콩을 까는 아이들의 소문이 대수롭지 않았다. 남자아이들은 은밀한 시선을 나누며 콩 깐 얘기를 주고받았고, 여자아이들은 어젯밤 본 드라마 얘기를 하듯 콩 깐 얘기를 떠벌렸다.

원조 교제를 하는 아이는 여러 부류였다. 원조 교제를 해서 남자 친구 용돈을 대 주는 아이, 화장품이나 옷을 사는 아이, 수업료를 내는 아이 등 집이 가난하거나 결손

12

가정인 아이도 있었고 평범한 가정에서 살고 있는 아이도 있었다. 하지만 명품을 사기 위해 원조 교제를 하는 아이는 서연밖에 없었다.

서연의 명품 사랑은 유별났다. 서연이 머리부터 발끝까지 걸치고 입고 신고 멘 것들은 거의 다 명품이었다. 심지어는 속옷까지도 값비싼 브랜드였다. 서연은 명품을 사기 위해 수단과 방법을 가리지 않았다.

서연이 처음 원조 교제를 하게 된 것은 몽클레르 패딩 때문이다. 서연은 그 옷을 사지 못해 안달이 났다. 하지만 그 옷을 사려면 몇 달치 용돈을 한 푼도 안 쓰고 모아야 했다. 결국 재팅앱을 통해 만난 오십 대 아저씨와 원조 교제를 했고, 그토록 원하던 몽클레르 패딩을 손에 넣었다. 서연이 검은색 몽클레르 패딩을 입고 나타나 패딩 어깨에 묻은 먼지를 톡톡 털며 말했다. 처음이니까 세게 불렀어. 이 옷 인터넷에서 사도 백만 원이 넘어.

"저 옷이 지금 할리우드 여배우들 사이에서 가장 핫한 아이템이야. 아, 졸라 사고 싶다."

서연은 불닭면 뚜껑을 두 손으로 꼭꼭 누르며 백화점 쪽을 바라보았다. 편의점 앞에 놓인 플라스틱 탁자에는 누가 버리고 간 삼각 김밥 비닐과 바나나 우유 통이 나뒹굴었다. 제이는 서연이 보고 있는 곳을 따라 보았다. 멀리 보이는 백화점 쇼윈도가 비현실적으로 밝았다.

초등학교 때부터 제이와 서연은 단짝 친구였다. 하지만 학교 밖에서 서연과 만난 적은 거의 없었다. 학교 수업이 끝나면 교문 밖에는 늘 서연의 엄마 차가 대기하고 있었다. 초등학교 때부터 그랬다. 수업이 끝난 서연을 학원으로 실어 나르는 일이 서연 엄마의 유일한 일과였다. 서연 엄마는 서연에게 모든 시간을 올인했다. 초등학교 때는 미술이나 피아노, 바이올린, 수영 같은 예체능 학원을 순례했고, 중학교 때는 수학이나 영어, 논술 학원을 순례했다. 끼니는 차 안에서 대충 김밥으로 때웠고, 밤 10시나 되어서야 집으로 돌아오면 12시까지 또 인강을 들으며 공부했다. 토요일, 일요일에는 아침부터 밤까지 강남에 있는 유명 강사에게 개인 과외도 받았다.

서연의 말에 의하면 그때 엄마는 거의 미친 사람 같았다고 한다. 나는 조그만 상자를 갖고 있는데 엄마는 나를 공룡으로 생각했어. 공룡한테 자꾸만 그 조그만 상자에 들어가라고 하는 거야. 나는 절대 들어갈 수 없는데 자꾸 들어가래. 팔다리와 허리를 최대한 구부려서 들어가려고 하는데 안 들어가져. 팔을 자르고 다리를 자르고 몸통을 다 잘라 내도 못 들어가는데, 엄마는 다 잘라 내는 한이 있어도 들어가래.

서연이 작은 상자에 들어가기 위해 팔다리를 잘라 내려고 하는 그 자리에 제이가 있었다. 중학교 2학년 때다. 화장실에 간 서연이 쉬는 시간이 끝나 가는데도 오지 않았다. 제이는 서연을 찾으러 화장실에 갔다. 맨 마지막 칸 문이 안에서 굳게 잠겨 있었다. 제이는 문을 두드렸다. 서연이 안에 있니? 이러다 종 치겠다. 빨리 나와. 안에서는 아무 소리도 들리지 않았다. 그런데 화장실 바닥으로 붉은 피가 흘러내렸다. 제이는 화장실 변기 위로 올라가 옆 칸을 내려다보았다. 옆 칸에는 서연이 두 팔을 축 늘어뜨린 채 변기에 앉아 있고 바닥에는 커터 칼이 떨어져 있었다. 제이는 칸막이를 넘어갔다. 서연의 손목에서 피가 뚝뚝 떨어졌다. 제이는 당황했지만 침착하게 입고 있던 속옷을 찢어 피가 흐르는 서연의 손목을 묶었다. 피가 스며들어 하얀 천이 금세 붉은색이 됐다. 제이는 서연의 어깨를 잡고 흔들었다. 서연아. 정신 차려. 서연이 간신히 눈을 떴다. 서연은 초점 없는 눈동자로 제이를 바라보았다. 나, 이렇게 노력했는데도 상자에 들어갈 수가 없어. 어떡하지? 내가 살려면 난 죽어야 돼. 이 방법 밖에 없어.

서연은 그 뒤로도 여러 번 살기 위해 죽으려고 했지만 그때마다 실패했다. 서연은 영혼이 없는 좀비 같았다. 좀비가 인간으로 돌아오는 유일한 순간은 자신의 몸에 상처를 낼 때뿐이었다. 서연의 상처를 알고 있는 유일한 사람이 제이였고, 서연이 죽지 않고 버틸 수 있던 것도 옆에 제이가 있었기 때문이다. 자신의 상처를 알고 있는 유일한 친구. 서연에게 제이는 친구 이상의 동지이자, 어쩌면 생명의 은인이었다.

머리가 포화 상태가 되어 버린 서연은 공부를 중단하고 말았다. 성적은 계속 내려가고 서연 엄마의 성화는 극에 달했다. 서연을 방에 가두고 굶기고, 용돈을 끊고 때리고 욕을 하고 또 서연에게 눈물을 흘리며 애원을 해도 성적은 계속 내려갔다. 바닥에 가까운 등수가 찍힌 성적표를 받아 든 엄마는 그제야 서연의 성적에 대한 욕망을 포기했다. 엄마에게는 사형선고나 다름없었다.

서연은 공부를 포기하고 명품에 집착했다. 처음에는 페라가모 지갑부터 시작하더니 옷으로, 가방으로, 신발로 넓혀졌다. 용돈이 턱없이 부족하자 결국 원조 교제까지 하게 되었다. 서연의 원조 교제를 제이가 말리지 못한 건 그렇게 해서라도 서연이 살아 있는 게 다행이라고 생각했기 때문이다. 물론 서연의 엄마는 서연의 원조 교제 사실을 꿈에도 모른다. 서연을 포기한 뒤로는 해외여행에 취미가 생겨 일 년에 반 이상을 해외에서 보낸다.

서연이 백화점 쇼윈도에 걸린 옷에 정신이 팔려 있는 동안 제이는 자신의 지갑에 정신이 팔려 있었다. 지갑에는 동전 몇 개와 잔액이 0인 티머니 카드 한 장. 그리고…….

"내가 사 줄 수 있는데."

뒤에서 웬 남자 목소리가 들렸다. 서연과 제이는 동시에 뒤를 돌아보았다. 말끔한 양복을 차려입은 중년 남자가 싱글싱글 웃으며 서 있었다. 나이는 사십 대 후반에서 오십 대 초반쯤. 얼굴에 주름은 없지만 반백의 머리가 나이를 가늠할 수 없게 하는 외모였다.

서연이 날카롭게 쏘아붙였다.

"뭐예요?"

남자는 느끼한 미소를 지으며 말했다.

"내가 사 줄 수 있다고. 그 옷."

"그 말 진짜죠?"

"지금 당장 가서 사면 믿겠니?"

서연이 급히 탁자 위에 있던 휴대전화와 지갑을 가방에 넣고 의자에서 일어났다. 제이도 놀라서 따라 일어났다. 서연이 제이 귀에 대고 속삭였다.

"사실은 저 아저씨 아까 백화점에서부터 우리를 따라왔어. 내가 하는 말 다 들었을 거야. 그래서 더 크게 말했어. 내가 놓은 미끼에 걸려든 거지. 나 먼저 갈게. 넌 집에 갈 거야?"

"응? 응."

남자가 흔들리는 눈빛으로 주위를 두리번거리며 먼저 백화점 쪽으로 걷기 시작했다. 서연은 제이에게 손을 흔들며 총총걸음으로 남자를 따라갔다.

제이는 불닭면 뚜껑을 열었다. 면이 퉁퉁 불어 통 안에 가득 차 있었다. 젓가락으로 면과 소스를 섞은 뒤 붉은 면을 한 젓가락 입에 넣었다. 매운맛이 입안에 가득 찼다. 면은 씹을수록 매웠다. 단숨에 불닭면 하나를 먹고 나서 서연이 남긴 불닭면까지 먹어 치웠다. 입안에 아무 감각이 없었다. 머리카락이 간지러웠다. 머리를 박박 긁었다. 손톱 밑에 땀이 가득 찼다.

서연은 채팅으로 원조 교제를 하면서 몇 번 위험한 일을 겪었다. 변태한테 걸려서 죽을 뻔한 적도 있고, 돈을 떼먹고 도망간 늙은 남자도 있었다. 만족하지 못했다며 돈의 절반을 돌려 달라고 협박하는 중년 남자도 있었고, 십 대 남자애들한테 잘못 걸려 팔려 갈 뻔한 적도 있었다. 하지만 그때마다 서연은 살아남았고 더 강해졌다.

　산다는 건 무언가를 사고파는 행위의 연속인 거야. 파는 게 무형의 것일 수도, 사는 게 유형의 것일 수도 있어. 혹은 그 반대일 수도 있고. 혹은 그 반대의 반대일 수도 있어. 어쨌든 중요한 건 인간은 쭉 물물교환을 통해 역사를 이어 왔다는 거. 내게 필요 없는 걸 팔고 내가 필요한 걸 사는 거야말로 인간에게 가장 필요한 경제활동 아니겠니? 난 그렇게 생각해. 순결이라든가, 성이라는 거 나한테는 필요 없는 거야. 또 판다고 해서 나한테 손해나는 것도 아니고. 그 대신 나는 내가 원하는 유형의 물건을 얻을 수 있지.

　자주 손목을 긋던 중학생 서연은 원조 교제를 해서 명품을 사는 고등학생 서연으로 완전히 바뀌었다. 그래도 제이에게 서연은 여전히 서연이었다.

　제이는 지갑을 꺼냈다. 처음 집을 나올 때 지갑에는 전

재산이 들어 있었다. 그래 봐야 몇만 원도 안 되는 돈이다. 그 돈으로 아낄 수 있을 만큼 아껴서 살았다. 저녁은 삼각 김밥에 생수를 먹고 잠은 찜질방에서 해결했다. 돈은 얼마 지나지 않아 떨어졌다. 그다음부터는 거의 노숙자처럼 살았다. 대체로 굶고 가끔은 거리에서도 잤다. 서연에게 명품옷이 채워야 할 욕망이라면 제이에게는 배고픔과 누워야 할 잠자리가 욕망이었다. 그렇다고 서연처럼 원조 교제를 해서 돈을 벌고 싶은 생각은 없었다. 너의 욕망과 나의 욕망의 거리에 대해서 생각했지만 제이는 굳이 그 거리에 불만은 없었다. 인간은 누구나 자기에게 맞는 욕망의 그릇을 갖고 있는 거라고 언니가 말했다.

욕망은 빵 반죽 같은 거야. 처음에는 부풀어 오르지 않다가 불 속에 넣으면 마구 부풀어 올라서 그릇 밖으로 튀어나와. 그래서 처음부터 부풀어 오르는 크기에 맞는 그릇에 넣어야 해. 또 딱 부풀어 오를 만큼만, 그릇 크기만큼의 반죽을 해야 해. 내가 빵을 구우면서 배운 게 뭔지 알아? 바로 내 욕망과 그 욕망을 담을 그릇의 크기를 맞추는 일이었어. 그건 하루아침에 되는 일이 아냐. 한두 번 해서 되는 일도 아니고. 무수히 많은 시간 동안 무수히 많은 실패를 거쳐 터득하게 되는, 삶의 진리라고나 할까. 나는 지금도 여전히 실패하고 있지만 리스크를 줄여 나가는 일만큼은 보람이 있다고 생각해.

집에서 나온 뒤 딱 한 번 언니가 일하는 빵집에서 언니를 만났다. 언니는 밀가루가 잔뜩 묻어 있는 손으로 커피와 오렌지 주스 잔을 들고 주방에서 나왔다. 언니는 열심히 빵 만드는 기술을 배우는 중이라고 했다. 기술 다 배우고 돈 벌면 너 그 집에서 데리고 나올게. 조금만 참아. 내가 원룸이라도 얻을 테니까 그때 같이 살자. 그러면서 언니는 망친 빵을 잔뜩 싸 주었다. 밍밍하고 타고 짜고 쓰고 너무 단, 이상한 빵들이었다. 제이는 그 빵을 맹물과 같이 먹으며 언니가 데리러 와 주기를 기다렸다.

그게 벌써 두 달 전 일이다.


제이는 지갑에서 쪽지를 꺼냈다.

연남동 45-1 다정빌라트 203호.

다정빌라트는 다세대주택들이 레고 블록처럼 일정하게 서 있는 주택가 안쪽에 있었다. 다정빌라트라는 이름에 걸맞지 않게 전혀 다정해 보이지 않는 썰렁한 건물이었다. 제이는 현관문 비밀번호를 누르고 2층 203호로 올라갔다. 회색 쇠문에 붉은색 도어록이 달려 있는 203호

앞에서 깊게 숨을 들이마시고 느리게 내뱉었다. 비밀번호 0524. 제이는 굳게 닫힌 도어록을 바라보기만 할 뿐 선뜻 비밀번호를 누르지 못했다.

파파를 알게 된 건 집에서 나온 뒤 찜질방과 피시방을 전전할 때다. 단순히 호기심 때문에 서연이 주로 이용하는 채팅 사이트에 가입했다. 채팅 사이트는 남자는 유료지만 여자는 무료였다. 게임과 동호회, 카페와 채팅, 쪽지 기능이 있어서 하루에도 수천 명의 이용자들로 북적거렸다. 가입 절차는 단순했다. 서연이 하던 대로 성별 여자, 나이 20세, 키 165, 몸무게 47 등 몇 가지 키워드를 입력했다. 그러자 순식간에 쪽지들이 날아왔다. 사이트 대문에 있는 '건전하고 유쾌한 만남의 장'이라는 문구와는 달리 쪽지 내용은 조건 만남을 원한다는 내용이 대부분이었다.

-- 조건 만남?
-- 쌔끈한 대화할래?
-- 20만+알파!

그중 몇 명과 채팅을 했다. 채팅 내용은 끔찍했다. 자신을 이십 대 강남 금수저라고 소개한 남자는 돈은 얼마든지 줄 수 있으니 꼭 팬티스타킹을 신고 나오라고 했다. 욕을 좋아한다는 삼십 대 돌싱남도 있었다. 밤새도록 차진 욕을 해 주면 돈을 두 배로 주겠다고 했다. 육십 대 남자는 한 달에 2백만 원을 줄 테니 정기적인 만남을 갖자고 제안했다. 채팅을 하는 동안 총알처럼 계속 쪽지가 날아왔다.

제이는 모든 쪽지를 무시했다. 채팅을 하려면 멘탈을 단단히 잡아 두라는 서연의 말이 이해가 됐다. 쪽지 열 개 중 아홉 개는 조건 만남을 원하는 내용이었다. 상대 남자들은 지금 당장 만나서 섹스를 하지 않으면 지구가 멸망하기라도 할 것처럼 다급했다. 그런데 열 개 중에 한 개에 해당하는 쪽지가 날아왔다. '파파'라는 아이디를 쓰는 남자였다.


— 아직 어린 학생인 거 같은데 이런 데 오면 안 돼.

— 저 안 어리거든요.

— 너 고등학생이지?

— 아니라니까 그러시네.

— 이런 더러운 데 오지 마.

여기 계속 있다간 네 삶이 망가져.

— 무슨 상관?

— 오빠 같아서 하는 말이야. 새겨들어.

— 언제 봤다고 오빠?


제이는 채팅을 하는 남자들이 오로지 조건 만남을 목적으로 여자들에게 접근한다고 생각했다. 그런데 파파라는 아이디를 쓰는 남자는 달랐다. 파파는 자신을 직장에 다니는 평범한 남자라고 소개하며 대화나 하자고 했다.

제이는 채팅 사이트에 들어가 자주 파파와 대화했다. 그때마다 그는 밥은 먹었는지, 오늘은 잘 지냈는지 안부를 물었다. 제이는 자기를 속속들이 꿰뚫어 보고 있는 듯한 파파에게 마음을 열었다.


— 고백할 게 있어요.

— 뭔데?

— 저 사실 집에서 나왔어요.

— 짐작하고 있었어.

— 어떻게요?

— 왠지 네 글에서 느껴졌어.

상처받은 한 마리 노루 같았거든.


제이는 상처받은 한 마리 노루라는 글자를 보다 피식 웃었다. 선사시대에나 쓰던, 이런 고리타분하기 짝이 없는 표현이라니. 이 오빠 좀 웃긴다.


— 언제든 내 도움이 필요하면 말해.
　돈이 필요하면 부쳐 줄게.
— 이유 없는 선심은 노땡큐네요.
— 날 믿지 않는구나. 좋아, 그 자세.
　앞으로도 계속 그래야 해. 아무도 믿으면 안 돼.
　특히 남자들. 남자는 모두 짐승이거든.
— 저한테 왜 이러세요?
— 뭐가?
— 저를 모르시잖아요.
　근데 왜 저한테 친절하신 건데요?


한참이 지난 후 제법 긴 문장이 채팅창에 떴다.


— 내가 고등학교 때 가출한 적이 있었어.

추운 겨울이었는데 노숙자처럼 거리에서 지냈지. 추위는 어떻게든 견디겠는데 배고픔은 정말 참기 힘들더라. 어느 날은 배가 너무 고파서 거리에 주저 앉아 있는데 지나가던 차가 내 옆에서 멈췄어. 차 안에서 어느 아저씨가 내리더니 나를 국밥집으로 데리고 가서 따끈한 국밥을 사 주더라. 난 순식간에 두 그릇이나 해치웠지. 아저씨가 헤어질 때 내 손에 돈을 쥐어 주며 지금 당장 집에 들어가라고 하셨어. 그리고 나중에 어른이 됐을 때 나처럼 불행한 청소 년을 만나면 똑같이 갚으라고, 그러면 된다고 하셨 어. 그 뒤로 난 그분의 은혜를 갚으며 살고 있어. 언 제든 내 도움이 필요하면 손을 내밀어. 세상은 아직 살 만한 곳이라는 걸 보여 주고 싶으니까.

제이는 한참 동안 채팅창을 뚫어져라 바라보았다.

— 부탁인데 집에 들어가라는 말은 하지 말아 주세요.
— 알았어.
— 고마워요.
— 그럼 당분간 우리 집에서 지낼래?

난 한 달에 보름은 밤 근무니까 내가 밤 근무 때 가서 자면 돼. 아무도 방해하는 사람 없으니까. 제발 잠이라도 안전하고 편안한 곳에서 자. 이제 곧 날씨도 쌀쌀해질 텐데 이 오빠가 걱정돼서 그래.

제이는 도어록 뚜껑을 위로 올리고 숫자 0, 5, 2, 4를 힘주어 눌렀다. 띠리릭, 암호가 풀리고 비밀의 문 빗장이 열리는 소리가 났다.

갑자기 숨이 끊어질 것처럼 호흡이 가빠졌다. 입을 벌려 느리게 공기를 집어삼키고 배에 힘을 주어 내뱉었다. 먼지로 가득 차 있는 심장이 뻥 뚫리는 것 같았다. 자주 이랬다. 곧 죽을 것처럼 심장이 꽉 막힌다거나, 손에 잡힐 만큼 심장이 세게 뛰기도 했다. 그때마다 지금처럼 느리고 깊게 심호흡을 하면 곧 괜찮아졌다.

제이는 안으로 들어갔다. 집 안은 깔끔했고 좋은 냄새가 났다. 작은 크기의 거실 겸 주방으로 쓰는 공간 양쪽에 방이 하나씩 있었다. 작은 방 옆에는 화장실이 붙어 있었다. 거실에는 넓은 창이 있어 햇빛이 풍부했다.

제이는 이곳저곳을 둘러보았다. 아담한 냉장고와 깨끗한 싱크대, 화장실 앞에 놓인 하얀색 발 매트까지. 남자

가 사는 집이라고는 믿어지지 않을 만큼 깨끗하고 깔끔
했다. 냉장고에 노란 포스트잇이 붙어 있었다.

— 냉장고에 피자 있어. 전자레인지에 데워서 먹고
　방에 들어가 아무것도 생각하지 말고 푹 쉬어.

　냉장고를 열어 보니 피자 한 박스와 사과 몇 개, 김치
통과 맥주가 들어 있을 뿐 다른 음식은 없었다. 제이는
피자 대신 사과를 꺼내 옷에 쓱쓱 문지른 뒤 한입 베어
먹었다.
　집 안은 대체로 조용했다. 냉장고 모터 소리가 윙윙윙
윙, 하고 났지만 신경 쓰지 않으면 귀에 거슬리는 정도는
아니었다. 안방에는 침대와 옷장이 있는데 침대 위 이불
은 가지런히 정돈돼 있었다. 작은 방에는 달랑 싱글 침대
하나만 놓여 있었다. 침대 위에는 흰색 여름 이불이 깔려
있었다.
　낯설지만 낯설지 않은 집이네, 하고 생각했다. 집을 나
온 뒤 지냈던 찜질방이나 피시방, 거리의 의자에 비하면
이곳은 천국이었다. 조금 전까지 몸을 굳게 만들던 긴장
감이 풀어지면서 노곤해졌다. 제이는 이불 속으로 들어

28

갔다. 잠이 쏟아졌다. 제이는 사과를 입에 문 채 잠이 들었다.

집이라는 이름의 지옥에서 살면서 한 번도 행복해 본 적이 없었다. 넌 실수로 생겼어. 안 낳으려고 했는데 왜 널 낳았는지 모르겠다. 정말 후회돼. 엄마가 그렇게 말할 때마다 제이는 마음속으로 소리쳤다. 그건 나도 마찬가 지야. 나도 내가 원해서 태어난 게 아닌데, 난 그럼 누구 한테 책임을 물어야 해?

아빠의 폭력은 마치 릴레이 달리기 같아서 1번인 엄마에게서 2번인 언니에게로, 그리고 3번인 제이에게로 이어졌다. 1번인 엄마, 2번인 언니, 3번인 제이는 아빠 앞에 무릎을 꿇고 앉아 짓지도 않은 죄를 빌었다.

"1번. 넌 뚱뚱하고 못생긴 죄로 맞아야겠다."

"미안해, 여보. 제발 때리지 마."

뚱뚱하고 못생긴 죄는 용서받지 못했다. 아빠는 엄마를 때렸다.

"2번. 넌 공부 못하는 죄로 맞아야겠다."

"죄송해요, 아빠. 더 열심히 할게요."

공부 못하는 죄는 용서받지 못했다. 아빠는 언니를 때

렸다.

"3번. 넌 태어나지 말았어야 했는데 태어난 죄로 맞아야겠다."

태어나지 말았어야 했는데 태어난 죄는 용서받지 못했다. 아빠는 제이를 때렸다.

공부를 못하는 죄를 갖고 태어나 삼수를 하고 있던 2번은 다음 날 새벽 사라졌다. 제이는 언니가 세상에서 제일 부러웠다. 마침내 태어나지 말았어야 할 죄를 갖고 태어난 3번에게도 기회가 왔다.

"웃어?"

아빠가 제이를 노려보았다. 제이는 웃지 않았다. 다만 찡그리지 않았을 뿐이다. 아빠에게는 그런 표정조차 자신을 비웃는 것처럼 보였다. 그래, 어디 계속 웃나 보자. 아빠의 주먹이 얼굴로 날아왔다. 몸이 튕겨져 나갈 만큼 강한 펀치였다. 입에서 쇠 냄새가 났다. 몸이 쇳덩어리가 됐으면 좋겠어. 그러면 아프지 않을 테니까. 그렇게 생각하자 정말로 몸이 점점 쇳덩어리로 변해 가는 것 같았다. 핏줄 속에는 차가운 쇳물이 흐르고 뇌는 무겁고 차가운 쇳덩어리로 변하고 팔은 어떤 무거운 것도 들어 올릴 수 있는 무쇠 팔이 되고……. 아픔이 느껴지지 않았다. 웃어? 라는 아빠의 말에 제이는 진짜로 웃, 었, 다.

마지막으로 날린 아빠의 주먹이 제이의 심장을 강타했다. 쫘악, 심장이 반으로 쪼개지는 소리가 났다. 제이는 일어나지 않았다. 이번엔 며칠짜리일까. 한번은 팔이 부러져 뼈가 아무는 기간 동안 맞지 않았다. 얼굴에 멍이 생겼을 때는 멍이 희미해질 때까지 잠잠했다. 이번에는 심장이라 표가 나지 않았지만 제이는 일어나고 싶지 않았다. 겉으로 멀쩡해 보이자 아빠는 발로 제이 가슴께를 짓밟기 시작했다. 제이는 기절한 척했다. 흰자위를 허옇게 드러내고 입을 벌렸다. 그제야 아빠의 발길질이 멈췄다.

엄마가 쓰러진 제이를 부축해 방으로 데리고 들어갔다. 푹 자. 그럼 다 괜찮아질 거야. 엄마 입에서 알코올 냄새가 났고 눈동자는 마약중독자처럼 흐릿했다. 하지만 제이는 잠들지 않았다. 다 괜찮아질 거라는 엄마의 말에 더는 속지 않기로 했다. 평생 속았으면 됐지. 제이는 새벽 2시에 짐을 쌌다. 교복을 챙길까 말까 고민하다 쇼핑백에 구겨 넣었다. 현관문을 열고 엘리베이터를 타고 내려와 택시를 탄 뒤 아빠 엄마의 전화번호를 수신 차단했다. 이제 됐어? 좋아? 언니를 내쫓고 나도 내쫓으니까 좋아 죽겠지?


　파파 집에서의 생활은 그런대로 편안했다. 파파는 제이가 학교에 등교한 뒤에 들어와 잠을 자고, 제이가 들어가는 밤에는 이미 출근하고 없었다.

　파파는 보이지 않았지만 파파가 남기고 간 흔적을 느낄 수 있었다. 거품이 묻어 있는 비누, 샤워하고 난 뒤 바닥에 떨어진 짧은 머리카락, 물이 반쯤 줄어 있는 생수병, 바닥에 찍혀 있는 커다란 남자 발자국, 공기 속에 묘하게 남아 있는 체취까지……. 어제와는 조금씩 다른 오늘의 흔적을 보고 느끼며 이 기묘한 동거가 주는 짜릿함을 만끽했다.

　제이는 일찍 일어나 밥을 하고 냉장고에 있는 김치로 김치찌개를 끓였다. 식탁에 상을 차려 놓고 편지를 썼다.


　― 오빠. 솜씨는 없지만 식사 준비를 해 놨어요.

　　늘 감사해요.


　밤에 들어와 보면 밥과 찌개는 비워져 있고 만 원짜리 두 장이 놓여 있었다.

— 고마워. 잘 먹었어.

용돈 놓고 갈 테니 필요한 거 있으면 사.


제이는 파파가 준 돈으로 장을 봐서 정성껏 음식을 만들었다. 누군가를 위해 요리를 한다는 게 즐거웠다. 파파가 벗어 놓은 빨래를 했고, 파파의 발자국이 찍힌 바닥을 닦았다. 혼자 밥을 먹을 때는 파파와 함께 먹고 있는 듯한 연대감을 느꼈다. 이 집이 그의 집이 아니라 우리 집이라는 느낌이 들어 좋았다.

파파의 밤 근무가 끝나는 날, 제이는 하루 종일 안절부절못했다. 파파를 만나는 게 기대되기도 했지만 다른 한편으로는 두려웠다. 밤늦게까지 도서관에서 공부를 한 뒤에도 동네를 몇 바퀴 어슬렁거리다 겨우 현관문 비밀번호를 눌렀다.

현관에 남자 구두가 놓여 있었다. 제이의 심장이 또 뛰기 시작했다. 길게 심호흡을 하고 있는데 한 남자가 방에서 나왔다. 호리호리한 체형에 잘생긴 젊은 남자였다. 그동안 수없이 상상했던 얼굴과 눈앞에 있는 얼굴은 전혀달랐다. 구체적인 얼굴을 상상했던 건 아니지만 상상 속의 파파는 구체적인 형상이 없고 키다리 아저씨 같은 이미지로만 존재했다. 하지만 눈앞에 있는 파파는 진짜 사람이었다. 진짜 사람이 뭐 어때서, 당연한 거 아냐? 라고 생각하다가도 상상과 현실의 거리 때문에 제이는 어리둥절한 상태로 서 있었다.

파파가 씨익 웃으며 들어오라고 손짓했다. 제이는 그제야 신발을 벗고 안으로 들어갔다. 파파가 머그잔에 코코아를 타서 제이에게 내밀었다.

파파는 제이를 한참이나 뚫어져라 바라보았다. 제이는 고개를 숙인 채 머그잔만 만지작거렸다.

"그냥 친오빠라고 생각하고 맘 편히 있어. 서로의 프라이버시는 철저히 지키자. 오케이?"

파파는 제이의 어색함을 풀어 주려는 듯 자기가 어디에서 태어났는지, 어릴 때는 얼마나 개구쟁이였는지, 청소년 시기에는 얼마나 심한 반항을 했는지, 겨우 마음을 잡기까지 얼마나 끔찍한 시간을 견뎌 냈는지, 지금 다니고 있는 회사에 들어가기 전까지 얼마나 많은 이력서를 썼는지, 밤낮이 바뀌는 근무 환경 때문에 연애 한 번 못해 보고 얼마나 외로운지를 쉬지 않고 말했다. 제이는 파파의 말에 빠져들었다. 좋은 사람 같아. 파파의 맑은 눈을 보며 그렇게 생각했다.

낮 근무 기간 동안 파파와 함께하는 시간이 많아졌다. 함께 저녁을 먹고 각자의 방으로 들어갔다. 세상은 아직 살 만한 곳이라는 것을 너한테 보여 주고 싶다는 말을 증명이라도 하듯 파파는 제이를 마치 오랜 식구처럼 편하게 대했다.

　아침이면 둘이 간단한 식사를 하고 파파는 출근을, 제이는 등교를 했다. 제이는 집에 올 때 간단하게 장을 봐서 저녁 식사를 준비했다. 반찬이 맛있다고 파파가 칭찬해 줄 때면 어깨가 으쓱해졌다. 파파는 넉넉지 않은 생활비를 주는 걸 미안해했고 제이는 더 맛있는 음식을 만들어 주지 못해 미안했다.


　— 오늘 일찍 들어갈게. 외식하자. 영화도 보고.


　그동안 파파와 한 번도 밖에서 만나거나 함께 외출을 한 적이 없었다. 그런데 오늘 웬일인지 파파는 외출을 하자고 했다. 제이는 깔끔한 옷을 입고 새빨간 립스틱을 바르고 긴 머리에는 헤어 롤을 말았다. 외출 준비를 하며 설레는 자신을 발견하고 제이는 깜짝 놀랐다. 내가 왜 이러지? 혹시 오빠를 좋아하나? 그런 생각을 하자 얼굴이

후끈거려 재빨리 화장을 지우고 머리를 풀었다.

파파는 저녁 8시가 넘도록 들어오지 않았다. 연락도 없었고 제이가 보낸 메시지도 확인하지 않았다. 제이는 초조하게 파파를 기다렸다.

밤 12시가 다 될 때까지 파파는 감감무소식이었다. 혹시 사고가 난 게 아닐까? 지금쯤 어느 병원 응급실에 누워 있는 거 아냐? 아니면 휴대전화를 잃어버렸나? 별의별 생각이 다 들었다.

새벽 1시가 다 됐을 때 현관문이 열리는 소리가 났다. 식탁 의자에 앉아 졸고 있던 제이는 깜짝 놀라 일어났다. 파파는 인사불성이 될 정도로 취해서 들어왔다. 제이는 파파를 부축해 겨우 침대에 눕혔다.

파파가 술에 취한 목소리로 중얼거렸다. 세상 살기가 왜 이렇게 힘드냐? 회사 다니는 거 너무 고달파서 이젠 못해 먹겠어. 괴롭다, 정말. 제이는 꿀물을 타서 파파 방으로 들어갔다. 계속 혼자 중얼거리던 파파는 꿀물을 단숨에 들이켰다. 파파가 게슴츠레한 눈으로 제이를 올려다보며 혀 꼬부라진 목소리로 말했다.

"오늘 밤 내 옆에 있어 줄래?"

파파가 제이 손을 잡았다. 제이는 놀라서 한 발 뒤로

물러섰다. 파파는 제이 손을 더 힘껏 잡아당겼다. 손에서 느껴지는 간절함. 제이는 그것이 무엇인지 알고 있었다. 위로가 필요한 시간이었다. 제이는 파파 옆에 누웠다.

"힘들어요, 오빠?"

"응. 오늘 회사에서 안 좋은 일이 있었어."

"기운 내요."

"고마워."

파파의 숨소리가 거칠어졌다. 긴장한 제이의 몸이 빳빳하게 굳어졌다. 파파가 한 손으로 제이의 머리칼을 쓸어 올렸다. 제이는 숨을 쉴 수 없었다. 파파의 얼굴이 제이에게로 다가왔다. 술 냄새가 확 풍겼다. 제이는 눈을 감았다. 세계의 끝으로 떨어지는 기분이었다. 한번 들어가면 다시 빠져나올 수 없는, 그런 곳까지 빛의 속도로 빨려 들어가는 기분. 파파는 제이의 옷을 벗기다 말고 침대 머리맡에 있는 탁자로 손을 뻗어 서랍을 열고 뭔가를 꺼냈다. 콘돔이었다. 네 몸은 소중하니까. 이 오빠가 지켜 줄게.

그날 이후 파파는 많은 약속을 했다. 떡볶이 사 갈게. 내일은 바다 보러 가자. 오늘 밤 영화 어때? 하지만 약속은 하나도 지켜지지 않았고, 파파는 그런 약속을 한 것조

차 기억하지 못했다. 집에 있을 때는 대부분 게임을 했고 휴일이면 하루 종일 늦잠을 잤다. 오후 늦게 일어나 짜장 면이나 치킨을 시켜 먹고 또 게임을 했다. 밤이 되면 제 이를 '지켜 주기 위해' 콘돔을 찾았다.

낮 근무에서 밤 근무로, 다시 밤 근무에서 낮 근무로 바뀌는 동안 계절은 여름에서 가을로, 가을에서 겨울로 접어들고 있었다.

제이는 파파가 원하는 날에만 파파 방에 가서 잘 수 있 었다. 파파가 밤 근무를 할 때는 혼자 작은 방에서 잤다. 날씨가 쌀쌀해졌지만 제이 방의 침대는 여전히 여름 이 불이 덮여 있었다. 밤에는 너무 추워 이불로 몸을 돌돌 말아 누에고치처럼 잔뜩 웅크린 채 잠을 잤다. 그래도 추 운 밤이면 옷을 몇 겹이나 잔뜩 껴입었다.

파파는 대체로 제이에게 무관심했다. 늘 불만에 가득 차 있었고, 회사에서 받은 스트레스로 폭발 직전일 때가 많았다. 그때마다 파파는 제이를 호출했다.

그런 날이 계속됐다. 제이를 그림자 대하듯 무관심하 게 대하는 날들, 추위에 떨며 여름 이불을 돌돌 말고 자 는 추운 밤들. 그러다 불현듯 호출당해 파파 방으로 가는 낮과 밤들. 호출당한 다음 날이면 식탁 위에 어김없이 올려져 있는 만 원짜리 두 장.

한 날은 제이가 용기를 내서 말했다. 오빠……. 파파는 게임을 하느라 컴퓨터에 정신이 팔려 있었다. 추워서 그러는데 겨울 이불을 좀……. 파파는 컴퓨터에서 눈을 떼지 않고 말했다. 제이야. 오빠가 게임할 때는 방해하지 말아 줄래? 우리 서로 프라이버시는 지키기로 했잖아. 나도 지켜 주는데 너도 지켜 줘야지.

언니에게서 전화가 왔다. 언니는 빵 만드는 기술은 다 익혔는데 지금 빵집에서 견습생으로 일하고 있어 월급이 쥐꼬리만큼이라고, 월세 얻을 보증금을 모으려면 몇 달 더 걸릴 테니까 그때까지 참고 기다리라고 했다. 언니는 아빠 엄마 소식도 전해 주었다. 밥 대신 술로 삼시세끼를 해결하던 엄마를 아빠가 정신병원에 강제 입원시키고 결국 아빠는 1번, 2번, 3번을 모두 내쫓은 뒤 혼자만의 왕국에서 잘 살고 있다고 했다. 누구라도 잘 살고 있으면 됐지 뭐. 제이는 시큰둥하게 말했다. 너는? 넌 잘 살고 있어? 언니 목소리에서 잘 익은 빵 냄새가 났다. 이제 언니가 만든 빵은 밍밍하지도 덜 익지도 쓰거나 짜지도 않겠지. 그릇에 딱 맞는 크기의 빵 반죽을 만드는 것도 익숙해졌을 거야. 제이는 코끝으로 전해지는 진한 빵 냄새를 맡으며 대답했다. 걱정 마, 언니. 난 괜찮으니까.

서연은 빨간 털모자를 쓰고 롱패딩을 입고서 커다란 트렁크 두 개를 끌며 카페로 들어왔다. 제이는 카페 입구로 달려가 트렁크를 끌고 자리로 돌아왔다. 트렁크는 바퀴가 달려 있는데도 묵직했다.

"많이 기다렸어?"

몇 달 만에 보는 서연의 뺨은 찐빵처럼 잔뜩 부풀어 있었다.

"나도 방금 왔어."

서연이 패딩을 벗었다. 두툼한 지프 후드티에 딱 붙는 쫄바지를 입고 있었다. 넉넉한 사이즈의 지프 후드티가 꽉 낄 정도로 배가 불룩했다.

"많이 나왔지?"

서연이 배를 어루만졌다. 자꾸 발로 쳐서 깜짝깜짝 놀라. 만져 봐. 제이는 서연의 옆자리로 가서 조심스럽게 서연의 배 위에 손을 얹었다. 배가 꿀룩거렸다. 제이는 깜짝 놀라 재빨리 손을 뗐다. 하하. 그거 우리 사랑이가 답답해서 몸부림치는 거야.

서연이 임신 사실을 알려 온 건 2학기가 시작되고 얼마 지나지 않았을 때다. 여름방학에 만났을 때까지만 해도 서연은 자신의 임신 사실을 몰랐다. 어쩐지 생리를 몇 달간 안 한다 했어. 서연은 다른 사람 얘기하듯 임신 사실을 알리며 쓸쓸하게 웃었다. 웃어? 지금 웃음이 나와? 제이는 어이가 없고 화가 나서 목소리를 높였다. 그럼 우냐? 그렇게 말하며 서연은 또 웃었다. 내가 살려면 난 죽어야 돼. 손목을 그은 뒤 뚝뚝 떨어지는 피를 보며 지어 보이던 그 서늘한 웃음과 같았다. 아빠가 누구냐고 물었지만 서연은 말하지 않았다. 그게 뭐가 중요하냐고, 알 수도 없지만 어차피 알아봤자 피차 모두가 불행하기만 하다고 아예 처음부터 모르는 게 낫다고 제법 결연하게 말했다. 서연은 태명을 사랑이라고 지었다. 통화를 할 때마다 사랑이 얘기만 했다.

카페에 있는 동안 손님들이 계속 들어왔다. 인터넷 중고 시장에 낸 광고를 보고 온 손님들이다. 서연의 가방에서 명품이 계속 나왔다. 손님들은 주로 젊은 여자들인데 보석을 감정하듯 물건들을 꼼꼼히 살펴보았다. 서연은 마치 이런 날을 예견이라도 한 것처럼 손님들에게 보증서와 더스트백도 챙겨 주었다. 서연은 능숙하게 가격 흥정을 했다. 서연이 평소에 '아가들'이라고 부르던 명품옷과 신발들이 속속 분양돼 새 주인을 찾아갔다. 몇 시간만에 두 개의 트렁크가 텅 비었고 파우치에는 돈이 가득 찼다. 그 돈으로 사랑이 젖병도 사고 이불도 사고, 사랑이와 함께 살 방도 얻을 거라고 했다.

서연은 아기를 낳기 전에 마지막으로 놀고 싶다고 했다. 두 사람은 카페에서 나와 노래방에 갔다. 서연은 노래방에 들어가자마자 노래 책도 보지 않고 외워 둔 번호를 눌렀다. 아이유의 〈언제쯤이면〉이었다.

언제쯤이면 언제쯤이면 언제쯤이면 외롭기만 하는 지금. 그리고 행복했었던 우리. 언제쯤이면 네 앞에 서서 아무렇지 않은 척 웃음 보일까.

아이유만큼은 아니지만 서연이 부르는 노래는 애절했다. 아이유 광팬인 서연은 다섯 곡이나 아이유 노래를 더 불렀다. 빠른 노래도 이상하게 서연이 부르면 슬펐다.

마이크를 내려놓고 서연이 소파에 털썩 앉았다. 제이가 번호를 누르고 마이크를 잡았을 때 서연은 놀라고 기대된다는 얼굴로 제이를 쳐다보았다. 함께 노래방에 가면 서연이 주로 노래를 불렀고 제이는 부르지 않았다. 아는 노래도 없었지만 노래 실력이 형편없었기 때문이다. 그런데도 디에이드의 〈겨울소나기〉라는 노래는 제이가 혼자 있을 때 자주 흥얼거리던 노래다.

유난히 추운 어제의 기억. 참 많은 비가 내렸어. 내 마음속에 예쁘게 지어 놨던 종이집에 비가 내렸어. 날이 추워서 눈이 올 줄 알았어. 니가 오면 너만을 위해 준비했다고. 온 마음 담아 하나하나 쌓아 올렸어. 니가 담길 종이집.

노래가 끝나자 제이는 서연 옆으로 가서 앉았다. 노래방 화면에 에메랄드 빛 바다 위에 떠 있는 작은 방갈로에서 두 남녀가 행복한 표정으로 서로를 바라보는 장면이 흘렀다.

제이와 서연은 한동안 말없이 앉아 있었다. 천장에 달려 있는 미러볼이 돌아가면서 어두컴컴한 노래방 안에 조각난 빛을 흩뿌려 놓았다. 서연은 손을 들어 빛을 잡으려고 했지만 빛은 서연의 손가락 사이를 빠져나가 벽으로, 천장으로, 바닥으로 헤엄치듯 유영했다. 노래방 안이 투명한 바닷속 같았다. 서연의 손가락이 허공에서 빛과 함께 일렁였다. 빛이 물처럼 손가락 사이를 빠져나갔다.

제이는 노래방 구석에 놓여 있는 텅 빈 트렁크를 바라보았다. 트렁크를 끌고 저 에메랄드 빛 바다로 떠날 수도 있을 것 같은데. 그런데 정말 저런 파라다이스가 있기는 한가? 여긴 이렇게 숨이 탁탁 막힐 정도로 답답하고 추운데, 어디로 가면 저런 풍경을 볼 수 있지? 다 거짓말. 힘든 시간이 지나면 좋은 때가 온다는 어른들 말이 거짓말인 것처럼 저런 풍경들도 다 거짓말.

화면은 유럽의 어느 고풍스러운 마을로 바뀌었다. 주황색 지붕에 흰색 담벼락 집들이 옹기종기 모여 있고, 집 발코니마다 예쁜 꽃들이 내걸린 골목으로 가벼운 옷차림의 관광객들이 어슬렁거렸다. 햇살마저도 따뜻하고 포근해 보이는 곳이었다.

서연이 말했다.

"무서워."

다른 방에서 여자애들이 악을 쓰며 노래하는 소리가 들려왔다. 고음 전쟁이라도 하듯 여자애들이 소리를 질러 댔다. 하지만 이 방은 깊은 물속처럼 고요했다.

제이는 서연의 배에 가만히 손을 댔다. 팔딱팔딱, 사랑의 심장이 뛰는 게 느껴졌다. 한 몸에 두 개의 심장이 뛰고 있다니, 기적 같은 일이야. 제이는 배에 대고 나지막한 목소리로 속삭였다.

"사랑아, 엄마가 무섭대. 사실은 이모도 무서워. 근데 사랑이가 있으니까 괜찮아. 우린 이제 가족이 될 거야. 이모가 널 지켜 줄게."

서연이 놀란 얼굴로 제이를 바라보았다.

"같이 살자, 우리."

밤늦은 시각 파파에게서 문자가 왔다.

— 어디니?

제이는 문자를 뚫어져라 들여다보았다. 글자가 날카롭고 차가운 얼음 조각이 되어 살갗을 찌르는 기분이었다. 얼음 조각에 찔린 살갗이 아팠다.

제이는 문자를 지웠다. 문자가 또 왔다.

— 어디 간다 말도 없이 나가면 어떡해? 걱정되잖아.

제이는 이번에도 문자를 지웠다. 문자는 계속 왔다.

— 세상이 얼마나 무서운 곳인데. 빨리 들어와라.

제이는 물끄러미 문자를 내려다봤다. 얼음 조각 같던 글자들이 어느새 녹아 흐물흐물해졌다.

제이는 숨을 깊이 들이마셨다가 한꺼번에 내뱉었다. 배 속에 있던 나쁜 공기가 한꺼번에 훅, 하고 빠져나가면서 숨쉬기가 한결 편해졌다. 두 번, 세 번. 깊은 숨을 들이마시고 내쉰 뒤 파파에게 문자를 보냈다.

— 꺼져 줄래요?

# 괜찮지, 않다.

청소년들이 폭력적인 사회시스템에 대항할 방법은 두 가지밖에 없다. 납작 엎드려 순응하거나 일탈하거나. 청소년의 일탈은 죽을 것 같은 환경에서 살아남기 위한 그들 방식의 처절한 몸부림이다. 그럼에도 사회는 그들에게 '불량'이라는 낙인을 찍어 쓰레기처럼 분리수거해 버린다.

부모라는 이유, 힘이 세다는 이유, 돈이 있다는 이유, 심지어는 나이가 많다는 이유를 가진 어른들은 각양각색의 탈을 쓰고 한 줌도 안 되는 권력을 청소년들에게 마구 휘두른다. 괜찮아, 참고 견디면 괜찮아져, 라는 말은 상처받은 아이들에게 어른이 내뱉는 가장 폭력적인 말일지도 모른다. 마음의 상처는 아무리 오랜 시간이 지나도 결코 괜찮지, 않다.

김선희

블라인드 2. 도박 중독

# 두오를 찾습니다 나윤아

**나윤아**

2010년 제3회 생명문예공모전에서 단편 〈박하사탕을 삼키다〉가 당선되었고, 같은 해 청소년 디지털작가공모전에서 단편 〈아가씨의 올리브〉가 당선되었다. 작품으로는 〈공사장의 피아니스트〉, 〈안녕, 나나〉, 〈미인의 법칙〉이 있다.

# 두오를 찾습니다

Q1. 두오는 어떤 학생이었나요?

A1. 매력적이었지. 내성적이고 조용했지만 분명히 뭔가 매력이 있었어. 글쎄… 그게 뭐였을까? 외모 때문이었을까? 왜, 그 애는 키도 크고, 몸도 좋았잖아. 얼굴도 잘생기고. 말이 별로 없고, 친구가 많지 않았지만 뭔가 건드리면 안 될 것 같은 느낌도 있었어. 아, 어쩌면 그 애가 비밀리에 갬블링 동아리를 운영했기 때문인지도 모르겠네.

A2. 그 애는 좀 독특했지. 친구도 별로 없고 딱히 뭔가에 나서는 일도 없고, 특별한 취미나 관심사가 있는 것 같지도 않고……. 굳이 표현하자면 내성적인 애였는데,

소심한 건 또 아니었을걸? 오히려 살짝 충동적이기도 하지 않았나? 왜 1학년 때는 담임이 지각한 걸로 좀 오래 혼내니까 가방 챙겨서 그대로 교실을 나간 적도 있어. 그리고 겜블링 동아리도 했다면서. 알 수 없는 애야.

A3. 미친놈이지. 학교에서 은밀히 겜블링 동아리를 운영할 생각 자체를 했다는 게……. 흥, 겜블링이라고 좋게 표현했지만 그냥 도박 동아리지 뭐. 근데 그거 알아? 그 동아리에서 같이 정보 교환하면서 모바일 도박하던 애들이 생각보다 엄청 많았던 거? 우리 반에도 대여섯 명 있었대.

Q2. 두오가 사라진 이유가 뭐라고 생각하시나요?

A1. 글쎄……. 왠지 언젠가는 어딘가로 떠날 것 같은 이미지긴 했어. 사는 데 별 흥미를 못 느끼는 것처럼 보였으니까.

A2. 소문으로는 도박 빚이 너무 많아져서 새우 잡으러 갔다고 하던데? 왜 새우잡이 뱃일이 일이 험해서 돈을 많이 준다잖아.

A3. 도박 때문이지 뭐. 토사장[1] 됐다는 말도 있고, 인터넷 도박 폐인이 돼서 피시방에서 산다는 말도 있던

데……. 어찌 됐든 정상적으로 살진 못할 거야. 그 도박 동아리에 있었다는 애들 중 지금 인간 구실 하고 사는 애 별로 없다던걸?

(중략)

Q16. 갬블링 동아리에 가입되어 있던 애들이 누군지 아나요?

A1. 음, 그때 물타기식으로 애들이 모바일 도박을 하던 때라서 여러 명 있었는데 기억이 잘 안 나네. 아, 오혜정! 두오 여자 친구. 예쁘장하고, 활발하고, 그럭저럭 괜찮은 애긴 하지만 말이 직설적이고 좀 싸가지 없었던 애.

A2. 최승덕. 과격한 놈 있잖아. 애들 때리고 다니고 하던……. 어? 2학년 때 최승덕이 6반이지 않았나? 너하고 두오랑 같은 반이었네.

A3. 김유정. 의외지? 두오는 뭔가 독특한 구석이라도 있었지, 김유정은 완전 평범 그 자체니까. 근데 걔도 도박해서 부모님한테 머리 깎였다던데.

---

1 인터넷 도박 사이트를 운영하는 사람을 지칭하는 도박 은어.

내가 두오를 찾겠다고 인터뷰를 할 때, 동창들의 반응은 비슷했다. 처음에는 '아! 그 애 기억하지. 장두오!' 하고 탄성을 터뜨리다가 곧 의아한 표정, 이해할 수 없다는 얼굴을 했다. 그도 그럴 게, 동창들은 내가 고등학교 시절 동안 두오와 어울리는 걸 한 번도 본 적이 없기 때문이다. 그런 내가 스물한 살의 겨울에 갑자기 그 아이를 찾겠다고 나선 것은 누가 봐도 이상한 일이었다.

내가 두오를 찾는 이유를 굳이 말하자면 악몽 때문이다. 고등학교를 졸업한 직후부터 나는 두오가 나오는 꿈을 꿨다. 좋게 표현하면 꿈이고, 솔직히 말하면 악몽이다. 고등학교 2학년 겨울방학, 갑자기 사라진 그 애에 대한 여러 소문이 내 꿈에서는 현실이 되어서 펼쳐졌다. 소문은 여러 가지였다. 인터넷 도박으로 크게 빚을 져서 장기 밀매의 희생자가 되었다는 소문부터 불법 도박장에서 사기를 치다가 손을 날려 먹었다는 소문, 인터넷 도박 폐인이 되어 피시방에서 산다는 소문도 있었다. 어쨌건 내가 처음 꾼 두오의 꿈은 그 애가 열 살의 어린애 모습이 되어서 인형 뽑기를 하는 꿈이었다. 난 그 옆에 가만히 서 있다가 두오한테 돈을 뜯기면서 꿈에서 깼다. 그게 처음이었다. 그 뒤로 그 애가 나오는 꿈을 그렇게 자주, 더욱 괴상하고 우울하게 꾸지 않았다면 두오를 찾는 일은 없었을 것이다.

'악몽 때문에 사람을 찾는다고 하면 다들 나를 미친놈이라고 하겠지.'

점점 심해지는 꿈 때문에 잠을 편히 못 자서 피곤했다. 두오를 찾으면 정말 이 악몽이 끝날까. Q16에 대한 응답을 듣고 겜블링 동아리에 있었다던 최승덕을 만나러 가는 길인데 역시 다 그만두고 싶다는 생각이 들었다.

술집에서 마주한 최승덕은 고등학생 때보다 더 말라 있었다. 나는 그 애의 푹 꺼진 뺨과 날카로워진 턱, 신경질적으로 보이는 눈빛 때문에 곧바로 그 애를 알아보지 못했다. 기분 나쁜 느낌이 풍긴다고 생각했다. 어쩌면 가게의 불그스름한 조명 때문일지도 모른다. 반면에 최승덕은 나를 금세 알아보았다.

"와 씨, 김도경이!"

최승덕이 먼저 이렇게 인사해 준 덕에 난 이 예민해 보이는 청년이 고등학교 시절, 약간은 불량하고 은근히 반항적이던 최승덕이라는 걸 알아볼 수 있었다.

우리는 한동안 고등학교 시절에 대한 이야기로 시간을

끌었다. 최승덕은 이야기를 하는 내내 책상을 토도독 두드린다거나 자꾸 주변을 흘깃거렸다. 꼭 정신이 다른 곳에 가 있는 사람 같았다. 할 얘기가 있는 사람처럼 보이기도 했다. 그러다가 그 애는 갑자기 내 연락에 꽤 당황했던 것을 털어놓았다.

"솔직히 네가 내 번호를 알고 있을 줄은 몰랐다."

사실 난 최승덕의 번호를 몰랐다. 인터뷰를 했던 동창 중 한 명이 알려 준 것이다.

"어쨌거나 이런 게 인연인가 싶다. 우리가 학교 다닐 때 많이 친하진 않았지만, 이런 식으로 얼굴을 보게 된다는 건 다 인연이 있는 거 아니겠냐."

계속 대화에 집중을 못하던 최승덕이 갑자기 말을 줄줄 쏟아 냈다. 덕분에 내 쪽에서도 용건을 꺼낼 기회가 생겼다. 나는 조심스럽게 운을 뗐다.

"그러고 보니 너 걔는 기억나냐? 도박 동아리 하던 애… 두오."

최승덕은 의미를 알 수 없는 표정을 지었다. 입술을 두어 번 달싹거리던 그 애는 화가 난 것처럼 보이기도 하고, 당황한 것처럼 보이기도 했다.

"그 새끼랑 연락되는 놈 있으면 나도 좀 만나서 얘기

해 보고 싶다."

그 뒤로 최승덕은 연거푸 술을 들이켰다. 취기가 돌기 시작한 걸 알았지만 구태여 말리지는 않았다. 이것저것 물어보고 캐내려면 술에 취해 있는 쪽이 더 편하다. 또 학창 시절 두오와 말도 몇 번 안 해 본 내가 왜 갑자기 두오에 대해 묻는지 궁금해하지도 않을 거다. 잔이 비는 족족 술을 채우면서 은근히 질문을 던졌지만 역시 쓸 만한 정보는 거의 없었다. 대부분이 불확실한 소문뿐이었다. 변변찮은 소득에 기운이 빠질 즈음, 최승덕이 갑자기 은근한 어조로 말을 붙였다.

"야, 김도경이 너 혹시 돈 좀 있냐?"

터무니없는 말을 하는 주제에, 술에 진탕 취한 주제에, 발음이 하도 명확해서 되물을 수도 없었다.

"한 6백… 아니 아니, 5백만 원 정도 빌려줄 수 있냐?"

그제야 나는 최승덕이 갑작스럽고 뜬금없는 연락에도 왜 기꺼이 나를 만나겠다고 나왔는지 이해되었다. 저쪽도 용건이 있었던 것이다. 최승덕은 돈 5백만 해 달라는 이야기를 구구절절 사연까지 덧붙여서 늘어놓았다. 요약하자면 이런 내용이다. 고등학교 시절부터 해 오던 도박을 끊지 못해서 지금 쌓인 도박 빚이 1천7백만 원이나 된다. 이래저래 방법을 찾아봤지만 5, 6백만 원 정도의 돈이 모자란다. 도저히 돈 나올 구석이 없어서 죽을까 살까 고민하던 차였다. 그런데 갑자기 동창인 나에게서 연락이 왔고, 친하지도 않은 우리가 이렇게 만나게 된 것은 어떤 인연이 있는 게 아니겠냐는 말이었다. 한심하고도 가여운 이야기였다.

고등학교 시절, 우리 학교에는 도박 동아리가 있었다. 물론 그건 은밀하게 존재하는 불법 동아리였다. 아이들은 알았으나 어른들은 몰랐다. 모바일과 인터넷으로 도박의 접근성이 아주 좋아진 덕에 교실에서도 도박 열풍이 불었지만 어른들은 그 사실에 대해 무지했다. 난 하지 않았지만 그걸 하는 애들이 있다는 건 알았고, 최승덕은 그런 애들 중 하나였다. 두오가 그 동아리의 중심인 물이라는 소문이 있었다. 사실인지는 알 길이 없으나 애들이 모여서 모바일 도박을 하는 자리에 항상 두오가 있던 건 확실했다. 그 동아리에 있던 애들은 스마트폰으로 스포츠 토토, 홀짝 게임, 룰렛, 달팽이 게임, 사다리 타기 같은 도박을 주로 했는데 방법이 간단해서 중독되는 애들이 꽤 많았다. 최승덕도 그중 하나였다. 최승덕은 계속 돈을 빌려 달라는 말을 하면서 자기가 무릎도 꿇을 수 있다며 취해서 흐느적거리는 몸을 움직였다. 난 그 애가 좀 더 취할 때까지 기다렸다가 말이 어눌해질 즈음해서 그 애를 거의 둘러업은 모양새로 가게를 나왔다. 택시 안으로 최승덕을 욱여넣는데 그 애가 갑자기 내 어깨를 콱 잡아끌었다. 귀 언저리에서 킥킥 웃던 그 애는 비꼬듯이 말했다.

"아까 너 두오 소식 물어봤지?"

내 어깨가 경직되는 걸 그 애도 느꼈을 것이다.

"그 새끼도 아마 제대로 된 인간 구실은 못하고 있을 거야. 도박하는 놈들이 다 그렇거든. 하물며 두오 그 새끼는……."

순간 가슴속에서 술기운이 훅 올라오는 것처럼 뭔가가 뜨거웠다. 최승덕의 어깨를 집어 던지듯이 밀쳤다. 그 애는 여전히 웃어 대면서 뒷좌석에 처박혔다. 나는 자꾸 가슴에서 욱하고 치미는 화를 누르려고 일부러 Q16의 다른 대답을 생각했다. 오혜정. 다음에 만날 대상이었다.

고등학교 1학년 때부터 두오와 사귀었다는 오혜정은 내가 누군지 알지 못했다. 그러나 두오를 찾고 있다는 내 말에 인터뷰 제안을 수락했다. 최승덕을 만나고 이틀 뒤에 어느 대학교 근처에서 오혜정을 만났다. 꼭 두오처럼 물기가 어룽어룽한 눈망울을 가진 예쁜 여자애였다. 베이지색으로 염색한 머리카락이 눈에 띄었고, 재잘재잘 말을 잘하는 밝은 분위기의 대학생이었다. 이번 인터뷰 대상이, 최승덕같이 어딘지 찝찝한 몰골을 하고 있지 않다는 것에 일단 감사했다.

"나 사실 두오한테 네 얘기 들은 적 있어, 김도경."

카페에서 음료를 시킨 지 1분 만에 너무 뜻밖의 말을 들었다. 나도 모르게 큰 소리로, "어?" 하고 되물었다.

"별말은 아니었는데… 그냥 어릴 때 친구였다면서. 그래서 네가 두오를 찾는가 보다 했지."

순간 속이 울렁거렸다. 메스꺼운 느낌이었다. 그러나 그건 아주 순간적인 감각이었기 때문에 태연한 척 웃어 보일 수 있었다.

"아, 뭐. 어릴 때 좀 알았지. 넌 두오랑 연락 닿은 적 있어?"

그러자 오혜정은 티 나게 인상을 썼다. 머그잔을 쥔 손에 힘이 들어가는 게 보였다. 잔을 쥔 손끝이 빨개졌다.

"걔 갑자기 사라진 뒤로는 한 번도 연락된 적 없어. 휴대전화 번호도 바꾸고……. 원래 애가 좀 차가운 구석이 있는 줄은 알았지만, 그렇게 싹 잠적해 버릴 줄 누가 알았겠냐고."

"걔 뭐하고 지내는지도 모르지?"

"몰라, 뭐 소문에는 도박 빚 못 갚아서 새우 잡으러 떠났다는 말도 있더라. 하여튼 학생 때부터 도박 못 끊더니 이 사달 날 줄 알았어."

분명히 오혜정도 도박 동아리에 끼어 있던 애라고 들었다. 도박을 너무 남 일처럼 얘기해서 순간적으로 잘못된 정보인가 싶었다.

"너는?"

"뭐?"

"너도 했다던대. 도박."

방금까지 아무렇지 않게 웃고 있던 눈이 치켜세워진다. 한 성질 하는 애라는 증언이 있었는데 과연 그런 모양이다.

"그래도 난 두오가 사라지고 난 뒤에 금방 끊었는데 소문이 나긴 났나 보네. 어차피 그때 우리 학교 애들은 꽤 하고 있었어. 우리 학교만은 아니었을걸? 안 해 본 애들은 모르겠지만 그게 엄청 간단하고 쉬운데다가 강렬하기까지 하거든. 모바일 도박 말이야. 하여튼 나는 사다리 게임으로 10만 원 딴 게 처음이었는데 진짜 짜릿했어. 몇 번 따면 그 기억이 너무 세서 돈 필요할 때쯤 생각이 나더라니까. 그리고 잃으면 잃는 대로 머리가 쭈뼛거리고 다음번엔 꼭 따야겠다는 생각이 들어. 그렇게 잃은 돈이 쌓이면 물러날 수가 없어지는 거지. 그즈음에 가서 갑자기 한 번에 잃은 돈의 50퍼센트 정도 따게 되면 남은 돈도 되찾고 본전도 뽑을 수 있겠다는 이상한 확신이 생겨. 하지만 너도 알다시피 도박은 결국 도박장이 이기게 되어 있는 거잖아? 심지어 불법 모바일 도박인데 오죽하겠니. 나도 5개월 동안 1백8십만 원까지 잃었어. 돈만 잃는 게 아니라 일상생활까지 없어지는 건 당연히 따라오는 덤이고. 도박을 한번 시작하면 자나 깨나, 먹든 마시든 그 생각뿐인걸 뭐."

바이러스 먹은 뇌처럼 온통 그 생각밖에 안 들어, 하고 덧붙인 말은 꽤 실감이 났다.

"아까 말했듯이, 발을 뺀 건 두오가 사라지고 나서부터야."

오혜정은 두오가 사라진 이유가 필히 도박과 관계가 있을 거라고 직감했다. 그게 섬뜩하게 느껴져서 도박을 끊는 데 도움이 많이 되었다고 했다. 그 말을 하고서 오혜정은 잠시 머뭇거렸다. 그 애의 시선이 잠깐 바닥으로 떨어졌다.

"결정적인 이유는 그 섬뜩함 때문이 아니야."

그럼 뭔데, 하고 묻기도 전에 오혜정이 대답했다.

"난 마음 붙일 수 있는 곳이 많았어. 내가 그나마 빨리 빠져나올 수 있었던 건 아마 그 때문일 거야. 미래에 대한 그림이나 내 꿈, 친구들, 우리 부모님… 뭐 그런 거 있잖아."

의미가 바로 다가오지 않았다. 그게 무슨 말인지 곱씹어 보는데 어조가 한풀 꺾인 목소리가 들렸다.

"그래서 난 두오를 생각하면 마음이 아파."

이 말에 뭐라고 반응해야 할까. 묻어 둔 기억이 뒤집혀 튀어나올 것만 같아서 난 황급히 질문지를 뒤적였다. 덩달아서 민망했는지, 오혜정이 먼저 말꼬리를 돌렸다.

"나 다음엔 누구 만나 볼 거야?"

다음은 김유정이었다. 그 애는 몇 없는 두오의 친구였다. 그러나 생각해 보면 김유정과 두오는 어울릴 듯하면서도 별로 어울리지 않는 조합이었다. 김유정은 공부를 잘하는 수재였던 것 외엔 딱히 인상에 남는 게 없는 아이다. 선생님 말도 잘 들었고, 모나게 행동하거나 눈에 띄게 행동하지도 않았다. 김유정을 한마디로 설명하자면 평범한 학생이었다. 두오는 어쨌거나 좀 특이한 구석이 있었다. 내성적인 것 같으면서도 대범하고, 얌전한 듯싶지만 충동적이다. 아이들은 그 둘이 친구인 이유가 어릴 적부터 한동네에 살았기 때문이라고 짐작했다.

"김유정. 그 애가 도박을 했다는 게 정말 사실인지는 모르겠지만."

그러자 오혜정은 들으란 듯이 한숨을 쉬었다.

"너는 도박을 두오처럼 뭔가 특이한 구석이 있거나, 날라리 같은 애들만 하는 줄 알지? 아니면 어딘가 음침해 보이고, 속을 알 수 없는 애들이나 한다고 생각하지?"

딱히 그렇게 생각한 적은 없지만 김유정처럼 평범한 애가 하리라곤 생각하지 않았다. 오혜정은 고개를 절레절레 저으며 말했다.

"물론 김유정이 두오랑 친했기 때문에 휩쓸려서 했을 수도 있긴 하지. 어쨌거나 그 둘은 어릴 적부터 한동네에 살았던 친구라잖아. 근데 물타기를 했든, 휩쓸렸든 간에 도박이란 건 말이야, 누구라도 중독될 수 있는 거거든. 내가 해 보니까 그렇더라고."

한번 빠져 봤던 무서움을 다시 떠올리기라도 한 듯, 오혜정이 몸서리를 쳤다.

"뭐, 장두오처럼 마음 붙일 곳이 변변찮은 애들이나 자기 마음을 온통 가슴 안에 꽁꽁 묶어 두기만 하는 애들, 그리고 최승덕처럼 충동성이 강한 애들이 더 심하게 그 덫에 걸려드는 것 같지만."

손가락을 하나하나 세워 가면서 나름대로 정리한 중독 자의 유형을 꼽던 오혜정은 갑자기 뭔가 깨달은 듯이 나를 봤다.

"아, 그러고 보니 너도 어릴 때 걔네랑 같은 동네 살았다며? 그럼 너도 김유정을 잘 알겠네!"

두오가 거기까지 얘기했나. 다시 속이 울렁거려서 입술을 꾹 깨물었다. 오혜정은 나의 난감함은 조금도 신경 쓰지 않고 말을 이었다.

"김유정도 도박 때문에 한동안 사람 구실 못했다고 들었어. 도박 빚 때문에 친구들한테 돈 빌리고, 현금 서비스 받고 그러다가 결국 대학 등록금 날려 먹고 부모님한테 걸렸다던데? 우울증 왔다는 얘기도 있었고. 뭐 지금은 부모님이 빚 다 갚아 주고, 도박 중독 센터 이런 데도 다닌다고 하더라. 근데 전화하면 안 받을 거야. 전화번호 바뀌었거든. 어릴 때 한동네 살았으면 그 동네라도 한번 찾아가 봐."

어릴 적 살던 동네를 찾아간다는 생각만으로도 가슴이 갑갑했다. 오혜정은 내 기분은 전혀 상관없는 것처럼 생긋 웃었다.

"두오 소식을 알게 되면 나한테도 알려 줘. 만나서 반가웠다, 김도경."

*

오혜정의 말이 맞았다. 김유정의 번호로 전화를 걸자 웬 걸쭉한 목소리의 중년 아저씨가 전화를 받았다. 김유정을 찾으니 자기는 김진무라고 했다. 번호가 바뀐 것이다. 결국 그 동네를 찾아가는 것밖에는 수가 없었다. 나는 중학교 2학년 때 다른 동네로 이사를 갔지만 두오와 김유정은 쭉 그 동네에 사는 것 같았다. 기억을 더듬어 찾아가 보니 제법 익숙한 길목들이 눈에 보였다. 문방구가 있던 자리에는 옷 가게가 들어서고, 낡은 분식집이 있던 자리에는 좀 더 깔끔한 김밥집이 생겼다. 그 길목을 돌아서면 거기가 바로 두오의 집이었다. 동네의 다른 길목보다 한층 더 어두운 회색 시멘트가 군데군데 바스러진 두오의 집이 있었다. 쇠고랑으로 우물 바닥을 긁는 듯한 소리가 나는 철문이 달린 집이, 신발 자국이 하나 남아 있는 계단을 올라가야 하는 집이.

오혜정의 말대로 사실 나와 두오는 동네 친구다. 그것도 아주 절친한. 아마 초등학교 6학년 때까지 그랬던 것같다. 어린 시절에 두오는 조금 더 활발했고 우린 거의 매일 만나서 놀았다. 왜 우리가 그렇게 친했는지는 전혀기억나지 않는다. 대여섯 살 때부터 동네 놀이터에서 자주 만나서 놀았다는 것만 어렴풋이 떠올랐다. 그때 우리는 그냥 자연스럽게 함께였다. 같이 있으면 시답지 않은일이나 놀이도 재밌었다. 처음 이 동네를 찾기로 결심했을 때까지만 해도 나는 김유정 집만 찾아갈 생각이었다. 이제 와서 두오의 집을 찾아간다니…….

내키지 않았다. 어차피 두오는 집에 없을 텐데. 그러나나는 꼭 홀린 듯이 그 낡은 집의 문 앞에 섰다.

— 띵동

초등학교 6학년 때 마지막으로 눌러 보았던 초인종이다. 지금까지는 묘하게 현실감 없이 붕 뜬 느낌이었는데벨 소리가 들리자 순식간에 가슴이 얼어붙었다. 딩딩 울리는 소리가 기억의 스위치를 올리기라도 한 듯, 어릴 적의 일들이 살아 숨쉬기 시작했다.


"두오는 짱개 아니야! 두오가 짱개면 너는 원숭이야!
우끼끼끼 원숭이다!"

짱개가 도대체 무슨 말인지도 몰랐지만 결코 좋은 뜻
은 아니겠거니 싶어서 주먹을 들고 악다구니를 쓴 일이
가장 먼저 떠올랐다. 두오는 가끔 알아들을 수 없는 요상
한 말을 내뱉곤 했는데 아이들 중 누군가가 어디서 듣고
왔는지 그걸 '짱개말'이라고 했다. 그때부터 두오는 '짱
개'라고 놀림 받는 일이 잦았다. 두오는 그 말만 나오면
주술에 걸린 사람처럼 어찌할 바를 몰라 했다. 붉게 달아
오른 얼굴로 숨만 거칠게 씨근덕거릴 뿐이었다. 그러면
항상 내가 대신해서 버럭버럭 소리를 질렀다. 꼭 나를 모
욕한 듯이 화를 냈다. 두오가 소리를 지를 수 없다면 나
라도 화를 내야 했다. 그래야 직성이 풀리고, 모욕감이
가라앉았다. 또 내가 그렇게 대신 화를 내면 두오는 아주
후련한 얼굴을 했다. 나중에는 오히려 두오가 나를 진정
시키는 경우가 많았다.


그 시절의 모습들, 어리고 순진했던 그날의 기억들이

마치 찬란한 것처럼 떠올라서 나를 짓눌렀다. 안에서는 아무런 기척도 들리지 않았다. 몇 번 더 초인종을 눌렀다. 역시 아무런 기척이 느껴지지 않았다. 한동안 초인종 버튼을 매만지다가 때가 묻은 현관 앞을 천천히 벗어났다. 가슴이 몹시 시린 기분이 들어서 잠깐 숨을 고르고 나서야 나는 기억을 더듬어 김유정의 집 길목을 찾아 나설 수 있었다.

몇 걸음 헤매고 나서 비로소 김유정의 집을 가 본 적이 없다는 걸 깨달았다. 어릴 때에도 같은 동네에 사는 애니까 근처에서 돌아다니는 걸 여러 번 마주친 게 다였다. 결국 나는 내가 여기에 살던 시절부터 지금까지 있는 오래된 가게들을 찾아 들어갔다. 마지막으로 들어간 미용실에서 길을 알아냈다. 김유정이라는 이름을 물었을 때는 모르는 눈치여서 하는 수 없이 "그… 여자앤데… 도박해 가지고 난리가 났다는대요." 하고 치부를 꺼냈다. 그러자 단박에 가십을 즐기는 얼굴을 한 미용실 아줌마가 손짓 발짓으로 김유정의 집을 알려 주었다. 김유정의 집은 나와 두오가 살던 주택가에서는 조금 떨어진 곳에 있었는데 마당이 딸린 이층집이었다. 안에는 종류를 알 수 없는 나무도 있었다.

처음에 벨을 눌렀을 때는 아무런 응답이 없었다. 여기까지 왔는데 허탕을 친 건가 싶었다. 성질이 나서 아무렇게나 초인종을 꾸역꾸역 눌러 대니까 한참 만에 틱 하고 인터폰이 켜졌다.

"누구야?"

신경질적이고 무뚝뚝하고 예의 없는 말투였다. 도저히 김유정이라고 상상할 수 없는 말투지만 목소리는 너무나 김유정이었다.

"나 김도경이야. 어릴 때 이 근처 살았고, 너랑 같은 고등학교 나왔어. 지금 난 두오를 찾고 있어."

인터폰에서는 한참 동안 아무런 소리가 나지 않았다. 나도 모르는 새 끊어진 게 아닐까 고민하는데 깊은 한숨 소리가 들렸다. 곧 띡 하는 소리와 함께 문이 열렸다.

김유정은 고등학생 때의 모습과는 너무 많이 달라져 있었다. 체중은 15킬로그램 이상 불어난 것 같았고, 쥐 파먹은 듯한 머리는 들쭉날쭉 잘려져 있었다. 자포자기의 기운이 감도는 우울한 눈빛과 정신을 다른 데 두고 다니는 사람처럼 후줄근한 차림새. 무엇 하나 충격적이지 않은 게 없었다.

"오랜만이다."

간신히 건넨 인사에도 김유정은 별다른 반응을 보이지 않았다. 무슨 말이라도 하고 싶었으나 무슨 말도 할 수 없었다. '잘 지냈니?'라는 말도 어울리지 않고(김유정의 모습을 보면 차마 그 말을 꺼낼 수 없었다. 아무리 좋게 표현해 보려고 해도 잘 지낸 모습은 아니었으므로), '그동안 어떻게 지냈어?'라는 말도 지금 상황에선 영 아니었다.

"부모님이 계셨으면 넌 이 집에 발도 못 붙였을 거야. 이런 꼴을 한 딸을 누군가한테 보여 줄 분들이 아니시거든."

김유정이 별 감흥이랄 게 없는 목소리로 말을 이었다.

"두오를 찾겠다고 여기까지 온 거면, 내 얘기도 들었겠네?"

마치 식사는 했냐고 묻듯이 가벼운 투라서 나도 그냥 고개를 끄덕였다.

"대충은. 어쩌다가 그랬던 거야?"

말을 해 놓고 곧바로 후회했다. 김유정은 인상을 확 우그러뜨렸으나 곧 체념하듯 표정을 풀었다.

"난 두오를 좋아했고, 걔는 도박을 했지. 나는 마침 스트레스를 풀 곳이 절실했고……. 그래서 그냥 게임하듯이 시작한 거였어. 뭐 결국 내 인생 내가 망친 꼴이 되긴 했지만."

"근데 네 머리는 왜 그래?"

아무렇게나 썩둑썩둑 잘라 놓은 스타일이 좀 꺼림칙했다. 김유정은 도박 빚이 너무 커져서 부모님한테 이실직고한 뒤로도 바로 도박을 끊지 못했다고 말했다. 얼마 전 피시방에서 몇 번 더 도박을 하다가 걸렸는데, 그 일로 아버지가 화가 극에 달해서 머리를 아예 엉망으로 잘라 놓았다는 것이다. 부모님은 지금 동네 창피해서 못 살겠다며 이사를 가려고 다른 지역의 집을 알아보는 중이라고 했다.

"너는 마침 시기를 잘 맞춰서 찾아온 거야. 내가 이사를 간 뒤였다면 날 찾긴 어려웠을 테니까."

하기야, 이사를 가지 않고 이 동네에서 쭉 지내기도 어려울 것이다. 작은 동네이고, 어딜 가나 사람들은 남의 얘기를 좋아하니까.

"너랑 얘기하고 싶은 건 하나야, 김도경. 두오에 대한 거. 아까 두오를 찾고 있다고 했지?"

살이 통통히 오른 광대 위에 살짝 묻힌 듯한 가는 눈이 삐죽하게 올라갔다.

"그래. 아직 별다른 소득은 없지만 일단 지칠 때까진 찾아보려고 해. 그래서 여기까지 온 거고."

"이제 와서 니가 왜?"

김유정의 물음에 나는 우물쭈물하다가 사실대로 털어놓았다. 그렇지 않으면 김유정은 아무런 말도 하지 않을 것 같았다. 두오가 나오는 악몽을 꾸기 때문이라고 하자 김유정은 코웃음을 쳤다.

"죄책감이 뒤늦게 도지기라도 한 모양이지?"

그게 무슨 말이냐고 대꾸하려 했으나 말이 가슴에 걸려서 나오지 않았다. 죄책감이란 별스러운 단어가 명치부터 목구멍까지 꽉 틀어막은 것 같았다. 더구나 김유정은 항변하는 것을 용납하지 않았다.

"이 동네에 살았던 너도, 나도 어릴 때 두오가 어땠는지 알아. 그리고 그 시절에 두오가 마음 붙일 곳이 너뿐이었다는 것 역시 너랑 나 둘 다 아는 사실이지. 넌 이유도 가르쳐 주지 않은 채 그 애를 밀쳐 냈고, 그냥 그대로 이사를 가 버렸지. 그게 그 애한테 얼마나 상처였을지 생각해 본 적 있어?"

김유정은 마치 나 때문에 두오가 사라져 버리기라도 한 것처럼 나를 몰아붙였다. 말들은 가시 달린 채찍이 되어 가슴을 할퀴었다. 묻어 두고 무시한 기억들이 뒤집힐 듯이 일렁거렸다. 어쩌면 김유정은 나를 비난하기 위해 문을 열어 준 것일지 모른다.

그 시절 두오는 늘 애정에 굶주려 있었다. 그도 그럴 것이 두오의 어머니는 사실상 생계를 책임지느라 두오를 제대로 돌보지 못했고, 아버지는 언행이 거칠고 무모한 데다가 온 동네에 티가 날 정도로 두오를 달가워하지 않았다. 두오의 아버지는 어린 내가 보기에도 좋은 사람이 아니었다.

두오의 집은 동네에서 몇 가지로 유명했다. 먼저는 그 애의 어머니가 중국인이라는 것이고, 둘째는 그 아이의 아버지가 의처증이 있다는 것이다. 그러나 가장 심각한 소문은 지금의 그 아버지가 두오의 친부가 아니라는 소문이었다. 대부분의 소문이 그러하듯이 그 소문 역시 출처를 알 수 없는 무책임한 것이었다. 두오의 부모님은 하루가 멀다 하고 싸웠고, 두오의 집에서 나오는 고성이 동네를 쩌렁쩌렁 울렸다. 내용은 차마 입에 담기 어려운 저급한 것이었다. 순화해서 표현하자면 두오의 엄마가 누구한테 꼬리를 쳤고, 어느 남자한테는 엉덩이를 살랑거렸으며, 일하는 곳 사장에게 교태를 부린다는 식이었다. 결과적으로는 두오가 나의 친자식이 아니라는 고함도 터져 나왔다. 집에서 그런 일이 일어날 때마다 두오는 우리 집을 찾아왔다. 부모님의 불화를 완전히 무시하기로 작정한 것처럼 맑은 얼굴로 "놀러 왔어, 도경아." 하고 말했다. 그러나 눈엔 항상 물기가 그렁그렁했고, 목이 메어 있었다. 어린 나이에도 모른 척해야 한다는 것을 알았다. 나는 두오를 품어 주면서 약간의 우월감을 느꼈을지도 모른다.

내가 두오에 대해서 조금 다른 마음을 품게 된 건 그 애의 엄마가 일하던 곳의 사장과 함께 어딘가로 도망간 뒤였다. 두오가 열세 살 때의 일이다. 일각에서는 두오의 엄마가 도망을 간 이유가 남편의 의심과 폭력을 견디기 힘들었기 때문이라고도 했지만 대부분의 여론은 그저 그 여자가 바람기 많은 화냥년이기 때문이라는 것에 집중되었다. 동네 어린애들도 그 소문을 듣고는 뜻도 모른 채 '화냥년, 화냥년'거렸고, 그럴수록 나는 두오를 볼 때마다 뭔가가 꿉꿉하고 찝찝하기 시작했다. 동네 사람들은 두오를 불쌍하게 생각했지만 동시에 꺼려 했다. 우리 엄마도 내가 두오와 다니는 것을 싫어했다.

"불쌍하긴 하지만 너무 자주 어울려서 놀지는 말아라."

그러나 그 애는 여전히 나를 좋아했고, 거의 매일 저녁 우리 집 앞에서 나를 불러내어 별 시답지 않은 말이라도 나누고 들어갔다. 문제는 나였다. 정체를 알 수 없는 끕 끕한 감정은 더욱 구체적으로 나빠지기 시작했다. 사람들이 그 애를 보는 시선에 나까지 매이는 것 같았고, 그 애가 가진 무거운 환경이 나도 짓누르는 것 같았다. 특히 그 소문, '두오가 누구의 씨를 받고 나온 애인지 모른다' 라는 말과 '그 애의 엄마는 화냥년이야'라는 저급한 소문이 어린 장두오를 불결한 산물로 만들었다. 그 애의 아버지가 그 애를 그렇게 대했듯이.

"난 두오를 정말 좋아했어. 그래서 네가 싫어. 너한테 이런 부탁은 절대로 하고 싶지 않지만 지금 내 상황으로는 두오를 찾을 수 없으니 어쩔 수 없네."

김유정은 책상 위에서 굴러다니는 노트를 한 장 찢어서 거기에 뭔가를 휘리릭 썼다. 이메일 주소였다.

"만약에 두오를 찾게 되면 내 이메일 주소를 꼭 전해 줘. 휴대전화는 부모님이 없애 버렸고, 이사 갈 곳은 아직 정해지지 않았으니까. 그 애가 만약 돌아온다면 올 곳은 슬프게도 이 동네뿐일 텐데 여기에 나마저 없다면 너무 외로울 거 아냐."

뜻밖의 말이었다. 나는 잠깐 머뭇거리다가 그 종이를 받아 들었다. 얼핏 본 김유정의 얼굴에는 순간적으로 희미하게 안도의 미소가 스쳤다. 그리고 그다음 순간, 김유정은 한 치의 망설임도 없이 축객령을 내렸다.

결국 김유정의 집에서도 소득 없이 나와야 했다. 얻은 것이라고는 비난과 과거의 기억, 그리고 김유정의 이메일 주소뿐이었다. 왔던 길을 되돌아 나오면서 다시 두오네 집 근처에 다다랐다. 울컥, 억울한 마음이 치솟고, 이게 도대체 무슨 고생인가 하는 생각도 들었다. 그러나 어제도 그 전날에도 나는 두오의 꿈을 꿨고, 아마 틀림없이 오늘도 그 애가 나오는 악몽을 꿀 것이다. 난 다시 한번 두오네 집 문 앞에 섰다. 아까 들렀을 때와 다를 게 없는 똑같은 철문이었고, 역시나 인기척은 느껴지지 않았다. 갑자기 성질이 확 치솟아서 문을 쾅쾅쾅 두드리고, 발로 차기도 했다.

"아이고, 학생!"

갑자기 등 뒤편에서 다급한 목소리가 들렸다. 깜짝 놀

라서 그 자세 그대로 어벙하게 뒤를 돌아보니 빠글빠글 파마머리를 한, 아줌마인지 할머니인지 구별하기 애매한 여자가 이쪽을 보고 인상을 쓰고 있었다.

"문 다 부서지겠네. 어휴, 한동안 잠잠하더니……. 그쪽도 이 집에 돈 받으러 왔어?"

"네? 아니, 그런 게 아니라……. 혹시 여기에 두오라는 애가 살지 않나요?"

집주인인지, 이웃인지도 알 길이 없는 그 여자는 단박에 혀를 찼다.

"장두오. 알지 그 애. 얼굴은 멀끔하게 생겨서 사방으로 사고 치고 다니던 애! 그 애 엄마가 애 어릴 때 일하던 곳 사장이랑 바람나서 집 나가고… 응? 그 애 찾는 거 맞지? 중국 여자 아들."

예에, 하고 떨떠름하게 대답하자 상대는 신이 나기까지 한 얼굴로 몇 걸음 다가왔다.

"아니, 그놈이 도박으로 빚을 수천만 원을 졌다더만. 사채도 끌어 쓰고 난리가 아니었나 봐. 그래서 애랑 애 아빠랑 야반도주한 게 벌써 2년이 지났어. 고등학교 졸업도 안 하고 도박에 미쳐서 돌아다니다가 결국 그렇게 도망간 게 오래전인데……. 근데 학생은 무슨 일로 그 애

78

를 찾아? 혹시 학생도 그놈한테 돈 빌려줬어?"

"아니요, 전 그런 게 아니고요. 그냥 고등학교 동창입니다. 혹시 어디로 갔는지는 전혀 모르시죠?"

"그렇지. 도망가는 사람들이 어디 자취를 남기고 가나? 모르긴 몰라도 여태 그 판에서 못 빠져나오고 도박하고 있을 거야. 어디 유명한 도박 하우스나 강원도라도 한번 찾아가 봐. 그런 데 없으면 어디 쥐도 새도 모르게 팔려 갔거나 이미 자살했을 수도 있지."

여자는 그 말을 끝으로 세상이 말세라는 결론을 중얼거리면서 제 집으로 들어갔다. 난 어둠이 내리기 시작한 낡은 거리에 혼자 덩그러니 서 있었다. 그것도 예전에 장두오가 살던 집 문 앞에서.

'두오가 죽었을 수도 있을까?'

구체적인 문장이 머리에 떠오르자 가슴이 섬뜩했다. 오래전에 봤던 영화 〈타짜〉가 떠오른다. 도박판에서 손장난을 하다가 망치로 손이 짓이겨지던 고광렬이 스쳐 지나가고, 출처를 알 수 없는 일화들, 이를테면 도박판에서 공사 치다 끔찍한 최후를 맞이한 아무개의 이야기들이 번뜩인다. 그러다가 문득 두오가 했던 도박이 모바일 도박이라는 걸 상기한다. 모바일 도박인데 손이 날아가

거나, 납치되어서 장기가 적출되거나 할 일은 없지 않을까. 하지만 빚이 수천만 원이라고 했다. 그걸 갚을 능력이 없었을 텐데, 그러면 역시 누군가에게 끌려가서 무슨 잔혹한 일을 당할 가능성도 있지 않나.

나는 그날 온갖 불길한 상상을 펼치면서 집으로 돌아갔고 여지없이 두오가 나오는 악몽을 꾸었다. 꿈에서 두오는 살갗을 활짝 열고 붉은 내장들을 모두 드러낸 채로 도박을 하고 있었다. 그따위 꿈을 꾼 탓에 잠에서 깨자마자 헛구역질을 했다. 어제 옛 동네에 다녀온 탓에 피로감이 심했지만 더 잘 수 없었다. 나는 침대 위에 누워서 곰곰이 생각하다가 나갈 채비를 했다. 옷을 분주하게 갈아입자 엄마가 의아한 얼굴을 했다.

"아직 7시도 안 됐는데 어딜 나가니? 오늘 토요일이잖아."

"친구 만나러 가요."

"친구 누구?"

나는 잠시 주춤했다. 엄마는 대답을 재촉하는 눈으로 나를 멀거니 보고 있었다.

"엄마, 걔 기억나?"

"그러니까 누구?"

두오. 장두오.

그러나 나는 그 이름을 말할 수 없었다. 목구멍에 마치 높은 허들이라도 있는 듯했다.

"김유정. 왜 어릴 때 나랑 같은 동네에 살던……. 우리 초등학교, 중학교에서 공부 제일 잘했잖아. 모범생에 품행도 단정했고, 집도 꽤 잘산다는 말도 있었고, 어머니는 공무원에 아버지는 뭐 어디 교수라던가?"

엄마는 잠시 기억을 더듬는가 싶더니 아, 하고 탄성을 터뜨렸다.

"알지, 유정이. 걔는 갑자기 왜? 연락 왔어? 잘 지낸다니?"

"걔 모바일 도박에 빠져 가지고 여기저기 빚지고 부모님한테 머리 깎이고 그랬대. 꼴이 말이 아니더라."

엄마는 잠깐 동안 아무런 말도 하지 못하고 눈만 깜빡이다가 간신히 "세상에, 걔처럼 멀쩡한 애가 왜 그랬대?" 하고 물었다. 나는 그냥 도박이란 게 원래 그런 건가 보지 뭐, 하고 대꾸하고는 집을 나왔다.

*

내가 가는 곳은 강원도였다. 정확히는 강원도의 강원

랜드를 향하고 있었다. 최승덕에 오혜정, 김유정까지 만났는데 두오의 행방을 알 수 없다면 다른 애들을 만나 봐야 어차피 똑같을 거였다. 악몽 탓에 잠을 설치는 동안 틈틈이 머리를 맴돌던 건 두오네 집에서 만난 아줌마의 말이었다. '어디 유명한 도박 하우스나 강원도라도 한번 찾아가 봐. 그런 데 없으면 어디 쥐도 새도 모르게 팔려 갔거나 이미 자살했을 수도 있지.' 그 말 때문에 나는 일단 무작정 강원도로 내려왔다. 참으로 무식한 방법이라는 자각은 있었다. 차표를 끊고 버스에 오르면서도 두오의 행방을 찾으리라는 기대감은 전혀 없었다. 이건 아마도 그냥 헛수고가 되겠지. 알면서도 움직일 수밖에 없는 이유는, 달리 생각나는 방법이 없었기 때문이다.

강원랜드 근처 시외에 진입했을 때, 순간적으로 등골이 서늘해졌다. 전당포와 각종 매매업, 사채업자 사업장 등이 즐비하게 들어선 광경 때문이었다. 그 주위를 어슬렁거리는 사람들도 눈에 띄었는데 다들 죽은 생선 같은 눈을 하고 있었다. 눈을 뜨고는 있으나 생기라곤 조금도 찾아 볼 수 없는 눈동자였다. 내가 그 시외에 잠시 멈추게 된 건 혹시나 그들 사이에서 두오를 발견할 수 있을까 싶은 희박한 확률에 대한 순간적인 기대 때문이었다.

수척해진 사람들 틈을 걸어가는 건 그 자체로 고역이었다. 그들과 눈을 마주치지 않으려고 노력해야 했다. 나는 어느 작은 전당포를 기웃거렸다. 앞사람이 시계를 맡기고 현금을 받아 가는 게 보였다. 직원은 예의상의 어조로 "적당히, 조심히 즐기기만 하세요." 하고 중얼거렸다.

"저기……."

"네, 뭐 맡기실 건가요?"

직원은 아르바이트생인지 이십 대 후반으로 보였다.

"아니, 그… 저……."

"말씀하세요."

"혹시 여기에 저 같은 사람도 많이 오나요?"

"네?"

"젊은 사람이요."

직원은 잠깐 의심스러운 눈초리로 나를 쭉 훑어봤다. 사람을 찾고 있다고 덧붙여 말하니 알 것 같다는 얼굴로 고개를 끄덕였다.

"젊은 애들도 와요. 얼마 전에는 카지노에서 동생 수술비 날려 버린 남자애가 길바닥에서 엉엉 우는 것도 봤는데요. 그쪽도 가족 찾으러 온 거예요?"

아니요, 친구요. 하고 대답하자 그는 혀를 쯧 찼다.

"그럼 카지노 안에는 웬만하면 들어가지 말아요. 차라리 이쪽에서 카지노 영업시간 끝나기를 기다렸다가 나오는 사람들 붙잡고 친구 인상착의 물어보는 게 나아요. 만약 들어갔다가 도박하게 되면 빠질 수도 있으니까. 도박중독이 사람 안 가리거든요. 어리든, 젊든, 선하든, 악하든. 그런 거 상관없어요. 중독되면 끝이야. 내가 학생 생각해서 말해 주는 거예요. 여기 있으면 못 볼 꼴 많이 봐요. 차 키, 집문서 맡겨 놓고 안 돌아오는 사람들도 있고. 뭐 그런 사람들은 어디 팔려 갔거나 자살했거나 그런 거지. 남편 찾아서 울며불며 배회하는 아줌마들, 남편 병원비 탕진하고 정신 놔 버린 아줌마도 봤고. 어휴, 하여튼 여기서 사람들 생기 빨아먹는 돈으로 벌어먹는 것도 못 할 짓이야."

남자가 깊은 한숨을 쉬면서 툴툴거렸다. 나는 두오의 인상착의를 설명해 보았으나 남자는 고개를 저었다. 일단 내가 말한 인상의 청년은 보지 못한 것 같고, 여기서 오래 도박을 했다면 인상도 바뀌기 때문에 쉽게 찾을 거란 기대는 하지 말라는 것이다.

나는 아주 꿉꿉한 기분으로 전당포를 나왔다. 주변 식당에서 밥을 먹고, 숙박 시설을 잡고, 근처를 돌아보고

84

하다 보니 해가 내려앉았다. 밤이 되자 시외 주변은 더욱 웅성거렸다. 노숙자 꼴을 한 사람들이 아까보다 더욱 많아졌다. 몇 사람에게 슬그머니 다가가서 두오에 대해 물었으나 다들 그런 청년은 모른다고 했다. 어떤 아저씨는 마치 알고 있는 것처럼 대답해서 마음을 몹시 들쑤셔 놓더니 얘기를 더 들으려면 술을 사야 한다고 했다. 그러나 막상 술을 사 주자 낄낄 웃으면서 말했다.

"모바일로 도박하던 놈이라고 했지? 그럼 여기엔 아마 없을 거야. 뭐 토사장이라도 됐는지 모르지. 차라리 피시방을 뒤져 봐. 아니면 저기 어디 바닷속이라도 뒤져 보든지. 백골이라도 찾을지 모르니까."

"저… 좀 희망적인 대답은 없을까요?"

자포자기한 심정으로 한 말이었다. 남자는 내가 사 준 술을 벌컥벌컥 들이켜더니 말했다.

"이 바닥에 희망이 어디 있어? 알면서도 못 빠져나가는 게 도박이야. 도박은 원래 도박장이 이기게 되어 있어. 조금씩 따도록 해서 우릴 도박판 앞에 묶어 놓지만 결국 정신 차려 보면 모든 걸 뺏긴 뒤란 말이지. 우리도 안다고. 근데도 못 끊어. 응, 못 끊지. 머리가 바뀌거든 머리가. '이번에야말로.' 아, 그게 사람을 감질나게 한다니까. 저기 저 아저씨 보이지? 여기서 유명한 정신병자야. 여기 내려와서 마누라도 판 놈이야 저 새끼가. 근데도 못 나가고 있다니까? 못 고쳐. 못 고쳐."

남자는 오래되어 보이는 침낭을 끌고 돌아다니는 한 남자를 가리켰다. 뭔가를 쉴 새 없이 중얼거렸는데 무슨 말을 하는지는 알 수 없었다. 아마도 룰렛이든 바카라든 무슨 게임의 수열이나 법칙 따위를 무의미하게 중얼거리는 것 같았다.

"이봐, 학생. 시간 낭비하지 마. 고등학생 때부터 도박에 중독된 놈이라고? 모바일 도박이든 카지노, 하우스 도박이든 상관없어. 이미 글러 먹은 거야."

"먼저 일어나 보겠습니다."

내가 자리에서 일어나건 말건 남자는 신경 쓰지 않고 제 할 말을 했다.

"아, 희망적인 대답 하나 있긴 있지."

의심스러운 눈으로 그를 쳐다보자 남자는 관심 없으면 그냥 가던가, 하는 태도로 손짓을 했다. 나는 결국 그 희망적인 대답을 하나 듣기 위해서 맥주와 마른오징어 구이를 사야만 했다.

남자가 하는 말은 이랬다. 젊은 애들은 가끔 부모가 와서 끌고 가는 경우가 있다는 것이다. 그냥 집에 데려다 놓으면 어떻게든 다시 나와서 도박을 하기 때문에 그냥 집에다 두는 게 아니라 어디 산 좋고 물 좋은 곳으로 가족이 같이 내려가서 요양하듯이 지내기도 한다는 말이었다. 아니면 정신병원이나 도박 중독 센터로 가는 경우도 있다는 말을 덧붙였다. 그러나 두오에게는 그 아이를 그렇게까지 신경 써 줄 만한 가족이 없었다. 역시 그 아이는 어딘가로 팔려 갔거나 죽어 버린 걸까. 점점 그 확신만 강해졌다. 진득한 무언가가 온몸을 내리누르는 기분이 들었다. 나도 아저씨 옆에서 맥주를 한 캔 땄다.

"아빠 지갑에서 3만 원 꺼내 갔다가 걸렸다. 잡히면 거의 죽을 거야, 나. 하루만 네 집에 있을게. 하루만 지나도 화가 좀 풀릴 테니까."

그 무렵에 이미 우린 미묘하게 서먹했지만 두오는 여전히 나를 좋아했다. 그 애는 꼭 나에 대한 각인이 새겨진 사람처럼 굴었다. 어릴 적에 '두오는 짱깨 아니야!' 하고 대신 화를 내던 정의로운 단짝이라는 각인. 사람들이 다 자기를 손가락질해도 김도경은 "아니야! 두오는 그런 애가 아니야!"라고 말해 줄 거라는 각인. 두오가 잘못 생각했던 것이다. 난 그때 두오에게 많이 질려 있었다. 나뿐만 아니라 동네 사람들 대부분이 장두오를 꺼려 했다. 그 애의 엄마가 집을 나간 후로 그 태도가 극명해졌다. 그 애의 가슴께에 '화냥년의 아이', '엄마가 버린 아이'라는 꼬리표 두어 개가 더 붙은 것만으로도 온도가 순식간에 차가워졌다. 낙인. 그것은 결정적인 낙인이었다. 나는 그런 낙인이 찍힌 아이를 감당하기 힘들었다. 사실 두오가 찾아왔던 그날도 만일 부모님이 계셨다면 그 핑계를 대서라도 제 집으로 돌려보냈을 것이다. 그러나 마침 그날은 부모님이 두 분 다 늦게 들어오시는 날이었다. 나는 잠깐 고민하다가 일단은 안으로 들어오라고 했다. 뭘 해야 할지 생각하다가 저녁을 먹었냐고 물었고, 도리질을 하는 두오를 식탁에 앉혔다. 냉장고에서 반찬을 꺼내고, 전자레인지로 찬밥을 데워 두오에게 차려 주었다.

"야, 도경아. 너랑 친구라서 다행이야."

그 애는 입안에 밥을 욱여넣은 채 히죽 웃었다. 그 순수한 표정에도 나는 귀찮은 마음만 느꼈다.

'친구라고? 누가 진짜 아빠인지도 모르는 장두오, 엄마도 버리고 떠난 장두오, 동네 사람들이 다 외면하는 외톨이가 내 친구라고?'

그런 생각도 했던 것 같다. 그건 아주 교묘하고 못되먹은 교만일 수도 있고, 낙인의 영향을 받은 혐오감일 수도 있다. 사춘기였다고 포장하기에는 너무나 비정한 감정이었다.

"너 이렇게 도망 올 거면 3만 원은 왜 훔쳤냐."

두오는 밥이 가득 찬 입을 우물거리다가 나를 물끄러미 보았다.

"도경아, 울 엄마 연락 왔다."

"뭐?"

"엄마, 지금 남해에 있대. 나보고 조금만 참으래. 거기서 자리 잡으면 쌈밥집을 열 거니까 그때쯤에는 나도 데리러 온다고 했어. 근데 엄마 목소리 들으니까 가만히 못 있겠더라고. 어떻게든 남해까지 가 봐야겠다는 생각이 들어서. 근데 가려면 돈이 필요하니까 훔쳤어."

덤덤한 목소리로 꾸역꾸역 말을 마치고는 곧 다시 입 안으로 밥을 욱여넣었다. 나는 뭐라고 대꾸해야 할지 몰라서 그냥 고개만 끄덕였다. 밥을 먹고 나서, 그 애는 거실에서 TV를 봤고, 나는 부엌 식탁에서 숙제를 했다. 얼마 뒤에 휴대전화가 울렸다. 모르는 번호였다.

"친구 생각해?"

술을 마시던 아저씨가 갑자기 얼굴을 불쑥 들이밀었
다. 깜짝 놀라서 뒤로 등을 확 뺐다. 그는 취기가 많이 오
른 붉은 얼굴로 걸걸하게 웃었다.

"소용없다니까. 산 좋고 물 좋은 동네나 수소문해 보
라니까."

"그 앨 그런 데 데려다 둘 만한 사람이 없어요."

"뭐야, 부모도 없어? 최악이구만."

"없는 셈 쳐야죠. 아버지는 그 애를 돌볼 만한 위인이
아니고, 어머니도 걔 어릴 때 집 나가서는 남해인가 어디
에……."

나는 마시던 맥주 캔을 떨어뜨렸다. 갑자기 손에 힘이
쭉 빠져서였다. 아저씨가 대수롭지 않은 투로 말했다.

"오, 산 좋고 물 좋은 동네 있네. 남해."


"엄마 지금 남해에 있대."


그게 열네 살 때의 일이니까 거의 7년 전 소식이다. 남
해라니. 상상력이 너무 좋다. 강원랜드에서 두오를 발견
한다는 가정보다 더 터무니없는 생각이다. 남해라니. 나

는 그곳에서 쌈밥집을 하고 있을 중년의 중국인 여자와 그 일을 돕고 있을 스물한 살의 두오를 잠깐 상상해 보았다. 도무지 그림이 그려지지 않았다. 아저씨는 내가 사준 마른오징어를 질겅질겅 씹어 대면서 거기에 그 애가 없다면 분명히 죽었을 거라고 악담을 농담하듯 퍼부었다.

"만약 살아 있다고 한들 원래 그 모습은 아닐 거다. 도박은 사람의 원래 모습을 모조리 씹어 먹거든."

더 듣고 있을 수가 없어서 그냥 자리에서 일어났다.

그날 밤도 여지없이 꿈을 꿨다. 아까 머리를 스쳤던 어릴 적 기억의 속편이 꿈으로 나타났다. 열네 살의 그날, 두오는 밥을 다 먹은 뒤 거실에서 TV를 봤고, 나는 부엌 식탁에서 숙제를 하고 있었다. 갑자기 휴대전화가 울렸고, 내가 모르는 번호였다. 별생각 없이 전화를 받았는데 아주 씨근덕거리는 숨소리가 들렸다.

"도경이냐? 두오 거기 있냐?"

두오의 아버지였다. 끝이 뭉개지는 발음 덕에 술을 거나하게 마셨다는 걸 알 수 있었다. 머리카락이 쭈뼛했다. 두오네 아빠의 덩치와 성격을 익히 알고 있기 때문에 더 두려웠다. 나도 모르게 손을 떨었다.

"두오 거기 있지?"

아니요, 라는 말을 머릿속에서 두어 번 되뇌었던 것 같다. 나는 슬쩍 뒤를 돌아보았다. 두오가 나를 보고 있었다. 그 애는 처음 보는 놀란 얼굴로, 마치 당장이라도 숨을 헐떡일 것같이 눈가가 발개진 채로 내게 다가왔다.

"야 이 새끼야, 왜 대답을 안 해?"

아저씨는 화가 아주 많이 나 있었다. 아저씨는 아줌마가 도망간 이후로 쭉 굉장히 예민한 상태였다. 두오는 나를 보면서 고개를 절레절레 저었다. 두오가 휴대전화로 손을 뻗었다. 그때 나는 거의 반사적으로, 그 애의 손이 마치 독침이라도 되는 것처럼 매섭게 쳐 냈다.

"지, 집에 가라고 할게요."

나는 아직도, 심지어 기억을 재현하는 그 악몽에서마저도 내가 그때 왜 그렇게 말했는지, 왜 두오의 손을 쳐 냈는지 알 수 없었다. 대체 왜였을까.

꿈에서 깨어나고 보니 눈가가 젖어 있었다. 나는 다시 생각했다. 그때 대체 왜 그랬을까. 그간 그 애에게 느꼈던 모든 부정적인 감정과 생각이 폭발했던 걸까? 아니면 그 애의 아빠가 당장이라도 우리 집에 쳐들어올 것 같은 불안감을 느꼈던 걸까? 그때 두오는 그 자리에서 한동안 나를 노려보다가 집을 나갔다. 그 뒤로 우리는 완전히 서먹해졌다. 두오는 나에게 뭔가 해명을 기다리고 있는 것 같았으나 나는 그 어떤 말로도 그 일을 변명할 수 없었다. 내가 왜 그랬는지 나도 잘 몰랐고, 두오에 대한 내 생각과 감정은 너무 다양하고 복잡해서 차라리 이렇게 멀어진 게 편하기까지 했다. 그리고 얼마 지나지 않아 나는 이사를 갔다. 고등학생이 되어서 두오를 다시 만났을 때, 그 애는 반가운 듯이 희미하게 웃었지만 나는 눈이 마주치자마자 고개를 돌려 버렸다. 그 순간 두오가 어떤 표정을 했을지 종종 신경이 쓰이곤 했다.

"나보고 어쩌라고⋯⋯."

나는 누운 채로 울었다. 그냥 눈물이 터져 나왔다. 지금까지 꾼 악몽 중에서 가장 괴로운 꿈이었다.

나는 강원도에서 주말을 보내고 다시 서울로 올라왔다. 올라와서 가장 먼저 한 일은 남해 쌈밥집을 검색한 것이었다. 인터넷 후기들을 보면서 조금이라도 느낌이 오는 가게들은 다 전화해 봤다. 한 군데 중국인 종업원이 있다는 가게가 있었으나 자세히 물어보니 젊은 여자였다. 지칠 대로 지쳐서 역시 터무니없는 상상이었지, 하고 포기하기 직전 새로운 키워드가 떠올랐다. '남해 맛

집, 중국인' 이렇게 검색해 보았다. 촉이 오는 글이 하나 있었다. 남해에 있는 작은 중국식 만둣집에 갔는데 거기 사장님이 진짜 중국인이고 여자 분이라는 후기였다. 애석하게도 가게 전화번호는 나와 있지 않았다. 인터넷에 남해라는 지역명과 만둣집 이름을 검색해 보았으나 다른 관련 글은 없었다. 직접 가 보는 수밖에 없었다. 나는 돌아오는 토요일 오전으로 기차표를 끊었다.

남해는 아름다운 곳이었다. 꼭 자연 속 동화 나라 같은 풍경이었다. 짙푸른 바다 인근에 작은 집들이 다닥다닥 모여 있는 마을의 광경을 그냥 보기만 해도 마음이 편해졌다. 만약에 두오가 이곳에 있다면 심신의 안정에 어느 정도 도움이 되었으리라. 다만 남해는 교통편이 아주 불편해서 남해역에 도착하자마자 차를 렌트해야 했다.

차를 세우고 만두 가판대 앞에 섰을 때 가게의 첫인상은 '참 작은 가게다'라는 것이었다. 어느 관광객이 남해까지 와서 이런 평범한 만둣집을 들릴까 하는 생각이 들었다. 하나 있는 인터넷 후기를 발견한 게 기적이었다.

"실례합니다."

보통 가판대와 찜통을 앞에 둔 만둣집은 사람이 그 앞

에 같이 서 있기 마련인데 아무도 보이지 않았다. 몇 번 더 소리를 치니, 가게 안이 아니라 건물 왼편에서 여자가 헐레벌떡 뛰어왔다.

"어머 죄송해요. 화장실을 잠깐 다녀왔는데 그사이에 손님이 오셨네!"

애매했다. 친구 엄마의 얼굴은 잘 기억나지 않았고, 눈앞의 중년 여인은 너무나 한국인 같은 모습이었다. 한국말도 너무 유창했다. 두오의 엄마가 예쁘장한 사람이었다는 걸 단서로 삼아 여자의 얼굴을 샅샅이 살펴보았으나 내 눈에는 날씬한 중년 여자일 뿐이다.

"손님?"

다시 한번 얼굴을 뜯어보았다. 가만히 보니 젊었을 때는 퍽 예쁜 축에 속했을 것 같다. 두오와 닮은 모습이 있는 것도 같았다.

"저 혹시… 저 모르시겠어요?"

여자는 의아한 얼굴을 한다. 곧 당황스러운 듯한 미소가 입에 걸린다.

"저 김도경인데요…….."

도무지 알아듣지 못하는 얼굴이다. 어떻게 할까. 장두오를 아시냐고, 본인의 아들이 아니냐고 물어볼까. 괜히 입술만 달싹거리고 있는데 내 얼굴을 찬찬히 훑던 여자가 갑자기 높은 목소리로 중국말을 내뱉는다. 나는 무슨 말인지 알아들을 수 없다. 여자는 곧 "도경이!" 하고 소리를 질렀다.

"너, 너… 두오 어릴 때 친구!"

두오란 이름이 여자의 입에서 나왔다. 심장에 전기가 흐르듯이 저릿저릿한 감각이 흘렀다.

"세상에, 도경이 너를 여기서 보게 되다니. 어떻게, 어떻게…….."

나의 감격보다 여자의 감격이 더 큰 것 같았다. 두오의 엄마는 이 만남이 순전히 우연이라고 생각하는 것 같았다. 두오네 엄마의 거대한 감격이 조금 가라앉고 나서야 나는 조심스럽게 그 이름을 입에 올려 볼 수 있었다.

"어머니, 그… 두오는 혹시?"

두오의 엄마는 눈썹을 찡그렸다. 지금까지의 흥분이 갑자기 확 꺼지기라도 한 것처럼, 여자는 입술을 잘근잘근 씹었다.

"그 애를 왜 찾니?"

예상 밖의 대답이었다. 나는 갈피를 잡을 수가 없었다. 내가 동요하는 만큼 여자의 눈동자도 흔들렸다.

"혹시 두오가 너한테도 빚졌니?"

아주 불안한 눈빛, 애원하는 듯한 목소리. 그 애를 왜 찾냐는 질문이 바로 이해가 되었다. 두오는 이곳에 있다. 도망을 온 것이든, 아줌마가 어떻게 애 소식을 듣고 억지로 끌고 온 것이든 간에 두오는 이곳에 있는 것이다. 그리고 그 애가 도박으로 진 빚 때문에 두오의 행방을 추적하던 사람들 중 누군가가 여기까지 온 일이 있는 것이다. 그래서 아줌마는 나도 그 애에게 빚을 받으러 왔다고 생각하는 모양이었다.

나는 아줌마와 비좁은 가게 안에 나란히 앉았다. 만두를 늘어놓고 꾸역꾸역 먹으면서 이야기를 나눴다. 아줌마는 그간 꾸준히 두오와 연락하고 지냈다고 했다. 그러다가 두오가 학교에서 자취를 감출 즈음부터는 연락이 잘 되지 않았고 비로소 1년 전, 두오가 스무 살이 된 무렵에야 그 애가 도박에 빠져들었다는 걸 알았다고 한다. 그 무렵 두오의 도박 빚은 무려 7천만 원이었다. 두오는 도박 빚을 돌려 막기 하느라 제2금융권에서 돈을 많이 빌렸고, 사채업 쪽에도 약간의 빚이 있는 상태였다. 아줌마는 당장에 서울로 올라가서 찜질방과 값싼 숙박업소를 전전하는 두오를 데리고 남해로 내려왔다.

"그때 우리 두오 꼴이 정말 말이 아니었지. 빚 독촉 전화에, 협박하는 사람들을 피해서 몸을 숨기고 다니느라 아주 인간 같지 않은 꼴이었어. 그걸 끌고 내려와서 얼마나 울었는지 모른다."

아줌마는 멸치쌈밥집을 개업하려고 모아 둔 돈으로 두오의 빚을 갚았다. 그러나 모든 중독이 그러하듯 도박 중독 역시 끊기가 아주 어려웠다. 두오의 도박은 자꾸 반복되었다. 빚이 가장 큰 문제였지만 그것만 문제가 된 것은 아니었다. 저번에 오혜정이 '일상생활까지 없어지는 것은 당연히 따라오는 덤'이라고 표현했던 것이 떠올랐다. 도박을 시작한 뒤로 장두오의 일상생활은 마치 산산조각이 난 유리처럼 바스러졌고, 건실하게 뭔가를 해 보겠다는 의지나 생각 같은 것들, 이를테면 청년의 이상과 꿈 같은 것도 난파당했다. 그 아이의 자아라고 안전할 리없었다. 삶의 대부분을 잃은 장두오가 얻은 것은 우울증, 대인 기피증, 강박증 같은 골치 아픈 증상들이었다. 만약 장두오의 가족이 다 붙어 살았다고 하더라도 언젠가는 틀림없이 도박 때문에 좁쌀 흩어지듯 뿔뿔이 흩어졌을 것이다. 원래부터 구멍이 많은 가정이었기에 그 부분이 도박의 두드러지는 비극으로 보이지 않을 뿐이었다. 아줌마는 두오가 끝없이 나락으로 떨어지는 게 두려워 그 뒤로도 여러 번 두오의 빚을 갚아 주었다.

"한번은 이럴 거면 차라리 같이 죽자고 번개탄도 사다 놨지. 내가 미친년처럼 난리를 치면서 불을 붙이려고 한 뒤부터 지금까지는 그럭저럭 잘 버티는 것 같구나. 가끔 인형뽑기에 2, 3만 원씩 쓰고 오긴 하지만."

아줌마는 어쩌면 이 만둣집 덕분일지도 모른다고 했다. 두오가 뭐라도 좀 마음 붙일 만한 일을 만들어 주려고 전 재산을 털어 이 만둣집을 개업한 것이라고 했다. 이제까지 쭉 일했던 쌈밥집을 그만두고, 두오의 빚을 갚고 남은 아주 적은 돈으로 가게를 차렸다. 이 가게에서 두오와 함께 만두를 만들고, 손님을 맞이하면서 그 애가 조금씩 사람 몰골을 하게 되었다고 말했다.

"두오가 지금은 시장에 장을 보러 가서 없어. 조금 기다리면 올 거야."

그 말을 듣자 갑자기 가슴이 쿵쿵 떨리기 시작했다. 그 애는 나를 보고 어떤 표정을 지을까. 우리는 무슨 말을 할 수 있을까.

"두오가 요 길목으로 들어오니까 마중 나가도 되고."

나는 그러기로 했다. 도저히 도망칠 수 없는 이 비좁은

만두 가게 안에서 두오를 마주하는 것보다 조금이라도 트여 있는 공간에서 보는 게 훨씬 편할 것 같았다.

가게 앞은 해안가였다. 난 두오가 지나다닌다는 그 길목을 주시하면서 해안가 모래밭을 괜히 서성였다. 잠시 후, 투투투 하는 스쿠터 엔진 소리가 들렸다. 검은색의 낡은 스쿠터가 느릿느릿 만두 가게 쪽으로 오고 있었다. 거리가 꽤 있어서 운전자의 얼굴이 자세히 보이지 않았지만 나는 직감했다. 두오였다. 고등학생 시절보다 훨씬 마른 것이 눈에 보였지만 두오가 맞았다. 그 애가 아닐 수 없었다.

나는 맨발로 힘껏 달렸다. 모래밭을 벗어나서 돌계단을 후다닥 올라가, 만두 가게 앞에 섰다. 검은 스쿠터도 만두 가게 앞까지 도달했다. 스쿠터를 세우고 커다란 비닐봉지를 들쳐 안은 채 가게로 들어가려던 그 청년은, 문 앞에 멀뚱히 서 있는 나를 발견했다.

"만두 주문하시게요?"

시야를 가린 커다란 비닐봉지를 가슴께로 내려 안으면서 물었다. 두오의 눈이 보였다. 아주 오랜만에 마주하는 눈이다. 어릴 때와 마찬가지로 여전히 물기가 어룽거리는 눈. 목소리는 또 어찌나 그때와 같은지. 몹시 마른 몸과 지저분한 머리 스타일만 아니면 예전의 두오와 똑같았다.

두오 역시 눈이 마주치자마자 나를 알아보았다. 그 애의 눈동자가 황망하게 커졌다.

"너……."

두오를 찾으면 무슨 말을 해야 할까 고민했다. 어린 시절에 너에게 상처를 줬던 것부터 사과해야 할까, 아니면 이유는 모르겠지만 네가 나오는 악몽을 꿔서 피가 마른다고 불평을 털어놓아야 할까. 그것도 아니면 미친놈아, 도박은 왜 했니 하고 욕을 퍼부어야 할까. 그러나 지금은 아무런 생각이 나지 않는다. 두오도 말이 안 나온다는 얼굴로 눈만 깜빡거렸다. 그러다가 눈썹을 찡그린다.

"뭐야, 그 바보 같은 꼴은?"

모래로 뒤덮인 맨발. 양손에 한 짝씩 든 운동화. 아무 말도 못하고 입술만 뻐끔거리는 모습은 누가 봐도 바보 같은 꼴이었다.

"멍청해 보여, 김도경."

나는 그 멍청한 모습 그대로 두오를 응시했다. 그러다가 문득 깨닫는다. 마침내 두오를 찾았으나 실은 정말 찾아낸 것이 아니라는 것을. 은근슬쩍 시선을 피하는 눈동

자, 불안한 듯이 까딱거리는 다른 쪽 손의 손가락, 몹시
지친 듯한 표정…….

그 모든 것은 두오가 아니었다. 문득 강원도에서 만났
던 아저씨의 말이 떠오른다.


"도박은 사람의 원래 모습을 모조리 씹어 먹거든."


나는 두오에게로 한 걸음 다가갔다. 그 애가 주춤, 몸
을 피했으나 나는 다가가서 그의 마른 손을 꽉 힘주어 잡
았다.

# 회복의 시작

중독 전문가들은 이미 몇 년 전부터 '예전에는 술 마시고 담배 피우던 아이들이 곧 도박하고 마약 하는 시대가 올 것'이라고 우려했다. 그 우려대로 청소년 중독 문제의 양상은 나날이 심각해지고 있다. 필자가 현장에서 느끼는 아이들의 황폐함은 분명하고 노골적이다. ─필자는 대학 시절 상담심리학을 전공했고 연계 전공으로 중독 상담을 공부했으며, 현재는 작가와 학교 전문 상담사를 겸업하고 있다─ 물론 청소년 도박은 그런 내적 황폐함보다는 가벼운 흥미로 시작되는 경우가 많다. 하지만 도박에 중독되고, 그 굴레에서 빠져나오지 못하는 본질적인 원인은 다른 많은 상처가 그러하듯 영혼의 빈틈을 채울 수 있는 진실한 사랑이 결여된 탓이라고 생각한다. 그러므로 중독 문제뿐 아니라 넝마가 되어 버린 청소년의 가슴 앞에서 우리의 과제는 사랑의 회복이 아닐까.

나윤아

블라인드 3. 몰카 범죄

# 다섯 명은, 이미 문부일

**문부일**
문화일보 신춘문예에 동화, 전북일보 신춘문예에 소설이 당선되었고 MBC창작동화대상, 대산창작기금을 받았다. 《찢어, jean》, 《우리는 고시촌에 산다》, 《불량과 모범 사이》, 《welcome, 나의 불량파출소》, 《사투리 회화의 달인》, 《굿바이 내비》, 《턴(turn)》을 출간했다.

# 다섯 명은, 이미

"10분 뒤 시험이 끝나니까 답안지 정리해! 기말고사 마지막 시험이니까 좀 더 힘내고."

선생님이 말했다.

한숨을 내쉬며 시험지를 보았다. 시선이 흔들려 영어 시험지의 알파벳이 잘 보이지 않는다. 대신 숫자들이 눈에 들어왔고 1과 2를 보니 112가 떠올랐다. 휴대전화를 꺼내 그놈을 경찰에 신고하고 싶다.

"선생님, 나민주가 계속 펜으로 책상을 두드려서 문제를 풀 수가 없어요."

뒤에 앉은 누군가가 짜증을 냈다. 나도 모르게 계속 한숨을 쉬고, 다리를 떨고, 손가락으로 벽을 두드리고……

어떤 행동을 반복했나 보다.

"시험이 어려우면 한숨 쉴 수 있지."

오현아가 작게 중얼거렸다. 따스한 말투 덕분에 급하게 뛰던 가슴이 차분해졌다.

선생님이 조용히 하라고 손짓했다. 정신을 차리고 다시 시험지를 보았다. 풀지 못한 문제가 절반이 넘는다. 할 수 없이 답안지에 모두 3번으로 답을 표시하고 펜을 책상에 내려놓았다.

그 일만 해결된다면 전교 꼴찌를 해도, 대학에 가지 않아도 좋을 텐데. 또 한숨을 쉬며 고개를 창밖으로 돌렸다. 사방이 잿빛으로 물들었고 흰 눈이 흩날렸다.

곧 겨울방학이 시작된다. 새해가 밝으면 3학년, 진짜 수험생이다. 다음 주부터 비싼 돈을 주고 과외를 받기로 했지만 그 일을 해결하지 못하면 다 부질없는 짓이다.

지난주, 엄마는 예약을 하고도 한 달 동안 기다려야 차례가 돌아오는 유명한 점집에 다녀왔다. 복채로 50만 원을 받은 선녀 보살이 내 사주에 활인이 들어 있어서 의사가 적성에 맞는다고 했단다. 그 보살은 미래를 내다보는 실력이 떨어졌다. 내가 협박을 당할 거라는 예언을 하지 않았으니까.

교문 앞을 지나가던 남자가 걸음을 멈추고 교실을 바라보았다. 혹시 그놈이 아닐까? 내가 어느 학교에 다니는지 알고 있었다. 그놈은 돈을 뜯어내려고 전화를 한 것 같다.

종이 울렸다. 시험이 끝났다며 호들갑 떠는 아이들의 들뜬 목소리가 귀에 거슬렸다. 시험지를 찢어서 쓰레기통에 버리고 복도로 나갔다.

"시험 못 봤어? 아니면 무슨 일이 있어?"

오현아의 눈빛에 나를 걱정하는 마음이 담겨 있다. 현아가 초콜릿을 내밀었다. 이렇게 따뜻한 아이인지 미처 몰랐다. 지난주 화학 실험을 마치고 보고서 작성을 하다가 의견이 맞지 않아 심하게 말싸움한 일이 흐릿해졌다.

현아와 1학년 때부터 같은 반이었지만 친하기는커녕 다툼이 많았다. 현아는 1등을 놓치지 않는 나를 이기려고 비싼 돈을 주고 과외를 받았지만 내 성적을 따라잡지 못했다. 이상하게 우리는 자주 얽혔다. 문예부 활동도 같이했고, 시설이 좋다고 소문난 독서실에 등록했는데 오현아도 다니고 있었다.

초콜릿을 입에 넣었다. 달지 않았다. 쓴맛이 강했다. 초콜릿에서 쓴맛이 난다는 걸 처음 알았다. 입안이 텁텁

해 콜라를 마시고 싶었다. 그놈의 연락을 받은 뒤부터 콜라를 물처럼 마시고 있다. 가슴이 너무 답답해 복도 창문을 열었다. 바람이 차가웠지만 춥지 않았다. 소리를 지르고 싶었지만 참았다. 그놈이 어디에선가 나를 지켜보고 있을지도 모른다.

창밖으로 고개를 내밀고 아래를 내려다보았다. 누군가가 뛰어내리라고 손짓하는 것 같았다. 5층에서 떨어지면 죽지 않을 것이다. 고층 아파트에서 투신하는 사람들의 마음을 조금 알 것 같다.

"오현아가 갑자기 왜 너한테 친한 척이야? 시험 스트레스로 미쳤나 봐."

수진이 다가왔다. 물끄러미 수진을 바라보았다. 베스트 프렌드라도 그 일을 차마 말할 수 없었다. 수진은 내가 며칠 동안 연락이 안 돼 불편했다며 전화기 전원을 켜라고 재촉했다. 시험에 집중한다는 핑계를 대서 전원을 꺼 놓고 그놈의 연락을 피했다. 그놈이 보낸 수많은 메시지를 읽을 자신이 없었다.

청소를 빨리 끝내야 종례를 한다고 담임이 소리쳤다. 담당 구역인 과학실로 가는데 상담실 팻말이 눈길을 끌었다. 평소에는 보이지 않던 곳이다. 상담실은 이상한 아이들이 찾는 곳이라고 생각해 가까이 가 본 적이 없다.

상담실 옆 게시판에 학교 폭력, 성폭력을 당했으면 바로 신고하라는 안내 포스터가 붙어 있었다. 포스터 속 사진에서 눈을 뗄 수 없었다. 교복을 입은 또래 아이들의 얼굴에 웃음이 가득했다. 나도 상담을 받으면 저 아이들처럼 밝아질 수 있을까? 그런데 포스터에는 내 고민에 대한 안내가 한 줄도 적혀 있지 않았다. 여고생이 그런 일의 피해자가 되는 경우는 거의 없기 때문일까? 이번 사건은 학교 폭력도, 성폭력도 아니었다. 다리에 힘이 쪽 풀리고 한숨도 나왔다.

그래도 상담실에 들어가면 문제가 해결될 것 같아 안으로 들어가려다가 주변을 살폈다. 아이들이 많이 지나다녔다. 무턱대고 상담을 받았다가 학교에 소문이 날 수도 있다. 과학실 청소를 하면서 어떻게 상담을 받을지 고민했다.

종례를 마치고 상담실 앞을 서성거리다가 지나가는 사람이 없을 때 안으로 들어갔다. 선생님은 서류를 챙기느라 정신이 없었다. 여자 선생님이라서 마음이 놓였다.

"대학교에서 입시 가산점을 받을 수 있는 학생 글쓰기를 공모하는데, 주제가 청소년 문제라서 선생님께 여쭤

보러 왔어요."

의자에 앉으며 선생님 눈치를 봤다. 책상에 《네가 소
중한 이유, 백 가지》라는 책이 놓여 있었다. 선생님이 공
모전에 대해 자세하게 물었다.

"성범죄, 폭력, 청소년 성관계, 몰카 피해 등의 주제
중에 한 가지를 정하면 되는데, 여고생이 몰카 범죄의 피
해자가 되는 이야기를 써 보고 싶어요. 그런 상담도 해
보셨죠?"

여학생이 남자 친구와 성관계를 했고, 누군가 그 장면
을 몰래 촬영해 인터넷에 유포한 사건이라고 덧붙였다.

"몰카 피해를 당했다고 상담받기 부끄럽지 않겠니? 그
소재는 별로야! 그 문제로 글을 써도 심사 위원들이 여학
생한테 공감할 수 없어서 상 받기 힘들어."

선생님이 눈살을 찌푸렸다.

"몰카도 성범죄 피해와 같은 것 아닌가요?"

나도 모르게 목소리를 높여 따지듯이 물었다.

"합의해서 성관계를 가진 여고생이잖아. 성폭행, 성추
행을 당해야 성범죄야. 애초에 성관계를 안 했으면 몰카
촬영도 안 당했을 테니, 공부에 매진해야 하는 학생이 정
신 못 차려서 당한 일이라고 생각하는 사람들이 더 많아.

자업자득!"

선생님의 말투가 너무 단호했다. 나는 정신 못 차린 여학생이 되어 버렸고, 협박당할 일을 만든 나한테 모든 책임이 있었다. 그렇게 생각하는 순간 상담실이 너무 좁게 느껴졌고, 공기도 탁한 것 같아 숨쉬기가 힘들었다. 역시 그 문제는 누구의 도움도 받을 수 없다.

"좀 더 고민하고 와! 참, 오현아가 이 책을 놓고 갔는데 갖다줄래?"

선생님이 책상에 있는 책을 내밀었다. 현아는 무슨 일로 상담을 받았을까? 복도를 걸어가면서 책을 훑어보았다. 《네가 소중한 이유, 백 가지》라는 책 제목이 마음에 들었다. 지금 나한테 필요한 책이었다. 내가 살아가야 하는 이유가 적혀 있을지도 모른다. 곳곳에 낙서가 많았다. 기말고사, 1등, 죄책감, 살기 싫다, 내신 비율, 장학금, 문화대 국문학과……. 문화대 국문학과라는 단어를 보니 화가 끓어올랐다.

올해 봄, 문화대학교 문학 공모전에 문예부 학생들이 단체로 작품을 응모했고 현아가 우수상을 받았다. 나는 진심으로 축하했다. 선생님과 친구들이 칭찬해 수상을 기대했던 내 소설은 당선자 명단에 없었다.

공모전 홈페이지에 올라온 심사평을 읽다가 접수 확인 게시판을 보았다. 혹시나 해서 이름과 학교, 작품명을 남겼더니 접수가 안 됐다는 댓글이 달려 담당자와 통화했다. 문예부 학생 작품 중에 내 소설만 없다는 이야기를 들었다. 우체국에 가서 작품을 발송한 사람은 오현아고, 그때 내 소설을 뺀 것이다. 하지만 증거가 없었다. 그 뒤부터 오현아에게 절대로 지지 않으려고 이를 악물고 공부했다.

다음 페이지를 넘겼다. 내 이름과 전 남친 이름인 강혁준이 적혀 있었다. 그 옆에 나온 황우완은 전혀 모르는 사람이었다. 나와 전 남친이 왜 등장하는지 궁금해 그 페이지에 적힌 낙서를 꼼꼼히 살피는데 마침 화장실에서 오현아가 나왔다.

"네가 이 책을 왜 봐? 어디서 난 거야?"

오현아가 노려보면서 책을 빼앗듯 가져갔다.

"내 이름, 전 남친 이름이 왜 적혀 있어? 황우완은 또 누구야?"

"낙서할 자유도 없냐? 짜증나!"

오현아가 눈을 치켜떴다. 더 이상 말다툼을 하고 싶지 않았다. 내 문제만으로도 머리가 터질 지경이었다.

집에는 아무도 없었다. 방에 들어가 교복을 입은 채로 침대에 누웠다. 잠이 오기는커녕 가슴이 너무 빠르게 뛰어서 숨쉬기도 힘들었다. 그놈의 연락을 받은 뒤로 며칠째 잠을 이루지 못해 어깨가 결리고 뒷목이 뻣뻣했다. 침대에 누우면 바로 잠들던 때가 그리웠다.

처방전 없이 수면제를 살 수 있나 생각하는데 엄마가 먹는 수면제가 떠올랐다. 안방으로 가서 화장대 서랍을 열었다. 약상자에는 포장지가 벗겨진 여러 가지 캡슐이 많아 어떤 약이 수면제인지 알 수 없었다.

약을 몇 가지 챙겨 방에 들어와 컴퓨터 앞에 앉고서 인터넷 검색창에 캡슐에 적힌 약 이름을 입력했다. 대부분 수면제가 아니라 우울증 치료제였다. 충격받지는 않았다. 엄마가 신경안정제 없이 산다면 그것이 더 놀라운 일이다.

수면제인 빨간색 약 한 알을 물 없이 삼키고, 다시 침대에 누웠다. 잠들려고 애쓸수록 정신이 또렷해졌다. 누군가 가슴을 세게 짓누르는 것 같아 숨쉬기 힘들었다. 버럭 소리를 지르며 일어나 방 안을 서성거렸다. 콜라를 마시고 싶어 부엌으로 갔다.

마침 집 전화가 울렸다. 받지 않았다. 끊겼던 전화가

다시 요란하게 울렸다. 신경이 예민해졌다. 시끄럽게 울리는 소리가 얼른 전화를 받으라고 다그치는 것 같아 수화기를 들었다.

"나민주, 안녕! 전화기가 꺼져 있어서 집으로 전화했어. 시험은 잘 봤어?"

그놈은 집 전화번호까지 알고 있었다. 현관문 도어록을 열고 그놈이 들이닥칠 것만 같아 자꾸 집 안을 두리번거렸다. 엄마 아빠가 환하게 웃는 가족사진이 벽에 걸려 있었다.

"원하는 게 뭐예요?"

손이 부들부들 떨려 전화기를 떨어뜨릴 뻔했다.

"시험 준비하느라 바빴지? 어디에 사는지도 알고 있으니까 피하려고 하지 마."

그놈이 입을 열 때마다 밧줄로 목을 조르는 듯 숨이 막혔다.

"집으로 연락하지 말아요. 휴대전화를 잘 받을게요."

목소리가 떨려 발음이 정확하지 않았다. 그놈이 큰소리로 웃어 댔다.

며칠 전, 그놈은 발신자 흔적이 남지 않도록 공중전화를 통해 처음 연락을 해 왔다. 중고 휴대전화를 사서 삭제된 파일을 복원했는데, 그 안에 나와 남친의 은밀한 동영상이 저장되어 있다며 이야기를 시작했다. 사귀다가 헤어진 오빠가 전화기를 잃어버린 일이 떠올랐다. 그놈이 하는 말은 다 사실이었고, 너무 놀라 전화를 끊어 버렸다. 이튿날부터 기말고사 시작인데 그놈 때문에 시험을 망칠 것 같았다. 엄마와 친구들에게는 시험에 집중한다고 둘러대고 전화기 전원을 꺼 놓았다.

그놈은 집 전화번호까지 알고 있었다. 연락을 피한다고 해서 해결될 일이 아니었다. 오늘은 그놈이 멀티방 동영상에 대해 좀 더 자세하게 말했다.

"몰카 동영상이 있다는 말, 믿을 수가 없어요."

오빠가 전화기 카메라로 그 장면을 촬영할 리가 없다.

"인터넷에 올릴 테니 직접 다운 받아서 보고 싶어? 9월 22일 오후 2시 30분쯤 맞지? 동영상을 보니 벽이 핑크색으로 칠해져 있네. 남친은 찢어진 청바지를, 넌 노란색 남방을 입었잖아."

그놈은 그 공간에 같이 있던 사람처럼 자세하게 알고 있었다. 돌이켜 보니 멀티방 벽은 핑크색으로 칠해져 있었다. 튀는 색이었고 분위기가 더 야릇해서 기억에 남았다. 뿐만 아니라 빨간색 비닐 포장지에 담긴 콘돔을 사용한 것도 그놈은 알고 있었다.

멀티방에 가기 전, 고3인 남친과 대형 마트에서 빵과 커피를 사고 계산대 옆에 있는 콘돔을 꺼냈다. 엄마 또래의 계산원이 우리를 흘겨보더니 콘돔을 사려면 신분증을 보여 달라고 했다. 콘돔은 나이 구분 없이 살 수 있다고 남친이 말했지만 아줌마는 절대로 안 된다며 눈을 부라렸다. 뒤에 서 있던 아저씨가 혀를 차면서, 학생이 공부를 해야지 발랑 까졌다며 욕을 해 댔다. 성범죄자가 된 기분이었다. 우리는 물건을 두고 도망치듯 나왔다. 콘돔 대신 랩을 사용했다는 친구 이야기가 떠올랐다. 편의점에 들어갔지만 아빠 또래의 아저씨가 계산대를 지키고 있었다. 고민 끝에 지하철역 화장실에 있는 콘돔 자판기를 이용했다. 그런 우여곡절이 있어서 콘돔 포장지를 더 생생하게 기억한다.

정말 그놈은 동영상 파일을 갖고 있었다. 그놈이 휴대전화 메모장에 적혀 있는 내 메일 계정으로 사진 한 장을 보냈다고 말했다. 휴대전화 전원을 켜서 메일에 접속해 확인했다. 동영상을 캡처한 사진이다. 선명하지 않았지만 벌거벗은 여자가 웃으면서 남자와 껴안은 모습이었다. 얼굴이 나와 비슷했고, 벽은 옅은 핑크색이었다.

"경찰에 신고하면 동영상을 외국 포르노 사이트에 팔아 버릴 거야. 그 사이트는 외국에 서버가 있어서 한국 경찰이 잡기 힘들어. 제목은 A고 화끈 여고딩 어때? 차라리 화끈녀 나민주로 할까?"

녀석이 미친놈처럼 웃어 댔다. 친구들, 선생님, 가족들이 그 동영상을 보는 모습을 상상하기 싫었다. 학교 연관 검색어에 A고 몰카, 화끈 여고딩이란 단어가 오를 수도 있다.

원하는 것을 물었지만, 그놈은 내일 다시 연락하겠다고 말하면서 전화를 끊었다. 전화기를 내려놓았다. 손에 땀이 흘렀다. 몰카 촬영을 한 전 남친에게 휴대전화로 연락했지만 며칠째 통화가 안 됐고, 수능 보기 직전부터 지금까지 SNS에 새로 올라온 게시물은 없었다. 경찰에 남친을 신고할 수도 없다. 그러면 사건이 세상에 알려진다.

잠시 뒤 현관문 도어록 누르는 소리가 들렸다. 등줄기로 식은땀이 흘렀다. 방으로 들어가서 문을 잠갔다. 곧 엄마 목소리가 들렸고, 한숨을 쉬며 거실로 나갔다.

"성적 떨어진 거 아니지? 이제부터 1년 동안은 체력 싸움이야!"

엄마가 값비싼 홍삼 원액을 내밀었다. 입안에 쓴맛이

감돌았다. 엄마 몰래 버린 한약도 많았다.

할머니 댁에 다녀오면 엄마의 얼굴은 언제나 어두웠다. 엄마는 대학생 때 나를 임신해서 아빠와 결혼했다. 할머니는 엄마에게 아빠의 앞길을 막았다고 입버릇처럼 말했다. 의사, 교수인 고모들은 엄마를 가사 도우미 취급했다. 오늘도 혼자 김장을 하고 왔을 것이다. 그럴수록 엄마는 아빠와 싸움이 잦았고 점점 나한테, 정확히 말하면 내 성적에 집착했다.

"자퇴한 여자애, 사거리 편의점에서 일하더라. 어떻게 살겠다는 건지! 넌 다시는 연애하지 마! 그 시간에 공부나 해."

엄마가 물을 들고 안방으로 들어갔다. 약 먹을 시간이었다. 지난해 임신해서 자퇴한 승미 언니가 떠올랐다. 자퇴가 아니라 퇴학이나 마찬가지였다.

"그게 다 여자 탓이야? 남자는 아무 잘못도 없어? 같은 여자끼리 왜 그래?"

소리를 지르며 방에 들어와서 문을 잠갔다. 엄마는 왜 언니를 이해하지 않는 걸까? 승미 언니 사건 때도 언니만 욕하고 남자는 실수였다고 옹호하는 사람이 많았다. 지금 내가 겪고 있는 일을 얘기할 때도 엄마를 비롯한 대부분의 사람이 그렇게 말할 것이다.

침대에 누웠다. 베개에 머리카락이 많이 떨어져 있었다. 9월 초, 성적 스트레스로 원형 탈모가 와서 치료를 받았다. 병원에서 당분간 쉬어야 한다고 했지만 휴식 방법을 몰랐다. 그때 독서실에서 전 남친을 만났다.

어깨가 너무 결려 옥상에서 스트레칭을 하고 있는데, 오빠가 운동법을 알려 줬다. 오빠도 의대를 목표로 공부하느라 힘들다며 틈틈이 맨손체조를 했다. 오빠는 개그 프로그램의 유행어를 따라 하며 말하는 버릇이 있었다. 오빠와 얘기를 나누다 보면 웃음이 끊이지 않았고, 피곤할 때 오빠의 넓은 어깨에 기대어 자고 싶었다.

학교와 집에서 공부 스트레스를 받아도 오빠를 만날 시간을 기다리며 견뎠다. 오빠도 나와 같은 마음이라는 것을 알게 됐고 연애를 시작했다. 멀티방에서 오빠와 첫 관계를 맺는 동안 시간이 멈추기를 바랐다. 그런 짜릿한 경험은 처음이었다. 오빠의 품은 세상에서 가장 편안한 휴식처였다.

오빠에게 좋은 모습을 보이고 싶어서 더 열심히 공부했고 중간고사에서 전교 순위가 올라갔다. 오빠도 수능 준비에 더 매진했다. 연애를 하면 성적이 떨어진다는 말이 거짓이란 걸 우리가 증명했다.

오빠와의 달콤한 시간은 길지 않았다. 엄마한테 연애하는 것을 들키고 말았다. 엄마가 몰래 내 휴대전화를 확인하고 있었나 보다. 독서실에 찾아온 엄마가 사람들 앞에서 오빠를 야단쳤고, 오빠네 엄마에게도 연락을 했다. 오빠네 엄마도 만만치 않았다. 오빠와 헤어지지 않으면 학교에 찾아와서 망신을 주겠다고 나에게 엄포를 놓았다. 우리 두 사람은 점점 지쳐 갔다. 오빠는 수능 이후에 다시 만나자며 먼저 연락을 끊었다.

오빠의 전화를 기다리느라 밤새도록 몸을 뒤척일 때가 많았다. 다시 성적 스트레스가 쌓였고, 그럴수록 더 오빠가 생각났다. 수능 성적이 발표되면 연락하려고 했지만 이번 일로 완전히 오빠를 마음에서 지웠다. 그 새끼는 지금도 어디에선가 몰래 촬영하고 있을지도 모른다. 하지만 막을 방법이 없었다.

휴대전화로 인터넷 검색창에 '몰카 동영상'을 입력했다. 몰카 관련 범죄 기사가 많았다. 몰카 동영상을 '리벤지 포르노'라고도 부른다고 했다. 남자가 헤어진 여자 친구에게 복수하려고 동영상을 인터넷에 공개하기 때문에 복수라는 뜻의 영어 단어 리벤지(revenge)가 붙었단다.

문제는 포르노라는 단어다. 사람들은 몰카 피해 여성을 포르노 배우라고 여겼다. 거친 숨을 몰아쉬며 콜라 한 캔을 단숨에 비웠다. 그놈이 동영상을 유포하면 창밖으로 뛰어내리는 것 말고는 해결 방법이 없다.

기사에는 디지털 장의사라는 별명이 붙은 동영상 삭제 전문가의 인터뷰도 있었다. 다른 나라의 삭제 전문가가 몰카 피해 여성에게 연락하니 백 명 중 다섯 명은 이미 자살한 뒤라고 적혀 있었다. 특히 성매매 여성의 피해가 컸다. 동영상이 있다는 것을 알면서도 성매매가 범죄라서 경찰에 신고하지 못하나 보다.

'성매매하는 여성이 몰카 피해자? 돈 벌려고 했으니 자업자득!'이라고 적힌 댓글이 가장 많은 추천을 받았다.

검색해 보니 여고생의 사연이 나온 기사도 있었다. 성관계하는 모습을 남친이 몰래 촬영해 헤어진 뒤 동영상을 인터넷에 올린 것이다. 신상 정보가 공개된 여고생은 학교를 자퇴하고 정신병원에서 치료를 받고 있었다. 여고생 이름 A양 대신 내 이름을 넣고 기사를 다시 읽었다. 손이 떨렸고, 자살이라는 단어만이 머릿속을 스쳐 지나갔다. 댓글에는 여고생을 욕하는 악플이 많았다.

'여고생이 벌써 남자랑 자? 그 시간에 공부나 해라. 밝

힌 여고딩의 당연한 최후!'

그 댓글에 찬성이 9백 개가 넘었다. 로그인을 해서 반대 버튼을 누르고 답글을 달았다.

'몰카를 찍고 유포한 놈을 욕해라. 여고생은 성관계하면 잡아간다고 헌법에 나왔냐? 그리고 여고생 혼자 성관계했냐?'

악플마다 반대 표시 버튼을 누르고 답글을 다느라 정신이 없는데, 휴대전화 화면에 페이스북 쪽지가 왔다는 표시가 떴다.

✉ 화끈 고딩녀! 우리 한번 하자. 신음 죽이던데!
학교 근처에 사는 오빠야. 조건 가능!

그놈이었다. 페이스북 아이디를 아는 것은 어려운 일이 아니다. 삭제 버튼을 눌렀다.

버스에서 내려 학교로 걸어갔다. 지각이지만 뛰지 않았다. 수면제를 먹어도 깊이 잠들지 못해 어깨가 결리고, 눈동자가 튀어나올 것처럼 아팠다. 머리도 지끈거렸다. 밤새 생각의 꼬리를 끊을 수가 없었다. 정신 질환에 걸리는 사람의 마음을 알 것 같다.

가방에서 물을 꺼내 마셨지만 입안이 마르고, 머리에 안개가 낀 느낌이 사라지지 않았다. 수면제를 먹은 뒤에 나타나는 증상이다. 침대에 눕고만 싶었다. 엄마는 어떻게 이런 상태로 하루하루를 버틸까?

편의점에 들어가서 드링크제와 콜라를 들고 계산대로 걸어갔다. 남자 후배 몇 명이 나를 자꾸 힐끔거렸다. 동영상이 벌써 인터넷 사이트에 올라왔나 싶어서 가슴이 철렁 내려앉았다.

"왜 자꾸 나를 봐?"

"아니요. 그냥!"

녀석이 친구랑 주고받는 눈빛이 거슬렸지만 싸울 힘이 없었다. 며칠 사이에 나는 많이 변해 버렸다. 사소한 일에 예민하게 반응하고 쏘아붙이기 일쑤였다.

드링크제를 마시면서 편의점을 나왔다. 아침 식사도 걸렀더니 속이 쓰렸다. 휴대전화 전원이 켜져 있는지 또 확인했다. 연락이 안 되면 그놈이 집으로 전화할 수도 있다.

생각해 보니 남친에게 집 전화번호를 말해 준 적이 없다. 그놈이 분명 남친 휴대전화에 저장된 집 전화번호를 보고 전화했다고 말했다. 엄마에게 연애하는 것을 들키지 않으려고 집에서는 통화 대신 메시지를 주고받았다. 또한 남친에게 메일 계정을 알려 준 기억도 없다. 선생님에게 과제를 제출하거나 문예부 친구들에게 작품 발송할 때 빼고는 메일을 거의 사용하지 않는다. 그런데 이제 와서 그런 것을 따질 필요가 있을까. 그놈은 이미 내 정보를 모두 알고 있다. 깊이 생각할수록 한숨만 나올 뿐이다.

걷다 보니 학교 앞이었다. 수업을 받기 싫었지만 버릇처럼 교문을 지났다. 무단결석하면 담임은 엄마에게 연락할 테고, 그러면 엄마는 휴대전화 위치 추적을 해서라도 나를 찾아낼 테니까.

교실로 들어갔다. 자습 시간이 거의 끝나 가고 있었다. 시험이 끝난 뒤라 교실이 어수선해 신경이 곤두섰다. 수진이 다가와 왜 늦었냐고 주절거렸다. 조용히 하라고 버럭 소리를 지르고 말았다. 아이들이 나를 보며 수군거렸다. 잠시 뒤 담임이 들어와서 조회를 시작했다.

"오현아 안 왔어? 결석한다는 연락 없었는데."

오현아는 결석이나 지각 한번 하지 않는 모범생이다. 하지만 오현아가 오든 안 오든 나와는 무관한 일이다.

가슴이 불쾌하게 두근거렸고, 사소한 소리도 휴대전화 진동 같아 깜짝 놀랐다. 그놈의 연락을 학교에서 받는다면 나도 모르게 소리를 지르거나, 창문을 열고 뛰어내릴 수도 있다. 그놈을 생각할수록 몸에서 열이 올라오고 등에서 땀이 났다.

조회를 마친 담임을 따라서 복도로 나갔다. 생리통이 심하고 몸살도 있다고 둘러댔더니 담임이 얼굴빛이 너무 안 좋다며 조퇴하라고 말했다.

가방을 챙겨 학교 밖으로 나왔다. 답답하기는 어디든 마찬가지였다. 아랫배도 아팠다. 학교 옆 공원 화장실에 들어갔다가 무심코 천장에 달린 조명을 보았다. 몰래 설치한 초소형 카메라가 많다는 신문 기사가 떠올라 서둘러 볼일을 마치고 세면대에서 손을 씻고 밖으로 나갔다. 이제 무엇을 할까 망설이며 우두커니 서 있는데 화장실 뒤편에서 다투는 소리가 들렸다. 모른 체하며 걸어가는데, 여자 목소리가 익숙해 뒤쪽으로 다가갔다.

어떤 남자가 오현아를 때리려고 했다. 오현아도 가방을 바닥에 던지며 대들었다. 분위기가 심상치 않아 다급하게 오현아를 불렀다.

"어떻게 알고 여기까지 왔냐? 진한 우정에 눈물이 난

다. 끼리끼리 잘 노네."

남자는 헛기침을 하더니 담배를 꺼내 입에 물었다. 덩치가 작고, 길에서 만났다면 순진해 보인다고 생각할 만큼 선한 이미지였다.

"오빠가 원하는 대로 할 테니까 얼른 가."

오현아가 몸을 부르르 떨었다. 남자는 야비하게 웃으며 공원을 빠져나갔다.

"무슨 일이야? 왜 학교에 안 왔어?"

"상관하지 마. 세상에서 네가 가장 싫어."

오현아가 바닥에 침을 뱉었다. 블라우스가 뜯겨 있었고 단추는 바닥에 나뒹굴었다.

마침 휴대전화가 울렸다. 그놈이었다. 오현아를 걱정할 상황이 아니었다. 큰길로 뛰어가면서 통화 버튼을 눌렀다. 밤 9시, 중앙 공원 주차장에서 만나자고 했다.


무작정 걸었다. 갈 곳도 없고, 만날 사람도 없었다. 오늘도 하늘은 햇살이 비집고 들어올 틈 없이 짙은 잿빛이다. 겨울이 시작되고 있었다. 걷다 보니 사거리가 나왔다. 멀리 승미 언니가 일한다는 편의점이 보였다.

언니를 처음 만났을 때가 떠올랐다. 공모전에서 수상

실적을 쌓으면 대학 진학에 유리하다는 말을 듣고 문예부를 선택했다. 3학년 선배였던 승미 언니는 맑은 목소리로 신입생을 환영하는 시를 낭송했다. 아나운서처럼 발음도 좋았다. 언니는 전국 문예대회에서 수상한 경력도 많고, 선배랍시고 군기 잡는 2학년들과 다르게 좋은 시집도 빌려주고, 가끔 떡볶이도 사 줬다. 언니를 흉보는 사람을 본 적이 없었다.

문예부 활동이 재미있어 학교에 쉽게 적응할 무렵, 체육관 안에 있는 운동 도구실을 정리하다가 밖에서 들려오는 남학생들의 이야기를 엿듣게 됐다. 녀석들은 승미 언니 남친을 능력자라고 치켜세우면서 언니를 헤픈 년이라고 손가락질했다. 남친이 언니와 성관계를 했다며 떠벌리고 다녔던 것이다.

곧 언니가 임신했다는 소문이 학교에 퍼졌다. 학부모회에서 언니에게 자퇴를, 남친에게는 전학을 결정했다. 학부모회 부회장은 엄마였다. 결정을 거부할 수 없던 남친은 전학을 갔고, 올해 의대에 입학했다. 아버지가 유명한 회계 법인 임원이라는 이야기가 들려왔다. 형편이 어려운 언니는 고등학교 졸업도 못하고 미혼모가 됐다.

언니에게 따스한 말 한마디를 건네지 못했다. 솔직히

말하면, 언니 곁에 가면 이상한 균에 전염되거나 사람들로부터 손가락질을 받을 것 같아 언니를 피했다.

편의점 안을 들여다보았다. 언니는 물건을 정리하느라 바빴다. 많이 야위고, 머리 스타일 탓인지 이십 대 후반처럼 보였다. 예전의 환한 미소를 찾기 힘들어 선뜻 다가갈 수 없었다.

어느덧 12시가 되었다. 바람이 어제보다 더 차가워서 어디론가 들어가야 했다. 같은 건물에 있는 피시방은 어두컴컴했고, 게임에 빠진 남자들이 소리를 질러 대서 정신이 없었다. 매캐한 담배 냄새에 계속해서 기침이 터졌지만 마땅히 갈 곳이 없어 구석에 자리를 잡아 인터넷에 접속했다. 내일 수능 성적이 발표된다는 기사가 보였지만 궁금하지 않았다. 최신 뉴스에 〈몰카 주의보, 멀티방 알바생이 몰카 동영상 유포〉라는 기사가 올라왔지만, 피해자들의 사연을 읽고 싶지 않았다.

어디에선가 풍겨 오는 라면 냄새에 위산이 올라왔다. 죽이라도 먹어야 기운을 차릴 것 같아 음식을 파는 계산대 쪽으로 걸어갔다. 컴퓨터 한 대에 몰려 앉은 남자 두 명이 큰 소리로 키득거렸다.

"이 몰카 어때? 이 여자 신음 소리 죽여."

"야동은 연기라서 재미가 덜해. 몰카는 진짜잖아."

모니터를 뚫어지게 바라보느라 두 놈은 내가 가까이 가는 것도 몰랐다. 몰카 동영상이 어느 사이트에 많이 올라오는지 궁금했다.

"그 사이트가 어디예요?"

점퍼 모자를 푹 눌러쓰며 물었다. 두 사람이 나를 한참 동안 바라보았다.

"여고생도 이런 거 찾아봐? 변녀? 같이 볼까?"

한 놈이 영상을 확대했다.

"변녀? 누구보고 변태래?"

소리를 지르면서 밖으로 뛰어나왔다. 알바생이 뒤쫓아 와서 피시방 사용료를 내라며 노려봤다. 지갑을 꺼내 천 원을 내밀었다. 돈을 받은 알바생이 미친년이라고 중얼거리며 돌아갔다. 나는 하루 사이에 정신 못 차린 여학생, 변녀, 미친년이 되어 버렸다. 몰카를 찍는 놈과 그 동영상을 찾아보는 관음증 환자가 넘쳐 났지만 오히려 내가 변녀 소리를 듣고 있었다. 남친은 왜 그 장면을 몰카로 찍어 둔 것일까? 남친 새끼를 만나는 것이 먼저였다. 수능이 끝난 뒤라서 수험생은 봉사 활동이나 문화 체험을 하느라 학교에 오지 않았다.

남친이 사는 아파트로 걸어가면서 전화를 했지만 전원이 꺼진 상태였다. 남친도 그놈의 협박을 피하는 것일까? 동영상이 유출돼 남자가 스스로 목숨을 끊었다는 기사는 보지 못했다. 그놈은 남친 이야기를 한번도 꺼낸 적이 없다.

남친이 사는 아파트는 피시방에서 멀지 않았다. 택배 상자를 정리하는 경비원 아저씨한테 다가가서 5층에 사는 강혁준을 아는지 물었다.

"여자 친구야? 그 학생 며칠째 안 보이던데. 수능을 잘 못 봤다는 소문만 들었어."

아저씨는 상자를 들고 걸음을 재촉했다. 그놈보다 먼저 남친 새끼를 경찰에 신고할까? 머리가 복잡해질수록 가슴이 급하게 뛰었다.

아파트 상가 1층에 약국이 있었다. 교복을 입은 학생에게 수면제나 신경안정제를 줄 것 같지 않아서 약사한테 감기약을 달라고 했다. 몸살이 심하다고 했더니 다른 약도 줬다.

드링크제와 감기약 세 알을 한번에 먹었다. 여전히 머리가 너무 지끈거리고, 걸을 힘도 없었다. 그놈을 만나기 전에 쓰러질 것 같았다. 가까운 찜질방이 어디에 있는지 휴대전화로 검색했다.

일어나 보니 오후 4시였다. 약 기운 탓인지 설핏 잠이
들었다. 누군가한테 쫓기는 꿈을 꾸느라 자고서도 개운
하지 않았다. 여전히 정신이 몽롱했다. 매점에서 콜라를
사서 마시고 정신을 차렸다. 빈속에 콜라를 마셨더니 위
산이 올라왔다.

사우나로 내려가 로커 룸에서 전화기를 꺼냈다. 부재
중 전화가 세 건이나 와 있었다. 02로 시작하는 전화 한
통은 그놈의 연락일 테고, 오현아도 전화를 두 번이나 걸
었다. 현아가 내게 전화한 것은 처음이었다. 연락을 여러
번 했지만 받지 않았다. 잠시 뒤 02로 시작하는 전화가
걸려 왔다. 그놈이었다. 사람이 없는 곳에 가서 통화 버
튼을 눌렀다.

"돈 백만 원을 준비해! 여고생이라서 적게 받는 거야.
경찰에 신고하면 알지?"

그놈은 자기 할 말만 하고서 전화를 끊었다. 예상했던
터라 놀랍지 않았다. 이종사촌 언니에게 전화를 했다. 실
수로 친구의 최신 아이폰을 고장 내서 새로 사 줘야 한다
고 둘러대며 50만 원을 빌려 달라고 했다. 돈 빌릴 핑계

를 미리 생각해 두었기 때문에 어렵지 않았다. 엄마한테
는 비밀로 해 달라고 신신당부했다.

언니는 바로 돈을 입금했다. 내 통장에 있는 돈을 더했
더니 금방 백만 원이 마련됐다.

교복을 입고 그놈을 만날 수 없었다. 다행히도 롱패딩
이 종아리까지 내려와서 교복이 보이지 않았다. 그놈을
만나기 전에 무엇을 준비해야 할지 생각했다.


찜질방 건물 맞은편에 액세서리 가게가 있었다. 검은
색 모자와 싸구려 선글라스를 골랐다. 또 무엇이 필요할
까? 그놈을 만나면 대화를 녹음해야 한다. 휴대전화 배
터리가 부족해서 충전기도 샀다.

한참 전부터 배에서 꼬르륵 소리가 났다. 먹기 싫어도
억지로 먹어야 한다. 분식집에 들어가 의자 옆 콘센트에
휴대전화를 충전하면서 메뉴판을 훑어보았다. 속이 쓰
려 전복죽을 시켰다. 옆 테이블에서 풍기는 돈가스의 기
름 냄새, 소스 냄새, 단무지 냄새에 속이 울렁거려 밖으
로 나가려다가 다시 앉았다. 휴대전화 충전을 하려면 시
간이 필요했다.

그사이 창밖이 어두워졌다. 그놈을 만날 시간이 가까

워지고 있었다. 전복죽이 나왔지만 거의 먹지 않고 나왔다. 간판의 불빛이 너무 휘황찬란해 거리는 대낮 같았다. 세상은 아무 고민 없이 잘 돌아가고 있었다. 강한 불빛에 눈이 아팠고, 여기저기에서 들려오는 요란한 음악 소리에 남아 있던 기운마저 빠져나가는 기분이었다.

조용한 곳으로 발걸음을 옮기던 중 뒤에서 달려오는 오토바이를 피하려다 엉덩방아를 찧었다. 오토바이를 탄 남자는 명함 크기의 전단지를 길거리에 뿌리며 황급히 사라졌다. 바닥에는 비키니나 속옷 차림을 한 여자 사진이 실린, 여대생 마사지와 풀싸롱 광고지가 수북했다. 옆 건물 지하에 있는 마사지숍의 광고였고, 그곳은 성매매 업소였다.

불빛이 요란한 마사지 업소 입구에 승합차가 멈췄다. 미니스커트를 입은 젊은 여자들이 차에서 내려 안으로 들어갔다. 그 뒤를 정장을 입은, 아빠 또래 남자들이 뒤쫓았다. 고개를 숙이거나 모자로 얼굴을 가리는 남자는 없었다. 모두 당당했고, 시시덕거리며 웃기 바빴다.

바람이 차가워 손을 주머니에 넣었다. 선글라스가 있었다. 나는 왜 모자와 싸구려 선글라스를 산 것일까? 돌이켜 보니 나는 멀티방에서 돈을 주고 성매매를 한 것도,

누군가를 성폭행한 것도 아니다. 감정에 충실했을 뿐이다.

같은 건물 2층에 있는 풀코스 룸싸롱의 간판 조명이 손님을 유혹하듯 번쩍거렸다. 입구로 남자들이 계속 들락거렸지만 선글라스를 쓰거나 얼굴을 가리려고 애쓰는 남자는 아무도 없었다. 모자를 벗고 그쪽을 계속 주시하고 있는데, 휴대전화가 울렸다. 그놈이 돈을 마련했냐고 다그쳤다.

시간이 없었다. 은행을 찾아 두리번거렸지만 현금인출기가 있는 편의점만 보였다. 어떻게 할까 망설이는 사이, 우유 상자를 든 승미 언니가 밖으로 나왔다.

임신 소문이 학교에 나돌 때, 언니는 문예부 시화전에 참석해 후배들을 응원했다. 부끄러움을 모른다고, 뻔뻔하다고 언니를 손가락질하는 사람이 많았다. 나도 그중에 한 명이었다. 이제라도 언니에게 사과하고 싶다. 그리고 어떻게 그 시간을 견뎌 냈는지 묻고 싶다.

횡단보도를 건너 편의점으로 들어갔다. 문 위에 달린 종이 맑은 소리를 냈다. 과자를 정리하던 언니와 눈이 마주쳤다. 화장을 하지 않아 얼굴이 푸석푸석했지만, 여전히 눈빛은 따스했다.

"잘 지냈죠? 아기는 잘 커요?"

계산대 옆에 있는 초콜릿을 골랐다. 언니가 따뜻한 우유 라떼를 내밀었다. 목이 말랐던 터라 단숨에 마셨다.

"오랜만이네. 어제는 현아가 와서 한참 울다 갔어. 성적 스트레스가 심한 것 같아."

언니가 테이블을 걸레로 훔치면서 중얼거렸다. 오현아가 생각나서 전화를 했지만 여전히 받지 않았다.

"현아랑 가깝게 지내. 형편이 어려운 탓에 자격지심이 있어서 성격이 까칠한 거야."

언니가 현아네 가정 형편을 이야기했다. 아버지가 병원에 입원한 지 오래되어서 학교에서 장학금과 급식비 지원을 받고, 독서실은 아는 분의 소개로 무료로 다닌다고 했다. 고액 과외를 받는다는 소문은 거짓이었다. 대학교도 장학금을 받지 못하면 못 갈 수도 있단다.

늘 쫓기듯 어딘지 불안해 보이던 현아의 눈빛에는 많은 사연이 담겨 있었다. 문화대 공모전에서 내 작품을 빼고 발송한 것도 공모전 우수상 입상자에게 장학금을 준다는 특전이 탐났기 때문일 것이다.

"엄마 잘 계시지? 찾아뵙고 인사드려야 하는데."

"우리 엄마요?"

"출산했을 때 아줌마가 병원비도 내주시고 아기 옷도 여러 벌 선물해 주셨어. 아줌마가 독하게 살래! 덕분에 아르바이트하면서 열심히 애 키우고 있어."

언니의 목소리에 물기가 묻어났다. 배 속에 있는 아기를 지우지 않고 출산하겠다고 마음먹었을 스물한 살의 여대생이 떠올랐다. 엄마가 왜 연애를 못하게 했는지, 왜 언니를 비난하듯 말했는지 알 것 같다. 내가 처한 상황을 알면 엄마도 나를 조금은 이해해 주지 않을까?

언니가 휴대전화에 저장되어 있는 아기 사진을 보여 주었다. 환하게 웃는 아기를 보니 앨범에 들어 있는 내 사진이 생각났다. 백일이 지난 나를 안고 환하게 웃고 있던 엄마의 모습을 잊을 수 없었다. 그때와 다르게 요즘 엄마의 얼굴은 딱딱하게 굳어 있고 눈빛은 날카로웠다. 무엇이 엄마를 변하게 만든 것일까? 나도 며칠 사이에 성격이 바뀌었다. 사건 해결이 안 되면, 평생 수면제와 우울증 약을 복용하며 하루하루를 버텨야 할지도 모른다. 엄마처럼 살고 싶지 않다. 그리고 스스로 목숨을 끊은 다섯 명처럼 되고 싶지 않다.

언니는 아기 사진을 보면서 또 밝게 웃었다. 멀티방에서 생긴 오빠와의 일, 그때의 내 마음을 누구보다 잘 헤

아려 줄 것 같았다. 다행히도 손님이 없었다. 콜라 한 캔을 비우고 언니에게 며칠 동안 있었던 일을 털어놓았다. 언니가 내 손을 꼭 잡더니 휴대전화에 112를 입력했다. 통화는 내 몫이었다.

8시 50분, 공원 앞을 서성거렸다. 가로등이 꺼져 있어서 주변이 어두컴컴했다. 10분이 지났지만 그놈이 나타나지 않았다. 경찰에 신고했는지 확인하면서 어디에선가 나를 지켜보는 것 같다.

약속 시간이 한참 지났다. 더 기다려야 하나 망설이는데 내 앞에 검은색 승합차가 멈추었고, 운전석에서 키 작은 남자가 내렸다. 보조석에는 덩치 큰 남자가 타고 있었다. 키 작은 남자가 다가왔다. 어두워서 얼굴이 선명하지 않았지만 낯이 익었다.

"나민주, 돈 준비했어? 차에서 얘기하자!"

나를 협박하던 그 목소리가 확실했다.

"돈 준비했어요. 일단 동영상 파일을 보여 주세요."

일부러 큰 소리로 말하며 돈을 꺼냈다. 지나가는 사람들이 우리를 바라보았다. 당황한 그놈이 이맛살을 찌푸렸다. 시간을 끄는 사이, 숨어 있던 경찰들이 나타나서 녀석을 체포했다. 언니가 나를 살며시 안았다.

"난 잘못 없어. 다 오현아가 시킨 거야!"

녀석이 소리치며 경찰차에 올랐다. 그제야 생각이 났다. 오늘 아침에 오현아를 괴롭히던 그놈이었다. 다리가 후들거려 바닥에 주저앉았다. 언니가 오현아에게 연락했고, 한참 동안 통화를 했다.

"몰카 동영상은 없대. 시험을 망치게 하려고 오현아가 그놈한테 5만 원을 주고 거짓 협박을 시킨 거야."

언니의 목소리가 떨렸다. 남자 친구는 몰카를 찍은 적이 없었다. 나에게 보낸 사진도 그놈이 합성해서 만든 것이다. 멀티방의 핑크색 벽은 그놈이 직접 촬영했고, 사진은 내 페이스북에서 쉽게 찾을 수 있다. 오현아는 남자 친구가 대형 마트에서 콘돔을 사려고 계산원과 실랑이를 벌일 때 그 뒤에 있었고, 몰래 우리 뒤를 밟아서 멀티방에 간 것까지 본 것이다. 같은 독서실에 다녀서 오빠가 휴대전화를 잃어버린 것도 알고 있었다.

언니와 경찰차에 올랐다. 오현아가 내게 전화를 했다. 언니가 받으라고 손짓해 통화 버튼을 눌렀다.

"미안해. 시험 전날에 황우완한테 딱 한 번만 연락하라고 했는데, 그놈이 오히려 그걸로 나를 협박하고……."

오현아가 울먹거렸다. 50만 원이나 빼앗기고도 그놈이 돈을 더 요구해서 엄마의 금목걸이까지 건넸다고 한다. 황우완, 어디에선가 들어 본 이름이었다. 생각해 보니 오현아가 읽던 책에 적혀 있었다.

"너한테 다 털어놓고, 그놈을 절대 만나지 말라고 말하려고 낮에 연락했는데 통화가 안 됐어. 그 이후 놈들에게 붙잡혀 연락할 틈이 없었고, 하마터면 성폭행당할 뻔했는데 도망쳤어."

더 이상 듣기 싫어서 전화를 끊었다. 오현아도 조사를 받으러 경찰서로 오고 있었다. 또 휴대전화가 울렸다. 오빠였다. 수능을 너무 못 봐서 며칠 동안 여행을 갔다가 지금 돌아왔고, 전화기 전원을 켜 문자를 확인한 후, 바로 연락한 것이라고 했다. 오빠 목소리를 들으니 눈물이 멈추지 않았다. 오빠도 지금 경찰서로 오겠다고 말했다.

그사이 차가 경찰서에 도착했다. 언니와 여성 청소년계 사무실로 들어갔다. 신고했을 때 친절하게 상담해 준여자 경찰이 차 한 잔을 건넸다. 이제 모든 일이 끝났다. 따뜻한 곳에 들어왔더니 졸음이 쏟아졌다.

조사가 시작됐다. 언니가 옆에 없었다면 지금 나는 어떻게 됐을까? 언니의 손을 꼭 붙잡았다. 휴지로 눈물을 닦으며 경찰의 물음에 답했다. 모든 시작은 핑크 멀티방이었다.

"시내에 있는 핑크 멀티방? 9월 말?"

경찰이 주변 눈치를 보며 가까이 다가왔다.

"최근 신문 기사 못 봤어? 며칠 전, 핑크 멀티방 알바가 구속됐잖아."

경찰이 서류를 내밀었다. 알바생이 몰래 카메라를 설치해 녹화한 동영상을 외국 사이트에 팔았고 이번에 꼬리가 붙잡혔다는 수사보고서였다. 수십 건의 동영상이 이미 인터넷에 돌고 있고, 피해자들을 참고인으로 부를 차례였다고 한다.

휴대전화로 구글에 접속해 '핑크 멀티방 몰카'를 검색했다. 파일 교환 서버에 동영상 수십 개가 보였다.

"멀티방 이벤트에 응모한 사람들의 연락처와 인적 사항을 기록했다가 동영상 파일 이름으로 사용했나 봐."

경찰의 말을 듣는 순간 손이 부들부들 떨려 컵을 떨어뜨렸다. 멀티방에서 음료 쿠폰을 받으려고 나도 이벤트에 응모했다.

문득 SNS 쪽지가 떠올라 페이스북에 접속했더니 음담패설로 가득한 쪽지가 또 와 있었다. 발신자는 내가 어느 학교에 다니는지, 이름은 무엇이고, 나이는 몇 살인지 모두 알고 있었다. 벌써 그 동영상을 본 사람이 있다는 뜻이다. 아침에 편의점에서 나를 흘낏거리던 남자 후배들이 떠올랐다. 몰카 피해자 백 명 중 다섯 명이 스스로 목숨을 끊었다는, 동영상 삭제 전문가의 인터뷰 기사가 머릿속을 맴돌았다.

# 내 자신을 돌아봐야 할 때

　신문에서 읽은 몰래 카메라 범죄 기사를 씨앗 삼아 〈다섯 명은, 이미〉를 쓰기 시작했다. 다루기 어려운 소재이고, 여자를 주인공으로 하는 소설을 처음 쓰느라 인물에 몰입하기 힘들었다. 하지만 얄팍한 핑계에 불과하다. 글쓰기 실력이 뛰어나지 않은 탓이다. 누군가의 아픔, 고민을 세상에 전하려면 먼저 창작 역량과 문제의식을 키워야겠다.

　이 소설을 쓰면서 무심코 뱉은 말 한마디, 사소한 행동이 누군가에게 상처, 폭력이 될 수 있다는 것을 다시 깨달았다. 늘 내 자신을 돌아봐야겠다. 세상이 바뀌려면 내가 먼저 변해야 할 테니까.

문부일

블라인드 4. 왕따

# 발끝을 올리고      박하령

**박하령**

서울에서 태어나 대학에서 사회학을 전공했다. 글을 다루는 일을 업으로 삼다가, 이 땅
의 오늘을 사는 청소년들에게 위로가 되고 싶어 본격적으로 그들의 이야기를 쓰기 시작
했다. 2010년 〈난 삐돌어질 테다!〉가 'KBS미니시리즈 공모전'에 당선되었고, 2014년 《의
자 뺏기》로 제5회 살림 청소년 문학상 대상을 수상했다. 새로운 악마 캐릭터를 통해 선
택의 의미에 대해 질문하는 청소년 장편소설 《반드시 돌아온다》로 2016년 제10회 블루
픽션상을 수상했다. 작가는 앞으로도 재미와 의미가 잘 어우러진 양명한 청소년소설을
쓰기 위해 계속 고민 중이다. 또 다른 작품으로 《기필코 서바이벌!》이 있다.

# 발끝을 올리고

난 까치발로 서 있는 걸 좋아한다. 일시적으로 온몸에 힘을 주고 '업!'하면 기분까지 '업'된다. 등을 곧추세우고 발끝을 올리면 세포들이 일제히 기립 자세를 취한다. 행군 직전의 병사들처럼 바른 자세로 서 있는 세포들은 의욕으로 가득 차 있다. 몸과 맘이 축 처지는 기분이 들 때도 의식적으로 까치발을 하면 내 몸 어딘가에 있는 환기구로 청명한 바람이 들어와 어느새 눅진하던 우울감이 꾸둑꾸둑해진다. 우울을 바람에 말려서 날려 버리는 기, 상상만으로도 정말 근사하다.

우리 아워즈 멤버들에게도 이 방법을 전했다. 넷이 마주 서서 주문을 외듯 한꺼번에 '업!'하고 까치발을 들고 나면 신기하게 기분이 좋아진다. 기분만 좋아지는 게 아니라 우리 넷 사이에 보이지 않는 그물이 쳐지듯이 든든한 연대감마저 생긴다. 특수 능력을 가진 합체 로봇이 되는 기분이랄까? '우리'가 된다는 건 커다란 위안이 된다. 그래서 우리 멤버의 이름도 '아워즈(ours)'다.

'아워즈'는 다른 아이들과 달랐다. 우리는 눈에 보이는 것들로부터 초연할 수 있는 그룹이 되자고 다짐했다. 성적을 신으로 모시는 탓에 수행평가 점수에 영혼을 파는 아이들, 물질에 노예가 되어서 명품이나 메이커에 마음이 현혹된 아이들, 자기가 이루어 낸 것도 아닌 뒷배경을 자기 것인 양 잘난 척하는 아이들, SNS에 자신을 포장하여 내다 걸고는 '좋아요'에 놀아나는 아이들과는 차별되는 사람이 되자는 목표에서 뭉친 게 바로 우리 '아워즈'다. 그러다 보니 우리 아워즈 멤버들은 공부는 시원찮아도 음악이나 시사 상식 등에 대해 제법 아는 게 있다거나, 패션에 나름 일가견이 있어 말로 풀어낼 능력이 된다거나, 아니면 하다못해 논술 필독서 제목이라도 줄줄 꿸 줄 안다든지, 아무튼 주변의 모든 일에 단답형으로 이야기하지 않고 자신의 주관을 섞어서 이야기할 줄 안다. 그게 비록 궤변일지라도 말이다.

곰곰이 생각해 보면 아워즈야말로 우리가 혐오하는 '잘난 척'을 가장 가식적으로 하는 아이들의 모임이 아닐까 싶지만, 내 스스로 그 사실을 들통 낼 수는 없는 일이라 꿀꺽 삼켰다. 자기가 탄 배를 손수 뒤집는 건 바보나 하는 일이니까.

우리를 보고 '근자감 쩌네!'라고 비아냥거리는 애들도 있었지만, 그러거나 말거나 우리만의 자부심은 우리에게 좋은 방패막이 되었다. 성적이 안 나와도 '공부가 전부가 아니거든!', 메이커 가방이나 최신형 스마트폰이 없어도 '못 산 게 아니고 안 산 거거든.' 이런 생각으로 당당할 수 있었다. 심지어 '예의 없게 생겼다'는 남학생들의 질 낮은 빈정거림 앞에서도 우리는 측은지심의 표정을 날려 부끄러움을 그들의 몫으로 돌려보낼 정도의 배포도 있었다. 아워즈란 가상의 집, 그 지붕 아래 앉은 우리는 어떤 비바람도 쉽게 피할 수 있었고 우리라는 연대 앞에서는 이기지 못할 적도 없었다. 우리의 입담만으로 흔적도 없이 사라지던 적들을 손에 꼽을 수도 없을 정도였으니까. 그 사건이 생기기 전까지 우리의 관계는 이렇듯 네 줄로 엮인 튼실한 동아줄이었다.

‘그 사건’은 지난주 토요일 오후 느닷없이 벌어졌고 일은 일파만파로 번져 갔다. 고요한 수면 위에 풍덩 하고 돌멩이가 던져지면서 파문이 급속도로 퍼져 나가듯이 그렇게. 아니, 어쩌면 도미노 게임이 시작되듯이 육중한 무언가가 하나씩 거대한 꿍음과 함께 엎어져 가며 급기야는 나를 선 밖으로 밀어냈다는 게 더 맞는 표현이다.

　그 사건은 학교 근처 공원의 후미진 놀이터에서 벌어졌다. 아이들이 없는 텅 빈 놀이터에서 우리는 이웃 학교의 노는 아이들에게 털렸다. 삥을 뜯는 애들은 아니고, 우리를 응징하기 위해 일부러 온 애들이니 그 애들에게 영혼을 털렸다고 보면 된다. 3주 전 공원 놀이터에서 은아의 생일 파티를 하면서 인증 샷을 찍어 댄 게 그 애들의 심기를 건드렸다고 했다. 우린 생일 이벤트로 하트 풍선과 종이꽃 장식을 늘어놓고는 휴대전화로 이런저런 설정 샷을 찍었다. 늘 하던 대로. 그리고 그 사진들을 그다음 날 진선의 페북에 올렸다. 그런데 진선이 올린 사진들 중 자신들이 배경으로 찍힌 게 있어 곤욕을 치렀다는 거다. 아마도 옆 학교에 다니는 진선의 남자 친구가 그 사진을 퍼서 자기 페북에 올린 게 이곳저곳으로 펌질을 당하면서 급기야는 문제를 일으켰나 보다. 어떤 류의 곤욕인지는 모르지만 걔들이 그랬다면 그런 거다.

원래 사람이 다 그런지는 모르겠지만, 특히 아이들에게는 서열이 매우 중요하다. 공부를 잘하는 아이들에게 학교 등수가 중요한 만큼 좀 논다는 아이들에게 위계질서는 인간의 존엄성만큼이나 비중이 크다. 그런데 우리가 무리 지어 마치 분별없는 닭이 땅을 헤치듯이 그 애들이 다니던 길을 쏘다녔으니 그게 거슬렸나 보다. 아마도 그 애들에겐 우리의 등장이 '라이벌의 출현'쯤으로 여겨졌을 것이다. 그래서 서열 작업을 할 작정으로 우리를 응징하려 했다. 그런 의미에서 그 애들이 당했다는 곤욕은 어쩌면 핑계일지도 모르겠다.

"니들이 그날 재수 없게 우리를 보고 째리더라고? 좋아, 그건 봐줄 수 있어. 무식해서 그랬으려니 하고. 근데 무식하면 배워야지. 그치? 모르는 게 있으면 배우는 게 학생의 바른 자세거든. 그래서 우리가 오늘 쬐금 인상적으로 가르쳐 줄라고. 열 대씩만 맞으면 돼. '더 이상 깝치지 않는다!' 이런 다짐을 하면서 우리 한번 맞아 보자!"

그러고는 한 아이가 대뜸 은아에게 다가섰다. 마치 휘파람이라도 불듯 입을 동그랗게 모은 뒤 침을 모아 바닥

에 '퇫!' 하고 내뱉더니 뺨을 때리기 시작했다. 어떤 저
항도 할 수 없었다. 모든 싸움은 기싸움인데 이미 그 애
들이 빚어 놓은 분위기는 충분히 압도적이었다. 한 발짝
도 움직일 수 없을 만큼. 속으로 봐 달라고 말해 볼까 생
각했지만 두 손을 파리처럼 내밀고 싹싹 빈다고 해서 그
냥 보내 줄 아이들이 아니다. 덤비면 덤빈다고, 빌면 비
굴하다고 공격을 해 댈 것이다. 이 애들의 목표는 우리에
게 우리가 그들보다 열등하다는 표지를 달아 주는 거다.
그 표지를 다는 방법은 일정량의 '응징'을 우리에게 가하
는 것이다. 불행하게도 우리는 불가피하게 치러야 할 통
과의례 앞에 서 있다.

"하나, 둘, 셋……."

열을 세는 이 시간이 왜 이렇게 길게 느껴지는지…….
양미간이 넓은 파충류같이 생긴 애가 은아와 진선을 때
리고는 유난히 허리가 긴 아이에게 바통을 넘겼다. 그 애
는 수희 앞으로 가서 뺨을 때리기 시작했는데 한 대 치다
말고는 말했다.

"잠깐, 다시! 난 숫자 세는 거 질색이거든? 그니까 네
가 자발적으로 세어 봐."

수희는 맞으면서 떨리는 목소리로 '둘, 셋, 넷' 하고 세

기 시작했다.

"야! 더 크게!"

아이의 호통에 수희는 서둘러 목청을 높였다. 맞는 자로 하여금 최소한의 품위도 지킬 수 없게 만들었다. 굴욕의 정상에 앉히려고 작정을 한 거다. 수희의 목소리가 평소처럼 앙칼지기라도 하다면 좋을 텐데 안타깝게도 수희의 목소리는 목울대에 진동기라도 단 것처럼 떨렸다. 난 무서워서 고개를 푹 숙이고 바닥만 바라봤다. 수희가 맞는 장면을 본다면 그 영상이 기억 속에 자리 잡아 오래도록 나를 괴롭힐 것 같아서. 수희가 맞는 장면에서 수희 얼굴은 내 얼굴로 변해 기억으로 남을 것이고, 나는 그 굴욕의 장면을 텔레비전의 홈쇼핑 장면처럼 내 머릿속에서 무한 반복할 게 뻔하니까. 그렇다고 더더욱 눈을 감을 수는 없다. 그건 너무 수준 이하다. 자존심이 허락 않는 일이니, 결국 난 고개를 숙이고 땅바닥만 바라봤다. 하지만 햇살마저 잔인했다. 내가 고개를 처박은 걸 조롱이라도 하듯이 바닥에 그림자를 만들어 내게 보고 싶지 않은 그 영상을 보여 주었다. 그림자는 훨씬 더 과장되고 더 공포스럽게 현실을 보여 줬다. 그림자가 그렇게 겁을 주는 존재라는 걸 처음 알았다. 어릴 적 골목길에 따라붙던 그림자는 나의 수줍은 놀이 친구였는데, 나이를 먹으면 모든 게 바뀌는 법인가 보다. 갑자기 '하늘 아래 변하지 않는 게 없다'는 말이 떠오른다. 변해 버린 그림자를 보고 있자니 막연한 공포감이 스멀거리며 번진다. 저 그림자 말고도 살면서 얼마나 더 많은 것이 변할까? 하긴 이 놀이터도 이제 더 이상 우리의 안락한 놀이터가 아니라 우리의 순수가 짓밟힌 처형장으로 기억될 것이다. 열을 세는 수희의 목소리에 내 두 다리가 발작하듯 떨렸다.

이제… 내 차례다. 그때였다.

"자! 경고했다. 니들 조심해!"

어? 이상하다? 분명 저 말은 일이 다 끝났을 때 하는 말인데. 도대체 왜 정리 멘트가 나온 걸까? 고개를 들었을 때 이미 그 애들은 출구 쪽을 향해 몸을 틀어 가는 중이었다. '뭐지?' 맞지 않았다는 안도감보다 당혹감이 더 컸다. 이미 놀이터 밖으로 벗어난 아이들을 뒤따라가서 따져 묻고 싶을 만큼 황당했다. 게다가 나를 보는 은아와 진선의 표정이 너무나 복잡 미묘해서 오죽하면 어깨를 으쓱하며 '내가 뭐?'라고 묻고 싶을 정도였다. 나를 두고 셋이서만 앞서서 걸어가는 아이들의 뒷모습을 보면서 '초록은 동색이어야 하는데……. 왜? 나만?' 이런 생각이

들었다. 막연한 불안감이 온몸에 퍼졌다.

　불길한 예감은 적중했다. 월요일, 학교에 갔을 때 교실은 그 이야기로 시끄러웠다. 가해자가 단지 다른 학교 애들이라는 사실만으로도 아이들은 분노했고, 그 사건은 모든 아이들의 관심을 끌었다. "당장 가서 머리채를 잡자.", "그걸 왜 빙신같이 가만 놔뒀냐.", "아는 애들을 시켜서 작살을 내 가루로 마셔 버리자!"는 등 이런저런 황당하고 결기에 찬 말들이 공중 부양하듯 교실 안을 휙휙 날아다녔다. 하지만 막상 누군가가 '보복에 동참할 사람?' 하고 외쳤을 때, 나서는 애들은 아무도 없었다.

　"없어?"

　다시 한번 다그치자, 아이들은 동참의 뜻을 밝히지 못하는 것을 모면하기 위해 문제의 초점을 흐리기 시작했다. 동물도 보호색이 있는데 하물며 사람이야 어떻겠는가! 모두들 약속이나 한 듯이 갑자기 내 얘기를 들먹이기 시작했다.

　"근데 신기하네. 다미, 왜 재만 빠진 거야?", "그러게. 이상하네.", "같이 있었는데 뭐지? 웬 특혜?", "누가 나타나서 걔들이 급하게 뛴 거야?"

　의구심으로 들썩이다 급기야 누군가 나의 정체성을 의

심하는 질문을 했다.

"야! 서다미, 혹시… 너 아는 애들 아님?"

평소에 늘 뒤틀린 말을 잘하던 어떤 애는 내가 벌인 일일지도 모른다는 황당한 말까지 던졌다. 물론 내 눈에 뜬 흰자위를 보고 "야! 넌 농담도 못 받냐!" 하며 잽싸게 말을 돌리긴 했지만. 덕분에 반 분위기는 급속도로 나빠져 갔다. 나를 뺀 나머지 아이들끼리 주고받는 듯한 정체불명의 감탄사가 등 뒤에서 음험한 그림자처럼 춤을 췄다.

'워— 워—.'

전쟁터에 갔다가 동료 병사들은 다 죽고 혼자서만 간신히 살아 돌아온 병사를 반겨 주는 예는 거의 없다. 운이 좋았다고 부추겨 주거나 잘 살아왔다고 절대 격려해 주지 않는다. 언젠가 텔레비전 사극에서도 봤다. 생존한 병사는 고개를 들지 못하고 "살아서 죄스럽다"를 되뇌었다. 심지어 천신만고 끝에 기껏 살아 돌아와 놓고는 "저를 죽여주십시오!"라며 뻔뻔스럽게 빈말을 남발하는 어이없는 장면도 있었다. 굳이 이 시점에 이런 장면을 떠올리는 건 그 병사의 처지와 내 처지가 크게 다르지 않기 때문이리라. 그날 이후 난 졸지에 전쟁에서 패하고 나만 살아 돌아온 염치없는 병사가 되었다.

'혼자만 살아남은 이기적인 캐릭터.'

하지만 이걸로 끝나지 않았다. '이캐'부터 시작해서 '알고 보니 서다미 친구들', '서다미가 돈으로 매수했다더라'까지 나를 두고 아이들이 급조한 뒷담은 정말 다양했다. 제일 황당한 건 '다미의 이중생활'이란 제목으로 떠도는 뒷담화로 내가 이 지역 일대 일진 짱의 애인이라는 설이었다. 너무나 드라마틱해서 허구인데도 나조차 뒷이야기가 궁금해질 정도였다.

뺨을 맞는 일에서 열외가 된 건 내 의지와 완전히 무관한 일이었는데도 그 일로 인해 아이들과 나 사이엔 굵고 분명한 선이 그어졌다. 선 너머에 홀로 남겨진 나를 볼 수 있었다. 아워즈뿐만 아니라 반 아이들 모두가 내게 거리를 두는 기분이 들었다. 아니, 그건 기분이 아니라 분명한 사실이었다. 엄연히 존재하지만 손에는 잡히지 않는 안개처럼 나는 반 아이들에게 교묘하게 따를 당하고 있었다. 아이들은 마치 내가 적의 첩자라도 된다는 듯한 장난을 아무렇지도 않게 했다. 내가 교실로 들어서면 갑자기 여기저기서 "쉿!" 한다든가, 그게 아니면 물을 끼얹은 듯 조용해졌다가 뒤이어 여기저기서 간헐적으로 웃음을 터뜨리곤 했다. 내가 의아해서 두리번거리면 〈무궁화

꽃이 피었습니다〉 놀이라도 하듯이 자기들끼리 일시 정지를 했는데, 참다 못한 내가 정색을 하고 "야, 너네들 뭐야!" 하고 소리를 치면 아이들은 일제히 못 들은 척했다. '너네' 안에는 나를 뺀 반 아이들 모두가 들어 있으니 누구도 나서서 대답할 이유가 없었으리라. 늘 떼로 하는 행동엔 책임감이 없어지기 마련이다. 책임감은 N분의 1로 나뉘어 그야말로 희석이 되기 때문에 그 누구에게도 무거운 죄책감을 남기지 않으니까. 작은 조각이 모여 거대한 무게를 이뤄 누군가의 숨통을 끊어 놓을 수도 있다는 사실을 아무도 알려고 시도조차 하지 않았다. 그건 수희나 진선, 은아도 마찬가지였다. 내가 반 아이들 이야기를 하면서 투덜대면 다들 모르는 일이라는 식으로 반응했다.

"다미, 네가 너무 예민한 거 아님?"

그 이야기를 하는 아이들의 눈동자가 흔들렸다. 사실과 다른 말을 하고 있다고 세 아이의 눈동자가 열심히 자기표현을 하는데도 나 역시 내게 일어난 현실을 현실로 받아들이기 싫어서 아이들의 말을 무한 긍정했다. 나의 희망 사항만으로 현실이 바뀌지 않을 거란 사실을 마치 모르는 것처럼.

"그렇지? 그런 거지? 맞아! 그럴 거야."

속없이 고개까지 끄덕이며 말하는 내 자신이 한심했다. 난 내가 거짓말을 하고 있다는 걸 누구보다 잘 알았다. 그러므로 난 아이들에게 다가가기 위한 행동을 해야만 했다. 어떤 식으로든 애써야 했기에 유난히 피부가 약해서 아직도 한쪽 뺨이 벌건 수희를 위해 연고를 사다 줬고, 우리 집 가까이에 사는 진선에겐 저녁나절 집 근처로 나오라고 해서 아이스크림도 사 줬다. 나만 맞지 않은 것에 대한 보상을 그들에게 어떻게든 해야 할 것 같았다. 그래야 우리가 비로소 공평해지리라는 생각이 본능적으로 들었다. 그렇게 되면 반에서 벌어지는 불길한 안개 같은 따 놀이도 걷히리라. 기회가 닿는 대로 은아에게도 뭔가 할 생각이었다. 전부터 탐내던 내 그린색 에코 백을 줄 기회를 엿보고 있었는데 그런 나의 행동이 오해를 살 줄은 몰랐다.

야자 시간이 끝나자마자 은아는 나를 운동장 앞 테라스로 불러내서는 다짜고짜 따졌다. 굳이 테라스 한 계단 위로 올라가 나를 내려다보면서 말이다.

"너 무슨 의도로 뒤에서 밑 작업을 하고 다니는 거야?"

"뭔 소리야? 의도라니?"

"왜 나를 빼고 뒤로 애들한테 손을 쓰고 다니냐고?"

"손을 쓰다니?"

어이가 없어서 두 손을 들어 보였다. '손을 쓴다'는 표현이 낯설어서 한 행동인데 그게 은아에게 도전으로 보인 걸까? 은아는 얼굴까지 새빨개지며 발끈했다.

"서다미! 수희와 진선이에게 물량 공세를 하는 이유가 뭐야? 그리고 너, 우리를 때린 그 애들에게 복수하는 게 무슨 의미가 있는 일이냐고 그랬다며? 자기 일 아니라고 막말한다고 진선이랑 수희가 진짜 격분하더라. 너 혹시, 진짜 네가 그 일을 벌인 거 아니야? 우리들 엿 먹이려고? 어때? 아냐?"

"뭐! 진짜 어이없다. 넌 어떻게 그런 말도 안 되는 말을 하냐?"

"말이 되고 안 되고는 두고 봐야지."

"내가 왜 그딴 짓을 해? 난 걔들 몰라. 다 처음 본 애들이라고."

"웃기지 마! 진선이 남자 친구를 통해서 건너 건너 그 허리 긴 애한테 물어봤더니 너만 뺀 이유는 분명 있지만 말하고 싶지 않다고 했다더라. 니들 짰냐?"

"헐! 뭐야? 하늘땅 다 걸고 맹세하는데 난 진심 몰라, 모른다고."

"좋아. 그건 그렇다 치고. 그런데 왜 주제넘게 네가 나서? 복수를 하는 게 의미가 있네 없네, 왜 그딴 말을 하냐고? 맞은 건 우린데. 니가 알아? 우리 마음을? 난 그일을 생각하면 지금도 분해서 미칠 것 같다고."

진선과 아이스크림을 먹을 때 난 언젠가 책에서 읽은 내용을 얘기했다.

'복수의 진짜 목적은 형평성이래, 그러니까 우리가 걔들에게 복수를 하면 걔들도 또 할 거야. 그렇게 되면 끝이 안 나는 거지. 말 그대로 악순환이 계속될 거야. 그러니까 여기서 우리가 스톱하고 피하는 게 상책이지. 똥이 더러워서 피하듯이 말이야.'

분명 내 말에 진선은 고개를 끄덕이며 자기도 그렇게 생각한다고 그랬다. 그러면서 일이 커지면 결국 부모님도 아시게 되고, 그렇게 되면 좋을 게 없을 것 같다고도 분명 말했다. 그런데 그게 아니란다.

"그건… 난, 우리를 위해서 말한 거야."

"우리라니?"

"우리 말이야. 우리가 어떤 식이든 행동하면 그 날라

리들이 가만있을 거 같아? 이번엔 뺨으로 안 끝날걸?
그러니까 뭐하러 벌집을 건드려? 위험한 일은 안 하는
게……."

"잠깐!"

은아는 내 말을 단호하게 끊고는 갑자기 차가운 표정
으로 다시 말을 잇는다. 천천히 어절과 어절 사이를 적절
히 쉬어 가면서 마치 공포 영화의 한 장면처럼 말했다.

"근데… 서다미… 네가… 왜… 우리야?"

"무슨 소리야?"

"넌 우리가 아니야. 우리랑 입장이 다르잖아."

"뭐? 야!"

난 더 따지고 싶었지만 은아는 휙 돌아서 가 버렸다.
'끼지 마!'라는 명령만 남기고. 너무나 당당하게 걷는 은
아의 뒷모습을 보는데 괜히 주눅이 들어 선뜻 뒤따라갈
마음이 안 생겼다. 잠시 후 정신을 차리고 교실로 들어갔
을 때 이미 아이들은 다 집으로 가고 없었다. 텅 빈 교실
에 앉아 있으려니 슬픔이 가슴 위로 차곡차곡 쌓이는 기
분이 들었다. 이대로라면 슬픔에 깔려 압사할지도 모른
단 생각에 자리를 털고 교실 밖으로 나왔다.

은아의 '넌 우리가 아니다'라는 말은 '넌 아웃!'이라

는 말과 다름없었다. 마치 내 존재 자체가 '아웃'당한 느낌이다. 은아가 '아웃!'이라 외치며 휘두른 지팡이 끝에서 내가 가루가 되어 흔적도 없이 사라지는 상상이 머릿속에 가득 찬다. 상상만으로도 입술이 바짝바짝 마른다. '아! 이렇게 입술부터 접혀서 말려들어 가다가 결국엔 몸 전체가 종잇장처럼 얇아져 버릴지도 몰라.' 이런 황당한 생각으로 한없이 아래로 아래로 가라앉다가 살아남기 위해 힘겨운 날갯짓을 해 본다.

'아니야, 그건 은아만의 생각일 거야. 다 같이 만나서 말해 봐야겠어.' 버스 정류장에 서서 아워즈에게 단톡을 보냈다. 아직 다들 집에 도착하기 전일 테니 서둘러 번개를 날리면 만날 수 있으리라. '어쩌면 여느 때처럼 패스트푸드점에서 야식을 먹으면서 속닥거릴 수 있을지도 몰라. 아무 일도 없었던 것처럼…….' 하지만 톡을 찍고 나서 다시 보니 아워즈 단톡방에 남아 있는 사람은 나 혼자였다. 다들 내가 없는 사이에 한마디 인사도 없이 사라져 버렸다. 넷이서 숱한 수다를 쌓고 정겨움을 나눴던 카톡방은 이제 대화의 잔해물만 남은 빈방이 되어 있었다.

'내가 뭘 잘못한 거지?', '내가 어떻게 해야 원상 복구가 되지?' 두 생각 사이를 밤새 왕복 달리기했다. 아이들과 다시 예전처럼 잘 지내기 위해서는 나의 잘못을 알아야 한다. 아니, 잘못이 없더라도 만들어 내야 한다. 그래야 아이들이 나를 받아들여 줄 것이다.

나의 잘못은 '사실이나 진실'보다 아이들의 입맛에 맞는 걸로 꾸며져야 한다. 하지만 '내가 잘못한 건… 맞아, 나도 그때 같이 맞았어야 했어'라는 말도 안 되는 자책을 하고 있자니 진짜 바보가 된 기분이다. 아니, 어쩌면 원상 복구를 위해서는 바보가 되어야 할지도 모른다. 낮은 포복이 필요할 때니까.

사실 우리 아워즈는 평상시에 화장실을 우루루 몰려다니는 여자아이들을 '생리현상까지 획일화하는 줏대라고는 1도 없는 것들!'이라며 정말 무시했다. 똑같은 옷을 사서 입거나 똑같은 아이돌 멤버를 동시에 좋아하는 것역시 진짜 개성 없고 지능 떨어지는 애들의 행동이라면서 흉을 봤다. 어떤 주제에 대해 수다를 떨 때도 똑같은 의견으로 "나도!"라고 하면 자기 색깔이 없는 의견과 안일한 태도는 거부한다며 쉽게 접수하지 않았다. 우리 아워즈는 그랬다. 하지만 그 모든 행동은 아워즈 개성의 구색 맞추기를 위한 명분용 깃발일 뿐, 현실은 그게 아니었다. 철저하게 '초록은 동색'이어야 했다. 넷 중에 누가 지나치게 시험을 잘 본다거나 본의 아니게 혼자 비싼 물건을 갖게 된다거나 남친 이야기로 과하게 자랑질을 하게 되면 싸늘한 분위기가 감돌았다. 그게 현실이었다. 그래서 이모가 미국에서 내 생일 선물로 보내 준 메이커 지갑도 집에서만 써야 했다. 할머니는 늘 "슬픔은 나누면 반이 되고, 기쁨은 나누면 배가 된다"라고 하셨는데 그 말은 이젠 틀린 말인 것 같다. 할머니가 살았던 세상과 내가 사는 세상은 다르니까.

나도 아이들과 똑같이 열 대를 맞았어야 한다. 그게 정답이다. 하지만 이미 지나간 상황을 두고 내가 지금 머리 숙여 반성한다고 먹힐 일이 아니기에 '동색'이 될 수 있는 다른 방법을 찾아야 한다. 은아 말대로 난 입장이 다르니까.

아무리 그룹으로 몰려다닌 친구라 해도 입장이 달라지면 사람은 각자의 실리에 따라 필요한 쪽으로 몸을 튼다. '하하호호' 하면서 즐겁게 '업'을 하고 놀 때는 우리가 마주 보지만, 어려운 일이 생기거나 입장이 달라지면 각자의 방향으로 몸을 틀어 버린다는 무서운 사실을 난 깨달았다. 만약 우리 넷 중에서 나 말고 다른 애가 맞지 않았다고 가정해 보면, 어쩌면 나도 은아나 수희, 진선처럼 행동했을지도 모르겠다. 나라면 절대 그렇게 행동 안 했을 거라고 장담은 못하겠다.

그런 의미에서 내가 섣불리 '우리'라며 복수를 하면 되네, 안 되네, 하고 이야기한 건 은아 말대로 주제넘은 일이 맞다는 생각이 들었다. 그건 맞은 애들만 할 수 있는 이야기였다. 나는 깊이 반성해야 한다. 우리 관계의 원상복구를 위해서는 말이다.

그리고 또 하나, 내가 나서서 복수를 하자고 말하는 것 역시 하나의 방법이다. 우리를 때렸던 그 애들한테 어떤 식으로든 복수를 한다면 난 아워즈의 멤버로서 아이들과 동등해질 것이다. 그 애들을 상대로 우리가 단체로 행동하면 그만큼 우리끼리 돈독해질 테니까. 솔직히 난 우리를 때린 그 애들과 다시 엮이고 싶지 않다. 진선에게 말했듯이 복수는 복수를 낳을 테고 또 그 애들의 수준을 생각하면 험악한 일을 계속 겪게 될지도 모른단 우려 때문이다. 하지만 지금으로서 아워즈 아이들과 한편이 되려면 그 길밖에 없다.

다음 날, 은아의 학원 앞으로 갔다. 그린색 에코 백을 쇼핑백에 담아 들고 '학원 언제 끝나?' 이렇게 쓴 나의 톡을 열어 보지조차 않는 은아를 기다렸다. 학원이 끝나는 시간에 많은 아이가 쏟아져 나왔지만 은아는 나오지 않았다. 대신 같은 수업을 듣는 수희를 만났다. 수희는 나를 보자마자 당황하는 눈치였다. 단 며칠 사이에 이렇게 거리감이 생기다니, '아워즈'란 이름으로 묶인 우리의 관계가 이렇게 허약했는지 회의감이 밀려왔다.

"은아는?"

"결석. 은아 만나러 온 거야?"

"응. 겸사겸사 이것도 전해 주고……."

"뭔데? 내가 전해 줄게."

이걸 전해 주는 게 목적이 아닌데 손을 내미는 수희 때문에 나도 모르게 쇼핑백을 건넸다.

"전할 말은?"

"아니, 내가 너희 입장 이해 못한 건 미안한……."

"그래서 이젠 이해가 돼?"

"응. 만약 내가 맞았으면 나도 그냥 참자고 얘기하는 사람이 얄미웠을 것 같아. 그러니까……."

"그래서 걔들한테 덤비자고? 어떻게? 진선이는 싫다던데?"

"진선이가? 아니라던데."

"누가 그래?"

"아니. 그렇게 들었는데. 근데 진선인 왜 싫데? 부모님 이 아시게 될까 봐? 하긴 가게 일도 바쁘신데……. 근데 다른 방법도 있잖아."

"암튼 전할게."

내 말을 계속 잘라먹던 수희는 기어코 마지막 말까지 자르고는 휙! 하고 몸을 돌렸다. '이게 아닌데……' 하는 생각이 들었을 때 수희는 이미 전철역 입구 속으로 쏙 들 어가고 없었다. 기분이 안 좋았다. 솔직히 평상시에 수희 는 약간 우리의 꼬붕 같은 아이였다. 우리 아워즈에서 서 열로 치면 제일 밑이었다. 그래서 내게도 늘 넘치게 호의 적이던 아이였는데 지금은 지나치게 고압적이다. 따라 내려가서 싸우고 싶을 만큼 빈정이 상한다. 하지만 지금 은 자세를 최대한 낮춰야 하는 타이밍이다.


늦은 밤, 아이들이 나를 찾아왔다. 외출하고 돌아온 엄 마가 밖에 친구들이 왔다고 나가 보라기에 무거운 마음 과 반가운 마음을 반반씩 안고 달려 나갔다. 상황이 상황 인지라 무턱대고 반가워하는 건 어울리는 행동이 아니란 걸 잘 알면서도 운동화 한 짝을 밖에 나와서 발에 끼울

정도로 후다닥 튀어 나갔다. 혹시나 하는 미련한 마음 때문에. 하지만 아파트 벤치 옆에 서 있던 아이들의 분위기는 결코 호의적이지 않았다. 은아는 안 보이고 진선과 수희가 서 있는데 대번에 살벌한 분위기가 느껴졌다. 벤치의 밑동을 한 발로 툭툭 치고 있던 진선이 자기 가방에서 뭔가를 꺼내 벤치 위에 패대기쳤다. 비닐봉지 사이로 보니 내가 준 에코 백이 분명했다.

"이런 거 필요 없고, 이간질은 하지 않았음 좋겠네."

"무슨 이간질?"

"네가 복수하자고 그랬다며?"

"아니, 그건 너희들이 원하니까."

"누가 원해? 전에 난 너한테도 분명 말했어. 일이 커지는 게 싫다고. 그런데 뭐? 우리 부모님이 가게 하시는 거랑 뭔 상관이야? 그래, 우리 집 분식집이야. 너네 집이 좀 산다고 잘난 척이니? 고작 이런 천 가방이나 던져 주면 우리가 너한테 꼼짝 못할 줄 안 거야? 명품 로고만 찍힌 게 뭐 대수라고?"

화가 많이 난 진선은 그동안 한번도 보지 못한 거친 표정과 말투로 나에게 악악거렸다. 덩달아 나도 감정이 거칠어졌다.

"그건 은아가 접때 네가 복수를 원한다고, 아니, 내가 하지 말자고 해서 네가 기분 나빠 했다며? 그래서 니들이 원하면 하자는 거지. 솔직히 내가 뭔 상관이야."

"아! 이제야 제대로 말하네. 그러게, 네가 뭔 상관인데 우리 부모님이 어쩌니 저쩌니 씹어 대냐고?"

"그 소리가 아니었어. 그냥 바쁘실 테니까 부모님께 알려지는 게 싫은가 보네, 뭐 그런 소리였는데. 야! 정수희! 내가 진선이 부모님 가게 하신다고 뭐라 그랬어?"

"몰라, 난 네가 얘기한 그대로 전했을 뿐이야."

보송보송한 표정으로 남의 일이라는 듯이 말하는 수희의 얼굴에 약간의 미소도 담겨 있었다. 내가 궁지에 몰린 이 상황을 수희는 은근히 즐기는 것 같았다.

"진짜 기막히네."

어이없어서 말을 더 못 잇는 나를 보며 수희는 역시 또 조금 전에 지었던 표정으로 말했다.

"내 생각엔, 서다미 네가 잘못했다고 봐. 솔직히 직업에 무슨 귀천이 있다고."

"그래, 귀천 없어. 난 그 이야길 한 게 아니야. 근데 왜 네가 자꾸 그쪽으로 몰고 가는 거야?"

"내가 모는 게 아니라, 네가 전에도, 왜 우리 방학에 동해로 놀러 가자고 했을 때도 은아한테 '진선인 못 갈 텐데?'라고 말했잖아. 난 그것도 잘못됐다고 생각해. 왜 네 맘대로 판단해? 분식집 장사 안 될까 봐 그러는 거 아니라는데 그리고 또……."

"그만해!"

표정이 더 사나워진 진선이 수희의 말을 막았다. 안 그랬으면 내가 뛰어가서 입을 틀어막아 버렸을지도 모른다. 수희는 불난 집에 석유를 마구 뿌려 댔다. 오래된 일들을 사정없이 꺼내고 불난 곳에 부채질을 해서 급기야는 우리 사이를 잿더미로 만들 작정이었다. 동해로 놀러 가자는 이야기가 나오기 전에 이미 진선이가 나한테 방학 때는 부모님을 도와 드려야 한다고 말했다. 그래서 그 이야기를 한 건데 지금 저런 식으로 꺼내 들어서 보이면 난 나쁜 애가 될 수밖에 없다.

"정수희, 너 왜 그래?"

"내가 뭘."

"왜 옛날 일까지 꺼내서 일을 크게 키우는 거야?"

"일을 크게 만들려고 그런 게 아니라 이해를 돕기 위해서 예를 든 거지. 일은 네가 은아한테만 이런 거 주면서 은아 비위만 맞추려고 하니까 커진 거잖아."

"대체 내가 뭘 잘못했다고? 너희 원래 나한테 불만이 많았니? 내가 안 맞은 게 그렇게 배가 아파?"

"헐. 그래, 우린 너만 안 맞은 게 화가 나. 잘난 척의 대가, 서다미. 혼자서 책에서 봤네 어쩌네 그러면서 잘난 척하는 게 눈꼴셔 죽겠다. 어쩔래!"

의도된 것이든 아니든 간에 우리 사이에 흐르는 기묘한 악의가 일을 점점 더 심각하게 망가뜨리고 있었다. 난 그 일을 계기로 밀리고 밀려서 결국 감정의 지뢰밭까지 밀려왔다. 그러므로 이곳에선 한 발짝도 더 나서면 안 된다. 말 그대로 움직이면 쏘고 발을 내디디면 지뢰가 빵빵 터지는, 종잡을 수 없는 지뢰밭 한가운데 난 서 있다. 객관적인 사실이나 일이 돌아가야 마땅한 올바른 방향은 어디에도 없다. 출구도 안 보이는 곳에서 안 좋은 일을 겪으면서 상처 입은 아이들이 서로를 공격하고 있다. 정작 가해자 쪽으로는 아무런 행동도 못하면서 나만 맞지 않았다는 상대적 손실에 더 민감한 아이들. 난 완벽하게 의욕을 잃은 채 담담하게 말했다.

"그 가방은 그냥 선의였어. 너희하고 잘 지내보려고……."

뒤돌아 천천히 집 쪽 통로로 가는데 내 등 뒤에 대고

진선이 혼자 읊조린다.

"그랬겠지. 어련하시겠어."

그리고 연이어 들리는 수희의 말은 유치하기 짝이 없
었다.

"은아만 너희야? 왜 은아만 줘?"

밤새 잠을 청했지만 잠은 오지 않았다. 대신 이런저런
잡념들이 머릿속에 깡패처럼 진을 쳤다. 분한 마음을 덜
어 내기 위해 잔인하고 고약한 상상을 하기도 했고, 친구
들과의 달달했던 추억을 완전히 폐기 처분하는 시뮬레이
션도 해 봤다. 소각장에서 활활 타서 없어지는 추억과 그
잔해를 떠올려 보는 것만으로도 잠시 위안을 얻었으니
까. 그러다가 마음이 느슨해지면 그 사건이 있기 전으로
잡념이 거슬러 올라가기도 했다. 그 사건 직전, 놀이터
로 가는 길에 넷이서 깔깔거리며 수다를 떨던 때가 묵직
한 그리움으로 사무쳐 왔다. '시간을 돌릴 수만 있다면.'
이 말이 얼마나 엄청난 간절함을 가진 말인지 처음 깨달
았다. 한참을 그렇게 청승 떨다 보면 또 슬그머니 자존심
이 상해서 아이들이 다 나가고 없는 아워즈 단톡방에 들
어가 이런저런 욕을 해 댔다. 하지만 텅 빈 방에서 아이

들 이름을 하나씩 불러 가며 욕을 써 대면 결국 메아리처럼 다 내게로 돌아오므로 그것도 집어치우고 침대 밑에 쟁여 둔 만화책을 꺼내 읽었다. 그러다 새벽 녘에야 잠이 꼴깍 들었고, 해가 중천에 뜨도록 늘어지게 늦잠을 잤다.

늦잠 뒤에 으레 오는 후폭풍 같은, 엄마의 잔소리를 들으며 맛없는 아점을 먹고 있자니 서러움에 눈물이 고여 왔다. 애써 참으려 했지만 이미 만들어진 눈물은 기어코 식탁 위로 낙하했다. 굵은 진주 같은 눈물이 식탁 위에 뚝뚝 떨어지자 내 속도 모르는 엄마는 도리어 화를 냈다.

"아니, 뭐 잘했다고 울어? 엄마가 그 정도 야단도 못 치냐?"

나는 서둘러 방으로 피신했다. 안 그러면 엄마의 잔소리는 엄마 개인의 신세 한탄으로 번지다 급기야는 친할머니 이야기로 거슬러 올라가서 엄마의 시집살이나 기타 가족사에 얽힌 세세한 애로사항으로 확장된다. 엄마는 내 말을 들을 여유가 없다. 생사와 관련된 시급한 일이나 성적 향상을 위한 대책 같은 이야기가 아니라면 난 입도 뻥끗 말아야 한다. 내가 흘린 눈물을 위로해 줄 사람은 지금 나밖에 없다. 내가 흘린 눈물을 닦고 거둘 사람도 나밖에 없다. 온전히 나만의 일이다. 고독했다. 그렇게 고독한 채로 거실에 앉아 텔레비전에만 초점을 두고 주말 반나절을 그냥 소진했다. 가족 행사 때문에 엄마 아빠가 외출해서 가능한 일이었다. 고속도로가 막혀서 귀가 시간이 늦어진다는 엄마의 문자가 와 준 게 그나마 유일하게 내게 위로가 되는 일이었다. 저녁을 굶었는데도 배가 전혀 안 고팠다. 고독이 다이어트에 좋다더니 맞는 말인가 보다. 난 자정이 훌쩍 넘도록 텔레비전의 인질로 잡혀 있었다. 리모컨을 손에 쥔 채로 잠이 드는 바람에 나중에 엄마한테 혼나기는 했지만 그럭저럭 힘든 마음을 잊을 수 있었던 괜찮은 밤이었다. 어차피 지뢰밭에서는 할 일이 없으니까. 시간을 견디는 것 말고는 다른 방법이 없다. 당분간은 이렇게 머리를 비우고 학교에서도 휴대전화에 넋을 빼앗긴 채 사는 게 유일한 생존 방법이라고 결론을 내렸다.

그런데 반전이 있었다. 월요일 아침, 등교해서 무거운 마음으로 교실 문을 여는데 은아가 특유의 고음으로 나를 반겼다.

"서다미, 웰컴!"

수희와 진선도 팔짱을 낀 채 나를 보며 벙긋거렸다. 얼굴에 약간 어색한 표정이 남아 있었지만 애들은 그럭저럭 괜찮은 화해 모드를 취했다. '뭐지? 혹시, 주말 동안 복수극을 확실하게 해치워서 애들이 편해진 건가?', '걔네들이 단체로 사고라도 당한 건가?' 아니면 '그동안 벌어진 일들이 다 내가 주인공인 몰래카메라였던 건가?' 순식간에 머릿속으로 여러 생각이 교차해서 들락거렸다. 당혹감과 어색함 때문에 뭐라고 응대도 못한 채 나는 서둘러 내 자리로 가서 앉았다. 그러자 세 아이가 쪼로록 달려와 내 앞뒤 빈자리에 앉았다.

"대박 사건! 걔네들, 정보통신고 애들하고 붙었다가 개박살 났대. 마침 지나가는 어떤 학부모가 경찰에 알리는 바람에 경찰차 오고, 학교에 알려지고 난리도 아니었댄다. 아마 징계 먹을걸?"

추측했던 대로다. 난 약간 낮은 목소리로 답했다.

"쌤통이네. 우리가 안 해도 누군가는 복수를 해 주는구나."

"그치? 사필귀정 아니겠어?"

"언제 그랬데?"

"어제 낮에."

그때 소식을 물어 온 남자애들이 우리 곁으로 오더니

176

그때의 상황을 재연해서 보여 준다며 호들갑을 떨었다. 코믹한 재연 덕에 반 분위기가 자연스럽게 화기애애해졌다. 그동안 있었던 일은 아무 일도 아니었다는 듯이 진선과 수희도 내 쪽으로 몸을 기대서 깔깔대며 재연 액션을 관람했다.

"아참!"

아이들이 흩어질 무렵, 은아는 또 한 가지 소식을 전했다.

"그리고 허리 긴 애가 너만 안 때린 이유를 알아냈어."

"뭔데?"

"네 피부."

"뭐?"

은아가 내 뺨을 만진다.

"이거 안 옮는 거지? 걔들이 옮을까 봐 쫄았나 봐."

난 어릴 적부터 아토피를 앓았는데 한동안 좋아졌다가 고등학생이 되면서부터 뺨 아래가 붉어지고 약간 갈라지는 증세가 다시 시작되었다. 하지만 너무 작은 부위고 머리로 가리면 잘 보이지 않는다. 그런데도 그런 소리를 하는 걸 보면 아마도 어릴 적 나를 아는 애가 있었나 보다.

"근데 빨거가 뭐야?"

수희가 나와 둘이 눈을 마주치기는 약간 거북한 듯 허공을 보며 물었다.

'빨거'는 초등학교 때 내 별명이다. 사실 초등학교 때는 아토피가 너무 심해서 애들이 놀릴 정도였고, 그래서 그때 내 별명이 빨간 거북이었다. 아마 그 사실을 기억하는 애였나 보다. 은아와 진선, 그리고 수희의 기분이 왜 풀어졌는지 알 것만 같다.

"빨거는 빨간 거북이란 소리야. 아토피 때문에……."

난 간지러운 데를 긁어 주는 마음으로 선선히 대답했다. 내가 안 맞은 대가를 치르기라도 하듯이. 사실 아토피란 말 자체를 입에 올리기조차 싫을 정도로 아토피가 나의 치명적인 트라우마인데도 불구하고 말이다. 이로써 우리는 공평해졌다.

"빨간 거북? 너무 귀엽다."

"맞아, 거북이가 빨간색이면 징그럽지 않고 귀엽겠는데?"

"난 빨가벗은 거인 뭐 이런 건가? 했네. 호호호."

아이들의 맑고 청량한 웃음소리가 교실을 채운다.


난 슬그머니 일어나 창가로 갔다. 저 멀리 텅 빈 운동장을 지키는 듬직한 플라타너스 몇 그루와 단정한 자세의 벤치들이 눈에 들어온다. 창밖 교정의 풍경은 여느 때와 다를 바 없지만 나의 마음은 다른 모습을 보고 있다. 마음으로 보는 세상이 시작된 걸지도 모르겠다.

그냥 막연하게 무엇인가가 내 앞을 지나갔다는 느낌이 든다. 지나간 모든 것은 흔적을 남긴다. '그 사건'이 일어난 뒤부터 지금까지 벌어진 일들 하나하나를 내 마음에 담았고, 그 일들은 그냥 없던 일로 날아가지만은 않을 것이다. 나는 조금은 달라질 것이다.

창가에 혼자 서서 발끝을 올리고 조용히 그러나 힘 있게 중얼거려 본다.

"업!"

# 하드 타임(Hard time)도 오케이!

　살면서 우리가 겪는 일 중에 어떤 일은 그 일이 있기 전과 후로 우리 삶을 분명하게 나눈다.

　비록 나를 할퀴고 간 일이라 해도 그로 인해 내 삶에 잔뿌리라도 내릴 수 있었다면 그 일은 절대 나쁘기만 한 일은 아닐 것이다.

　입속으로는 성장의 씁쓸한 맛을 느끼면서도 주저앉지 않고 '업!' 하려는 다미에게 야무진 홧팅을 보낸다.

　　　　　　　　　　　　　　　　　　박하령

블라인드 5. 사생팬

# 오빠의 모든 게
## 알고 싶어  신지영

**신지영**

1974년 서울에서 태어났으며, 2008년 강원일보 신춘문예에 동시가 당선되었다. 동시집 《지구영웅 패트병의 달인》, 청소년 시집 《넌 아직 몰라도 돼》, 동화집 《짜구할매 손녀가 왔다》, 《퍼펙트 아이돌 클럽》, 《배려의 여왕이 할 말이 있대》, 청소년 소설집 《프렌즈》, 《내 친구는 슈퍼스타》 등을 펴냈으며, 푸른 문학상 새로운 작가상, 푸른 문학상 새로운 평론가상, 창비 좋은 어린이 책 등을 받았다.

# 오빠의 모든 게 알고 싶어

이번 시험도 제자리다. 수학이 또 발목을 잡았다. 수학 쌤은 거짓말쟁이다. 숫자는 정직하다며 노력한 만큼 나올 거라더니, 그럼 내가 고등학교 들어와서 한 노력들은 다 뭐람. 다리가 아프도록 제자리걸음만 걷는 느낌이다. 휑한 창밖을 보니 괜히 한숨만 나온다.

"야, 뭔 한숨을 바닥에 고이도록 쉬고 있어. 옆에 사람까지 처지게."

맹맹한 콧소리를 들으니 안 봐도 누군지 알겠다.

"예은이 넌 성적 어떻게 나왔어?"

예은이 씩 웃더니 옆자리의 의자를 꺼내 앉았다.

"뭘 물어, 당연히 우리 반 바닥은 내가 잘 깔아 주고 있지. 바닥이 단단해서 애들도 마음이 놓일 거야."

이런 얘기를 웃으며 하다니, 역시 예은이다.

"넌 걱정도 안 돼?"

한숨이 나오는 걸 참으며 예은을 쳐다봤다.

"왜 걱정이 안 되냐. 그래도 나에게는 시나브로가 있
잖아. 어떤 고난과 역경이 몰아쳐도 오빠들 얼굴만 보면
괴로움이 싹 사라진다니까."

어이가 없어 웃음이 픽 하고 새어 나왔다.

"하긴, 널 누가 말리니."

"두고 봐, 고등학교만 졸업하면 바로 스타리엔터에 취
직해서 나의 사랑 시나브로 오빠들을 매일 볼 거야."

예은이 두 주먹을 불끈 쥐어 보였다.

"스타리에서 무조건 너 받아 준데? 거기도 엄청 큰 기
획사잖아. 들어가고 싶으며 바닥에서 좀 올라와야 하지
않겠어?"

예은이가 김샌 얼굴로 나를 째려보았다.

"야, 꼭 그렇게 팩트 폭행을 해야 돼? 공부야 오늘부터
라도 하면 되지. 아, 아니지. 오늘은 시나브로 공방 가야
하니까, 내일부터 해야겠다."

나는 두 손 두 발 다 든 얼굴로 고개를 저었다.

"그렇게 시나브로가 좋아? 정말 이해할 수가 없다."

"나야말로 이해가 안 돼. 어떻게 요즘 세상에 너같이 아이돌에 무관심한 애가 있을 수가 있어? 그것도 나랑 제일 친한 친구가 그렇다는 게 말이 되냐고!"

아이돌이 뭐라고 중세 시대에 왕에게 충성을 맹세한 기사처럼 저렇게 맹목적일 수가 있을까?

"지금이라도 정신 좀 차려! 아이돌한테 쓸 돈으로 영어 문제집 한 권 더 사고, 인강이라도 하나 더 챙겨 보는 게 낫지."

예은은 심각한 얼굴로 말하는 나를 보더니 고개를 흔들어 댔다.

"네가 아직 진정한 아이돌을 못 만나서 그래."

나는 예은보다 더 크게 고개를 저어 댔다.

"진정한 아이돌이 어디 있어. 다 기획사에서 돈 벌려고 기계로 찍듯이 만들어 내는 거지. 다 걔가 걔라고."

예은이 의자를 바짝 끌더니 내 곁으로 다가왔다.

"너 정말 아무리 멋진 아이돌을 봐도 마음 흔들리지 않을 자신 있어?"

나는 고개를 크게 끄덕거렸다.

"당연하지."

"그럼 나랑 내기 하나 할까?"

예은이 나를 보며 씩 웃었다.

"무슨 내기?"

동그랗게 눈을 뜨고 묻는 나에게 휴대전화를 켜더니 공방 안내를 하나 보여 줬다.

"오늘 나랑 같이 가자."

"거길 내가 왜 가?"

황당해서 예은을 쳐다봤다.

"아이돌은 다 별 볼 일 없다며. 네가 우리 오빠들 보고도 그 말을 계속하면 네가 전부터 예쁘다고 난리 치던 내 손목시계 줄게."

예은이 손목을 들어 분홍색 시계를 흔들어 보였다. 내 흰 손목에 잘 어울릴 거 같아 처음 볼 때부터 마음에 들었던 시계다. 나는 침을 꿀꺽 삼켰다.

"그 말 진짜지?"

예은이 셀셀 웃으며 고개를 끄덕거렸다.

"당연하지. 대신 우리 오빠들 보고 너도 마음이 움직이면 시나브로가 뻔한 양판형[2]이라는 말 따윈 저 멀리 우

---

2 공장에서 대량생산으로 찍은 것처럼 비슷한 소재나 이야기로 구성된 작품들을 비하할 때 사용하는 속어.

주로 던져 버려! 내 국어 숙제도 대신 해 주고."

내가 손해를 볼 건 없다는 생각이 들었다. 국어 숙제가 뭐 어렵나. 그런데 그깟 시나브로가 뭐라고 저 예쁜 시계까지 거는 걸까? 정말 이해되지 않았지만 기분도 꿀꿀하던 차에 잘됐다는 생각마저 들었다.

"알았어. 나도 드디어 네가 그렇게 좋아하는 네 오빠들을 실제로 보겠구나. 하지만 마음이 흔들릴 걱정은 없으니, 그 시계나 미리 내놓으셔."

자신만만한 나를 예은은 더 자신만만하게 쳐다봤다.

"글쎄, 그건 오늘 공방 보고 와서 다시 얘기해."

예은이 그러거나 말거나 오늘만 지나면 내 손목에 차게 될 시계만 눈에 들어왔다.


아이들이 줄줄이 쌓여서 1미터 앞도 제대로 보이지 않았다. 주저앉고만 싶은 나와 달리 예은은 재주도 좋게 틈을 비집고 들어가 내 자리까지 만들어 냈다. 예은의 손에 끌려 자리에 앉은 나는 그제야 한숨을 돌렸다. 내 또래의 아이들이 속속 팬덤별로 자리를 잡고 앉기 시작했다. 아이들 모두 자기가 응원하는 아이돌의 사진이 박힌 굿즈나 색색의 응원봉을 흔들어 댔다. 커다란 방송국 안이 금세 아이들로 꽉 찼다.

"야, 너 어떻게 이런 데 매일 쫓아다녀? 난 벌써부터 집에 가고 싶은 생각밖에 안 들어."

고개를 절레절레 흔드는 나에게 예은은 노란색 응원봉을 가방에서 꺼내 주었다.

"그만 투덜거리고, 이거 들고 있다가 오빠들 나오면 같이 흔들어."

"시나브로 팬도 아닌데 이걸 내가 왜 흔들어."

대놓고 싫은 표정을 짓자 예은은 응원봉을 내 손에 꼭 쥐어 주었다.

"이쪽 자리가 다 시나브로 팬들 자린데 여기서 혼자 멍하니 있으려고? 그러다 너 돌 맞는다. 이렇게 자리에 앉아서 오빠들 보기가 얼마나 힘든데. 고마운 줄 알아야지. 그리고 이건 고생도 아니야. 한겨울이랑 한여름에 야외 생방하면 그거야말로 기절할 노릇이야. 넌 운 좋은지나 알아."

마지못해 응원봉을 받아 들었지만 시끄러운 아이들 사이에 앉아 있으려니 괜히 왔다는 후회만 밀려들었다. 조금 있자 뮤직캐슬 시그널뮤직이 울려 퍼지더니 공방이 시작되었다. 방송에서 자주 보이는 아이돌들은 총출동한 느낌이었다. 요즘 유행하는 EDM 노래가 줄줄이 이어지고, 아이돌의 칼 군무에 맞춰 빨갛고 파란 사이키 조명들이 무대를 현란하게 비추었다. 강렬한 비트가 무대를 때리고 몽환적이면서도 반복되는 음들이 객석을 가득 메우자 아이들은 마치 불에 뛰어드는 나방처럼 무대로 빨려 들어갔다. 모두 소리를 지르며 난리를 치니 정신이 하나도 없었다. 뭐가 좋다는 건지. 지금이라도 벌떡 일어나나가고 싶었지만 그놈의 시계가 뭔지, 자리를 지키게 만들었다. 시나브로는 언제 나오는 건지, 얼른 나와야 보고 나가기라도 할 텐데. 푸른 제복을 입고 노래하던 언더그라운드가 들어가자 갑자기 주위에 불이 다 꺼지더니 실내가 조용해졌다. 관람하던 아이들도 모두 소리를 죽이고 무대를 바라봤다.

— 울지 말아요. 슬퍼 말아요.
노력해도 안 되는 게 있는 거예요. 힘이 들 땐 나를 봐요. 내가 있어요. 다 잘될 거예요. 그 노력 나는 알아요.

어둠 속에서 맑은 미성의 목소리가 공중으로 쏘아 올

려졌다. 마치 목소리가 아무리 노력해도 성적이 안 오르
는 나를 위로하듯 내 마음 위로 부드럽게 내려앉았다. 나
도 모르게 뜨거운 눈물이 주르륵 뺨을 타고 흘러내렸다.
깜짝 놀라 얼른 눈물을 훔치는데 동그란 빛줄기가 무대
위를 비추더니 그 안에서 흰 재킷을 입은 한 남자가 나
타났다. 시나브로의 멤버 제이준이었다. 이상했다. 무대
는 너무나 먼데, 제이준의 얼굴도 잘 보이지 않는데, 제
이준이 꼭 나를 쳐다보는 것 같았다. 나도 홀린 듯 제이
준을 바라보았다. 제이준은 나에게서 눈을 떼지 않았다.
마치 몸을 초월한 영혼이 서로를 바라보는 느낌이었다.
정말이지, 솔로 무대가 끝나도록 눈을 뗄 수 없었다. 무
대의 불이 잠시 꺼졌다. 내 마음은 제이준을 따라 무대의
암전 속으로 빨려 들어가 버렸다. 잠시 후 무대가 환해졌
다. 나머지 멤버들이 나와서 신나게 노래를 불렀지만 내
눈은 제이준만 쫓았다. 옆에선 예은이 목이 터져라 시나
브로를 외쳐 댔다. 한 시간 전만 해도 이런 예은을 한심
하게 느꼈을 텐데, 지금은 나도 따라서 소리치고 싶었다.
이게 뭐지, 한심하게 아이돌 따위에 마음이 흔들리다니.
그러면서도 내 눈은 노래가 다 끝날 때까지 제이준만 따
라다녔다. 시나브로가 들어가자마자 예은이 나를 쳐다봤

다.

"봤냐! 우리 오빠들! 진짜 우주 스타급으로 멋지지 않냐! 오늘은 진짜 감동이 대기권을 뚫었다. 제이준 어떡할거야. 노래 너무 잘해!"

흥분해서 떠들어 대는 예은을 보고 있으니 내 마음까지도 덩달아 흔들거렸다. 하지만 애써 꾹 참았다. 이렇게 순식간에 내 마음이 움직일 거라고는 생각하지 못해서 너무 당황스러웠다. 얼른 이 자리를 뜨고 싶은 생각뿐이었다.

"나 배가 아파서 화장실 좀 갈게. 시간이 걸릴 것 같으니까 이따 방송 끝나면 전화해."

내가 엉거주춤 일어나자 예은이 걱정스런 얼굴로 내 팔을 잡았다.

"정말? 어떡해! 오늘 괜히 오자고 한 건가. 배가 아팠으면 우리 시나브로 오빠들도 제대로 못 봤겠네."

아쉬워하는 예은을 뒤로한 채 사람들을 비집고 밖으로 나왔다. 눈에 보이는 대로 긴 복도를 지나 계단을 내려오니 철문이 하나 나왔다. 손잡이를 잡고 조심스레 문을 여니 바로 방송국 뒤쪽이었다. 아무래도 비상구 쪽으로 나온 거 같았다. 밖은 이미 깜깜한 밤이었다. 시원한 바람을 맞으니 이제야 머리가 맑아졌다. 방금 전의 일들이 꿈처럼 느껴졌다. 그래, 애들이 너무 소리를 질러 대고 조명이 번쩍번쩍하니까 내가 잠시 착각한 거야. 방송이 이렇게 아이들을 홀리는구나. 잠시 근처에서 쉬고 있다가 예은에게 전화해야겠다는 생각에 앉을 만한 곳을 찾아 두리번거렸다. 건물 끝에 벤치가 보였다. 휴대전화를 들여다보며 그쪽으로 걸어가는데 뭔가 팔에 팍 하고 부딪혔다. 순간 몸이 옆으로 휘청하고 넘어지며 들고 있던 휴대전화를 떨어뜨렸다. 정신을 차리고 보니 넘어지다 어디에 쓸렸는지 팔꿈치와 무릎에 피가 맺혀 따가웠다.

"괜찮아요?"

남자 목소리였다. 고개를 들고 보니 흰 셔츠에 푸른 청바지를 입은 남자가 바닥에 떨어진 휴대전화를 얼른 주워 쭈그려 앉은 채로 자기 옷에 문질러서 닦고 있었다. 백금발의 머리 색이 가로등 빛에 반사돼서 반짝거렸다.

'머리 색이 완전 연예인이네.'

아픈 팔꿈치를 문지르며 쳐다보는데 남자가 고개를 들며 휴대전화를 건넸다. 쌍꺼풀 없이 커다란 눈에 창백할 만큼 흰 피부, 도톰한 입술… 분명 제이준이었다. 머리 색만 연예인이 아니라 정말 연예인이었다. 어떻게 사

192

람 얼굴이 이렇게 작을 수 있지? 사람한테서 빛이 난다는 게 이런 걸까? 코앞에서 본 제이준은 마치 다른 세계에서 건너온 사람 같았다. 너무 놀라서 아무 말도 못하고 쳐다만 보고 있는데 제이준이 벌떡 일어나더니 휴대전화를 내 손에 꼭 쥐어 줬다.

"미안해요. 내가 급해서 뛰다가 앞을 못 봤어요. 부딪힌 데는 괜찮아요?"

나는 얼굴이 빨개져서 대답도 못하고 간신히 고개만 끄덕거렸다. 제이준은 다행이라는 듯 크게 웃으며 아까 부딪힌 어깨를 쓰다듬듯 부드럽게 잡아 주었다.

"피가 나네. 어떡하죠? 병원이라도 갈까요?"

"괘, 괜찮아요. 살짝 까진 거예요. 정말 괜찮아요."

떨려서 목이 바짝 말라붙었다. 간신히 침을 삼키며 대답했다. 제이준은 걱정스러운 눈으로 잠시 쳐다보더니 나를 일으켜 세웠다.

"그래도 혹시 모르니까 다리나 팔에 문제가 생기면 연락해요."

연락? 혹시 나한테 전화번호라도 주려는 걸까? 설마 이건 드라마에서만 보던 그런 상황인가? 남자 주인공이 여자 주인공을 보고 마음에 들어서, 뭐, 그런 건가? 아픈 것도 까맣게 잊고 가슴이 설레기 시작했다. 제이준이 주머니를 뒤적거리는데 갑자기 한쪽에서 여자애들의 비명이 들려왔다. 어떻게 알았는지 팬들이 무더기로 달려오고 있었다. 제이준은 곤란한 얼굴로 팬들을 쳐다보더니 명함 한 장을 꺼내서 건넸다.

"아프면 참지 말고 꼭 연락해서 치료를 받아요. 그럼 난 보시다시피 얼른 가 봐야겠네요."

제이준은 웃으며 내 손을 꼭 한번 잡아 주더니 다른 방향으로 달려 나갔다. 여자애들이 우르르 몰려와 나를 밀치고는 제이준을 쫓아갔다.

나는 이리저리 밀쳐지면서도 자리를 피할 생각을 못 했다. 그저 제이준이 떠난 자리를 한참 쳐다보기만 했다. 어깨와 손을 잡아 주던 제이준의 손길이 아직도 생생하게 느껴졌다. 정말 하늘의 별이 땅에 내려와 내게 말을 건 느낌이었다. 어떻게 이런 일이 생기지? 조금 전에 제이준의 노래를 듣고 눈물을 흘렸는데 금방 코앞에서 제이준을 만나고 손까지 잡히다니. 이건 너무 신기하잖아. 주머니 속에서 휴대전화가 울려 댔다. 예은이었다.

"어디야? 지금 제이준이 후문으로 먼저 나갔다고 시나 밤 애들 다 달려 나갔어. 아, 조금만 빨리 알았으면 나도 달려 나갔을 텐데. 아깝다."

나는 들뜬 목소리로 천천히 예은에게 이야기했다.

"그 제이준 내가 코앞에서 봤다. 내 손도 잡아 줬어."

"어? 그게 무슨 소리야? 너 꿈꿔?"

예은의 큰 소리에 놀라 잠시 전화기를 귀에서 떼야 했다. 귀는 아팠지만 괜히 웃음이 나왔다.

"무슨 소리긴 네가 최애하는 제이준이 내 손도 잡고, 내 어깨도 잡아 줬다니까."

아까보다 더 큰 소리가 전화기에서 울려 댔다.

"야! 너 미쳤어? 자꾸 이상한 소리를 해! 일단 만나자, 거기 어디야? 아, 아니다. 방송국 정문으로 와!"

대답도 하기 전에 전화가 툭 끊겼다. 웃음이 나왔다. 하긴 자기가 그렇게 좋아하는 제이준이 손을 잡아 줬다는데 놀라서 기절할 지경이겠지. 제이준 팬질을 3년 넘게 해도 팬미팅에 가서 대형화면을 보며 손 흔드는 게 다였으니 오죽 황당할까. 예은이 매일 투덜거리며 하던 이야길 생각해 보니 정말 그랬다. 공식 팬클럽인 시나밤 애들이 시나브로를 밤낮으로 따라다녀도 손 한 번 잡고 개인적으로 이야기 한 번 하기가 하늘에 별 따기라고 했다. 그런데 난 그런 별을 한 번에 다 따 버렸다. 이건 정말로 제이준과 내가 특별한 인연이라는 증거가 아닐까? 왠지 모를 운명 같은 게 느껴졌다. 예은은 정문에서 나를 기다리고 있었다. 내 이야기를 전부 전해 들은 예은은 집에 가는 내내 씩씩댔다.

"돈은 덕[3]이 쓰고 계는 머글[4]이 탄다더니. 어떻게 너한테 이런 일이 생기냐. 나는 몇 년 동안 쫓아다녀도 얘기한 번 나눈 적이 없는데."

나는 웃음이 새어 나오는 걸 꾹꾹 누르며 대답했다.

"그냥 어쩌다 부딪힌 거잖아."

"야! 나는 팔이 부러져도 좋으니까 그런 일이나 한 번 생겼으면 좋겠다. 병원에 입원해서 오빠가 문병 오면 더 좋고."

예은이 발을 구르며 소리쳤다.

"농담이라도 그런 말은 하지 마."

내 말에 예은이 눈을 번뜩이며 째려봤다.

"농담 아니야! 아, 그건 그렇고 너 명함 받았다며. 얼른 꺼내 봐. 나도 오빠 전번 좀 따자."

---

3 일본어인 오타쿠(御宅)를 한국식 발음으로 바꿔 부른 오덕후의 줄임말. 한 분야에 평균 이상으로 몰두한 사람을 의미한다.
4 영화 〈해리포터〉에서 유래된 말로, 덕후가 아닌 사람들을 지칭하는 단어.

속으로 괜히 명함 받은 이야기를 했나 싶어 뜨끔했다. 예은이 제이준한테 전화해 대면 어쩌나 싶었다. 하지만 벌써 내뱉은 말을 주워 담을 수도 없어서 어쩔 수 없이 아까 받은 명함을 주머니에서 꺼냈다. 예은은 기다렸다는 듯이 건네기도 전에 명함을 채 갔다. 그러고는 들여다보더니 실망한 듯이 나에게 명함을 다시 건넸다.

"그럼 그렇지. 오빠가 너 같은 머글한테 개인 번호를 알려 줄 리가 없지. 이거 회사 번호야."

그제야 명함을 들여다보니 예은의 말대로 회사 대표 번호가 적힌 명함이었다. 직함이나 이름도 없었다,

"이게 뭐야. 이름도 없네."

힘이 빠진 내 목소리를 듣자 예은이 팔짱을 끼고는 말했다.

"원래 이런저런 자잘한 사고나 사건들이 생기면 이렇게 회사 대표 명함을 줘서 회사에 연락하라고 하더라. 그래도 넌 좋겠다. 제이준 오빠랑 손도 잡아 보고. 난 꿈에서도 잡아 본 적 없는데."

예은이 내 손을 만지작거리며 한숨을 쉬었다. 제이준의 명함이 아니라 조금 실망스러웠지만 예은의 눈빛에 금방 기분이 좋아졌다. 그래, 명함이 대수인가. 제이준이

내 어깨도 잡아 줬는데. 버스 안의 북적이는 사람들 틈에 서서 창밖을 내다봤다. 거리의 네온사인들이 알록달록한 사탕처럼 빛나고 있었다. 공방에서 봤던 수많은 조명이 떠올랐다. 그리고 제이준의 따뜻했던 목소리도 자연스럽게 그려졌다. 나는 분명 다른 팬들과는 다르다. 그와 난 어떤 특별한 인연으로 묶여 있다는 확신이 들었다.

자고 일어나 학교에 가니 난리도 아니었다. 쉬는 시간마다 애들이 몰려와 내 얘기를 들으려고 줄을 섰다. 말 많은 예은이 벌써 여기저기 소문을 내고 다닌 거다. 학교 애들 중 반 이상이 시나브로 팬이었다. 몰려와 이것저것 물어봐서 화장실 갈 시간도 없었다. 아이들은 번갈아 가며 내 손과 어깨를 잡았다.

"이 손이 바로 제이준이 꼭 잡아 줬다는 그 손이지. 으으, 좋겠다."

"야! 이 손 절대 씻지 마라. 나 같으면 오빠 냄새 날아가지 말라고 장갑 끼고 다니겠다."

아이들은 내 손을 잡아서 자기 볼에 문질러 대기도 하고 킁킁거리며 냄새를 맡기도 했다. 조금 피곤했지만 나도 모르게 어깨가 으쓱거렸다. 하루 종일 아이들이 달려

와서 말을 거는 바람에 수업이 끝날 무렵엔 말소리가 귀에 울리는 것 같았다. 그래도 기분은 꽤 괜찮았다. 제이준 덕분에 내가 꼭 연예인이 된 기분이었다. 집에 오자마자 컴퓨터를 켰다. 동영상부터 기사, 블로그까지 제이준에 관한 거라면 하나도 빠지지 않고 검색해서 봤다. 수많은 사진과 노래, 기사가 쏟아졌다. 하나하나 클릭할 때마다 제이준이 조금씩 가까워지는 기분이었다. 나는 왜 이때까지 제이준을 몰랐지? 저녁도 거르고 새벽이 되도록 제이준의 노래를 들었다. 한두 시간 지난 것 같았는데 벌써 밖이 밝아 오고 있었다. 잠깐 눈만 붙이고 학교에 갔다. 예은이 부은 내 얼굴을 보더니 알 것 같다는 표정으로 웃었다.

"너 밤샜냐? 얼굴이 왜 그래. 호빵이 됐네."

"무슨 밤을 새. 라면 먹고 자서 그래."

가방을 내려놓는 나를 보며 예은이 짓궂은 표정으로 눈을 찡긋했다.

"물론 라면도 먹었겠지. 그리고 밤을 샜을 거야. 제이준을 찾아보면서 말이야. 맞지?"

하여간 예은은 이럴 때만 예리하다. 나는 어쩔 수 없이 조금 붉어진 얼굴로 고개를 끄덕거렸다.

"그것 봐라. 내가 그랬지. 우리 오빠들 실제로 보면 안 좋아할 수가 없다고. 드디어 서진이 너도 시나브로에 입덕했구나. 대환영이다!"

예은이 신나서 소리쳤다. 나는 조용히 하라며 입에 검지를 갖다 댔다.

"그래, 네 말대로 시나브로 멋지더라. 그런데 난 시나브로가 좋다기보다 제이준이 좋은 거야. 그러니까 시나브로 팬은 아니야."

"후훗, 원래 다 그렇게 시작하는 거야. 입덕은 제이준으로 하고 제이준 찾아보다가 시나브로 다른 오빠들도 보게 되고, 그러면서 오빠들 팬이 되고. 그렇게 영원히 시나브로의 노예가 되는 거야. 그걸 회전문이라고 한단다. 빠져나올 수 없는 문에 갇힌 걸 축하해."

나는 절대 아니라고 소리치고 싶었지만 예은에게 말해 봤자 소용없을 것 같아 그냥 입을 다물었다. 하긴 나와 제이준의 특별한 인연을 어떻게 예은이가 이해하겠어.

"그건 그렇고 네가 내기에서 졌으니 내 국어 숙제해 줘야 해!"

약속이 생각난 듯 박수까지 치며 예은이 신나 했다.

"알았어. 내기는 내기니까. 네 덕분에 제이준한테 입

덕했으니 기분 좋게 해 줄게."

내 대답에 예은은 대견한 듯이 내 머리를 쓰다듬어 주었다.


그게 시작이었다. 입덕하자마자 순식간에 내 방은 제이준의 사진과 앨범, 굿즈로 가득 찼다. 처음엔 마냥 신나기만 했다. 돈도 걱정 없었다. 큰 용돈을 받을 때마다 모아 놓은 통장이 있었기 때문이다. 또래 애들은 갖기 힘들 만큼 꽤 큰돈이었다. 어릴 때부터 모아 놓은 돈이었지만 망설임 따원 없었다. 그렇게 조금 지나자 사진과 앨범, 동영상으로 만족했던 마음이 허전해지기 시작했다. 코앞에서 봤던 제이준의 얼굴이 자꾸 떠올랐다. 나는 유료 팬클럽에 정식으로 가입했다. 유료라 그런지 일반인은 구할 수 없는 공연 정보나 화보들이 가득했다. 공연과 공방을 따라다녔고, 유료 팬미팅에 참가하기 위해 앨범을 수십 장 사기도 했다. 그렇게 또 한 달 정도 지나자 통장이 텅 비게 되었다. 물론 후회는 없었다. 제이준은 나에게 정말로 특별했으니까. 하지만 앞으로 어떻게 해야 하나 걱정되었다. 걱정은 곧 나에게 다른 방법을 알려 주었다. 팬심이 이상한 힘을 내게 준 것이다. 엄마에게 부

끄럼 없이 거짓말을 하게 되었다. 학원비, 특강비, 참고
서비까지 닥치는 대로 거짓말을 늘어놓고 돈을 타 냈다.
한동안은 그걸로 어떻게든 덕질을 할 수 있었다. 하지만
꼬리가 길면 잡히는 법. 엄마가 눈치를 챘다. 한 번도 엄
마 속을 썩인 적이 없어선지 내 말이라면 뭐든지 다 믿어
줬는데 그것도 그리 오래 내 거짓말을 가리지는 못했다.

"앞으로 새로 학원 다니고 싶거나 인강 듣고 싶으면
다 엄마가 끊어 줄 테니까 미리 말해. 참고서나 준비물도
필요할 때마다 말하면 바로 사 줄게."

"왜? 그냥 전처럼 하면 안 돼? 내가 알아서 하는 게 편
하단 말이야."

"이제는 안 돼! 엄마가 이렇게 참는 것도 전에 네가 한
걸 봐서야. 속 한 번 썩이지 않더니 요즘 같으면 한 번에
터뜨리려 그랬나 싶을 정도야."

애걸도 해 보고 화도 냈지만 아무 소용없었다. 엄마는
한 번 말하면 그걸로 끝인 사람이었다. 두 번 말하지 않
았다. 신나게 하던 팬질을 못하니 아무것도 손에 잡히지
않았다. 시나브로 팬클럽 애들은 알바하는 것도 모자라
생리대 값까지 아껴서 앨범을 사고 공연도 가던데, 나는
이제 어떻게 하지? 공부가 잘되지 않았다. 지난번 시험

에선 수학뿐 아니라 다른 과목 성적도 줄줄이 떨어졌다. 그런 나를 예은이 눈썹을 찌푸리며 쳐다봤다.

"야, 덕질도 정도껏 해. 나랑 같이 우리 반 바닥 깔아 주고 싶어? 내가 너 굿즈 다 모으고 앨범 사들이고 공연 전부 따라다닐 때부터 알아봤다. 나라고 그런 거 안 하고 싶겠냐. 오빠들 앞으로 평생 따라다녀야 하는데, 너같이 하면 아무리 체력이 좋은들 얼마나 버티겠어."

귀에 들어오지도 않는 말이었다. 좋은 거에 최선을 다하는 게 뭐가 나빠? 하지만 그런 내 마음과 상관없이 이제 당분간은 공연을 보거나 앨범을 사는 게 다 쉽지 않아서 답답할 뿐이었다. 아르바이트라도 해서 돈을 모으려면 시간이 필요했다. 하지만 그 시간을 어떻게 견디지? 딱 한 번만 더 제이준을 가까이에서 보면 견딜 수 있을 거 같은데. 나는 방을 둘러보았다. 돈이 될 만한 걸 찾아야 했다. 한참을 뒤져 보니 참고서며 비싼 겨울 점퍼 같은 게 꽤 나왔다. 인터넷 중고 사이트에 올리면 공연 티켓 정도는 살 수 있을 것이다. 딱 한 번만이다. 이번만 제이준을 보고 열심히 알바해서 돈을 모으는 거야.


공연장은 시나브로 팬들로 가득했다. 비싸도 스탠딩

석을 구입하길 잘했다. 조금이라도 제이준을 가까이에서 볼 수 있으니 말이다. 불이 꺼지고 무대가 밝아졌다. 시나브로 멤버들이 한 명씩 나와 노래를 시작했다. 마지막으로 제이준이 나오자 그제야 무대가 가득 채워지는 것 같았다. 손을 살짝 들고 팔을 뻗는 것만으로도 나에게 다가오는 느낌이었다. 가사도 없이 허밍만 해도 내 귀에 이야기를 속삭이는 듯했다. 저절로 웃음이 터져 나왔다. 저 사람이 내 손을 잡아 줬다는 사실이 정말 실감 나질 않았다. 저 얼굴을 당분간 실제로 볼 수 없다고 생각하니 갑자기 뭉클하면서 나도 모르게 눈물이 흘렀다. 한번 눈물이 터지자 끝없이 흐르기 시작했다. 그렇게 웃다가 울다가 하면서 공연을 봤다. 마지막 노래가 나올 때가 되니 너무 울어서 얼굴이 눈물에 콧물 범벅이었다. 공연이 끝나고 주위가 환해지면 얼굴을 들 수 없을 것 같았다. 가방을 뒤져 휴지를 꺼내려는데 발밑에 뭔가 반짝이는 게 보였다. 지갑이었다. 고개를 숙여 들여다보니 붉은색 에나멜로 된 해외 명품 브랜드였다. 아무래도 대포 카메라를 든 앞에 있는 여자가 떨어뜨린 거 같았다. 나는 잠시 고민하다가 주변을 두리번거렸다. 사람들은 모두 소리를 지르느라 정신이 없어 보였다. 허리를 숙여 얼른 지갑을 주웠다. 지갑이 굉장히 두툼했다. 좌우를 살피며 가방에 지갑을 넣는데 손에 땀이 배어났다. 시나브로가 마지막 노래를 부르는 동안 가방 속 지갑 때문에 긴장했는지 온몸이 감전된 듯했다. 공연이 끝나자 숨을 한 번 크게 내쉰 다음에 공연장 위층에 있는 화장실로 뛰어갔다. 구석이고 눈에 띄지 않는 곳이라 화장실엔 나 혼자였다. 살며시 변기가 있는 칸으로 들어가 문을 잠근 후 조심스럽게 지갑을 꺼내 열어 보았다. 지갑 안에는 카드 몇 개와 5만 원짜리 지폐가 꽤 들어 있었다. 이 정도 돈이면 이번에 새로 나온 제이준 굿즈도 살 수 있고, 곧 있을 팬미팅 티켓도 구할 수 있다. 머릿속이 복잡해졌다. 이걸 어떻게 하지? 그냥 내가 가질까? 지금이라도 주인을 돌려줄까? 지갑만 팔아도 몇십만 원은 그냥 받을 수 있을 것 같은데. 아무리 고민을 해도 결정할 수가 없었다. 그렇다고 계속 이렇게 있을 수도 없어 일단 가방에 지갑을 넣고는 화장실을 나왔다. 땀에 젖은 손을 씻으려 세면대로 다가서는데 누군가 화장실로 들어왔다. 커다란 카메라를 들고 주변을 두리번거리는 모습을 보니 지갑을 떨어뜨린 여자 같았다. 깜짝 놀라서 나도 모르게 뒤로 주춤했다. 여자는 나를 보더니 조심스럽게 말을 건넸다.

"학생, 공연장에서 내 뒤에 있었지? 혹시 떨어진 지갑 못 봤어?"

너무 긴장해서 턱이 덜덜 떨렸다. 그런 나를 보더니 여자가 다시 물었다.

"혹시 뭐 주운 거 없어?"

나는 드디어 올 것이 왔구나 싶어서 침을 꿀꺽 삼키며 여자의 눈빛을 피했다. 대답을 망설이는 나를 보던 여자가 가만히 다가와 내 손을 잡았다.

"뭐라고 하려는 거 아니야. 그냥 주웠으면 지금이라도 돌려주면 돼."

여자의 부드러운 눈빛을 보니 경찰에 신고할 것 같지는 않았다. 나는 용기를 내어 가방에서 지갑을 꺼냈다.

"도, 돌려주려고 했어요. 갖고 있다가 공연 끝나면 찾아 드리려고 한 거예요."

내가 말하면서도 참 구차하게 느껴지는 핑계였다. 그런데도 여자는 지갑을 돌려받으며 화내기는커녕 오히려 나에게 인사까지 했다.

"정말 고마워. 잃어버렸으면 속상할 뻔했어. 산 지 얼마 안 된 지갑이거든. 자, 이거 고마워서 주는 거야. 맛있는 거 사 먹어."

여자는 복도로 나서는 나를 따라오며 내게 5만 원짜리 한 장을 주었다. 나는 사양하며 손을 흔들었지만 여자는 내 손에 돈을 꼭 쥐어 주었다.

"다 같은 시나브로 팬인데, 거절하지 마. 고마워서 그래."

"고, 고맙습니다."

인사를 꾸벅하고는 어쩔 수 없이 돈을 받는데 여자가 찬찬히 나를 훑어보더니 조심스럽게 말을 건넸다.

"팬질하기도 힘들지? 돈도 많이 들고."

나는 살짝 웃으며 고개를 끄덕거렸다.

"네, 정말 복권이라도 당첨됐으면 좋겠어요. 그래도 아까 제이준이 〈너희를 믿을게〉 부를 때처럼 살짝 울듯이 웃으며 머리카락을 넘기는 걸 보면 팬질을 멈출 수가 없어요."

여자가 깜짝 놀라며 나를 쳐다봤다.

"굉장히 짧은 순간이었는데 그 표정을 어떻게 봤어? 그리고 멀어서 잘 안 보였을 텐데. 그때는 대형화면에 잡히지도 않았잖아."

나는 괜히 부끄러운 생각이 들어 살짝 고개를 숙였다.

"제이준에 대한 건 하나도 놓치지 않아요. 그 표정을

놓쳤으면 억울해서 잠도 안 왔을 거예요."

여자는 잠시 생각하더니 나를 쳐다보며 조심스럽게 물었다.

"학생, 정말 눈이 좋다. 좋은 컷을 잘 잡겠어. 혹시 알바 필요해?"

나는 조금 놀라서 여자를 봤다. 무슨 알바에 좋은 컷이 필요하지?

"마음으로 낳고 통장으로 키우는 게 아이돌이잖아. 돈이야 끝없이 들고 학생 용돈이야 뻔하고. 힘든 게 당연하지. 아마 이 알바하면 꽤 도움이 될걸."

어른한테 이런 말을 들으니 기분이 묘했다. 고마워서 눈물이 날 것 같았다.

"같은 시나브로 팬이기도 하고 나 학생 때도 생각나서 그러는데, 내 일 좀 도와줄래?"

"무, 무슨 일인데요?"

놀라서 되묻는 나에게 여자는 자기가 든 카메라를 내밀어 보였다.

"이상한 일 안 시켜. 이 카메라 보이지. 이거 이렇게 보여도 엄청 비싸. 팬들이 대포 카메라라고 하는 거야."

물론 나도 잘 알고 있었다. 대포 카메라로 찍은 제이준은 정말 코앞에서 보는 것처럼 생생하고 섬세하니까. 시나브로가 있는 곳이라면 몇 대씩 따라다니는 카메라다.

"사실은 내가 제이준 팬페이지 마스터거든. 제이준 표정들이 좋아서 처음 만들 때부터 내가 찍은 사진을 꾸준히 올렸어. 그런데 요즘은 따로 하는 일이 있어서 시간을 내어 쫓아다니기가 힘들어. 어쩔 수 없이 나 대신해 줄 사람을 찾고 있었거든. 혹시 할 생각 있어? 돈은 서운하지 않게 챙겨 줄게."

제이준? 제이준이라고! 거기에 팬페이지 마스터? 그럼 그 유명한 젤다가 이 사람인가? 나는 저절로 눈이 커져서 여자에게 물었다.

"혹시 젤다세요?"

급하게 묻는 내 물음에 여자가 크게 웃어 보였다.

"어떻게 알아? 맞아. 내가 젤다야."

와! 어떻게 이런 일이 벌어지지. 젤다는 팬들 사이에서도 유명한데. 희귀한 사진을 제일 잘 찍고, 제이준을 향한 충성도도 엄청나게 높은 팬이다. 젤다의 팬페이지는 일반 사람들도 알 만큼 알려져 있다. 이건 정말 복이 넝쿨째 굴러든 거잖아! 나는 대답도 하기 전에 고개부터 끄덕거렸다. 제이준을 따라다니는 일인데 마다할 까닭이

없었다. 거기에 돈까지 준다는데, 이런 알바가 세상에 어
디 있어.

"네! 할게요!"

나도 모르게 큰 소리로 대답했다.

"어휴, 시원스럽기도 하네. 정말 마음에 든다."

젤다가 하얀 이를 드러내며 웃어 보였다.

"아마 앞으로는 돈 걱정 없이 제이준 만나러 다닐 수
있을 거야. 공연이며 팬미팅이며 뭐든지 제일 좋은 자리
로 내가 대 줄게."

믿기지 않는 소리였다. 공연 한 번 보려 해도 좋은 자
리는 10만 원이 훌쩍 넘는데, 그걸 걱정 없이 볼 수 있다
니 꿈만 같았다.

"대신 사진을 잘 찍어야 해!"

나는 큰 소리로 대답했다.

"네!"

젤다는 대답이 마음에 드는지 내 머리를 쓱쓱 쓰다듬
었다.


하루하루가 어떻게 지나는지 모를 정도다. 학교가 끝
나면 제이준의 스케줄을 따라 움직여야 했다. 젤다는 알

바를 시작할 때 나에게 대포 카메라와 현금카드 한 장을 건네줬다. 급하게 택시를 타거나 제이준을 기다리다가 갑자기 돈 쓸 일이 생길지도 모르기 때문이다. 제이준의 스케줄은 내 휴대전화로 매일 전송됐다. 젤다가 이런 고급 정보를 어떻게 구하는지 궁금해서 물어본 적이 있다. 젤다는 웃으면서 일부러 기획사에서 알려 주는 게 많다고 했다. 유명 팬페이지 마스터가 좋은 사진을 찍어서 올릴수록 팬들도 좋아하고 인기에도 도움이 되기 때문이란다. 커다란 카메라를 들고 다닐 때마다 어깨가 얼얼했지만 그런 것쯤은 아무렇지도 않았다. 제이준을 매일 보는데 몸이 좀 힘든 게 대수인가! 아무래도 난 이 일에 맞게 천부적으로 타고난 것 같다. 젤다도 깜짝 놀랄 정도니까. 요즘 제이준 팬페이지에는 제이준 얼굴에 숨어 있던 표정을 찾아내서 포착한 사진들이 올라온다고 칭찬 댓글이 줄을 잇는다. 특히 시크한 표정 속에 숨은 슬픈 눈매라든지 가끔 비춰지는 부드러운 미소가 찍힌 사진들은 조회수가 천장을 뚫을 정도였다. 덕분에 내 알바비도 조금 올랐다. 얼마 전에는 젤다가 보너스로 새로 나온 최신 휴대전화도 사 줬다. 친구들이 부러워서 난리도 아니었다. 하지만 친구들이 부러워하는 건 그게 전부가 아니었다. 요즘 시나브로 얘기만 하면 항상 내가 그 중심에 있다. 당연하다. 나는 아이들이 모르는 시나브로 스케줄이나 제이준 스케줄을 꿰고 있으니까.

"정말이야? 이번에 제이준 스코르 광고 찍는 거야? 나 그 메이커 완전 중독인데. 잘됐다. 엄마한테 바지 사 달라 그래야지."

내가 제이준이 찍을 광고 얘기를 해 주자 뒷자리에 앉은 연우가 아는 척을 했다.

"요즘 제이준 무지하게 바쁘잖아. 다음 주엔 발리 가서 화보 촬영한다더라. 그런 다음에 바로 유럽 돌면서 사진집 작업한다던대."

나는 코웃음을 치며 고개를 흔들었다.

"그거 소속사에서 거짓말한 거야. 제이준 아마 그때 영화 촬영 들어갈 거야."

"어? 그게 정말이야?"

아이들이 동시에 나를 쳐다보며 소리쳤다. 나는 입술을 쭉 내밀고는 고개를 끄덕였다.

"어, 장재윤 감독 영화 찍는다더라. 그런데 그 감독이 팬들이 찾아오는 거 엄청 싫어한대. 그래서 일부러 말을 흘린 거야. 혹시라도 촬영장 찾아올까 봐."

내 말에 아이들이 고개를 끄덕거렸다.

"그런데 서진이 넌 이런 거 다 어떻게 알아? 이거 팬들은 절대 알 수 없는 이야기잖아."

연우가 궁금하다는 눈으로 나를 쳐다보았다.

"맞아! 요즘 서진이 보면 매니저보다 시나브로나 제이준 스케줄을 더 잘 아는 거 같아. 너 설마 이상한 짓 하는 거 아니야?"

나는 조금 찔려서 일부러 목소리를 더 높였다.

"그냥 친척 중에 그쪽 일하는 언니가 있어서 주워들은 거야. 내가 무슨 이상한 일을 해! 설마 내가 소속사 컴퓨터 해킹이라도 하겠니."

"맞아, 서진이한테 그 정도 솜씨가 있으면 국정원에 스카우트됐겠다."

아이들에게서 웃음이 터졌다. 그런데 예은만 웃지 않고 나를 빤히 쳐다봤다.

"아무리 그래도 이상해. 그쪽에서 일하는 사람이면 이런 얘기 아무리 친척이라도 알려 주지 않는 법인데. 너 혹시 사생 짓 하는 거 아냐?"

순간 물을 끼얹은 듯 웃음이 사라지고 아이들의 눈이 나를 향했다. 사생이라니, 예은이 쟤는 어떻게 저런 말을 할까? 날 뭐로 보고. 마음 같아서는 지금 하고 있는 알바 얘기를 하고 싶었다. 하지만 처음 일을 시작할 때 젤다가 신신당부한 게 있다. 무조건 비밀을 지켜야 한다는 거다. 팬페이지에 올라오는 사진은 전부 젤다가 찍은 사진으로 알려져 있기 때문이다.

"야! 설마 서진이가 사생 짓을 하겠어. 너 괜히 샘나니까 그러는 거지?"

다행히 연우가 내가 하고 싶은 말을 대신해 주었다.

"맞아, 맞아. 서진이 원래 아이돌에 관심도 없었잖아. 저런 맹한 애가 무슨 사생이야."

아이들도 웃으며 한마디씩 했다.

"아니면 다행이고. 하긴 사생팬은 악개[5]보다 더 지독한 애들인데 그런 짓을 아무나 하겠어."

예은이 마지못해 대답했지만 표정은 여전히 어두웠다. 예은한테만 알바 얘기를 해야 하나? 잠시 고민했지만 이내 고개를 흔들었다. 그랬다간 지금 하는 알바에서 당장 짤릴지도 모른다. 사생이라니, 생각만 해도 소름이 돋았다. 걔들은 정말 범죄자다. 자기들이 좋아하는 아이돌을

---

5 '악질 개인 팬'을 줄여 이르는 말

따라다니며 별별 짓을 다한다. 어떻게 날 그런 애들로 몰고 가는 거지? 생각하고 싶지도 않다.

알바를 한 지도 꽤 지났다. 오늘은 택시를 타고 양평으로 가고 있다. 처음에는 공연장이나 광고 촬영장, 영화 촬영장 같은 곳을 찾아다녔는데 요즘은 가는 곳이 사뭇 달라지고, 시간대도 낮에서 밤으로 점차 바뀌고 있다. 엄마는 최근 나를 보면 말을 건네지도 않는다. 지난번엔 내가 학교 간 사이에 내 방을 뒤져서 시나브로 앨범을 몽땅 찾아 쓰레기로 묶어 놨다. 내가 울고불고 바닥을 굴러다니며 난리를 치니까 그제야 놀랐는지 다시 앨범을 돌려줬다. 하지만 그 이후로 내 얼굴을 마주치고 싶어 하지도 않는다. 학원도 다 끊은 지 몇 달 됐다. 어차피 몇 번 가지도 않았는데 잘됐다. 택시가 냇물이 흐르는 전원 별장 앞에 섰다. 주변에 비슷한 별장들이 몇 채 더 보였다. 카드로 계산하고 카메라를 챙겨 내렸다. 아직 제이준은 도착하지 않았다. 나무 뒤쪽에 자리를 잡고 제이준이 오기를 기다렸다. 건너편에 사생 애들이 보였다. 두 명이 짝을 이뤄 다니는 애들인데 요즘 자꾸 눈에 띈다. 쟤들은 어떻게 여길 알고 오는 걸까? 나야 젤다가 정보를 미리 알려 주니까 이렇게 오는 거지만, 나랑 비슷한 또래로 보이는 쟤들은 도대체 어디서 알아내는 걸까? 가끔 물어보고 싶은 생각이 들지만 사생들과는 말도 섞고 싶지 않다.

카메라 렌즈를 닦고 있는데 차가 들어오는 소리가 났다. 제이준이었다. 이미 어두워져 잘 보이지 않아도 그냥 보면 알 수 있었다. 헐렁한 티에 추리닝 차림으로 차에서 내리는데도 빛이 났다. 나는 능숙하게 셔터를 눌렀다. 제이준은 주변을 두리번거리더니 트렁크를 열어 양손 가득 짐을 꺼내 들고 별장으로 들어갔다. 줌을 이용해 조심스럽게 움직이며 제이준을 찍는데 사생 애들이 제이준 뒤를 따라가는 모습이 찍혔다. 쯧쯧, 저러다 걸리면 어쩌려고 저러는 걸까? 이맛살이 저절로 찌푸려졌다. 그런데 뒤를 쫓아가는 사생들을 보고 있자니 나도 별장 안이 조금 궁금해지기 시작했다. 사실 이렇게 제이준을 찍다 보니 밖에서 보이는 모습 말고 좀 더 개인적이고 비밀스러운 제이준 모습도 보고 싶었다. 그런 모습을 제일 먼저 내가 발견하고 찍을 수 있으면 얼마나 좋을까. 한번 생각을 시작하니 멈출 수가 없었다. 내 발은 마치 자석에 끌리듯이 별장 창문 쪽으로 움직였다. 거실 창이 커튼으로 다 가려져서 아무것도 보이지 않았다. 나는 사생 애들과는 다른 방향으로 가서 창이 있는 곳을 찾기 시작했지만 1층에 난 창은 보이지 않았다. 그런데 갑자기 머리 위로 빛이 환해졌다. 위를 올려다보니 2층에서 켜진 불이었다. 뭐하고 있을까? 저긴 어딜까? 너무 궁금해 견딜 수가 없었다. 주위를 두리번거리니 마침 사다리가 눈에 띄었다. 나는 살금살금 사다리를 가져와 벽에 대고 세운 다음 타고 올라갔다. 얼마나 힘을 세게 주고 올랐는지 다리에 쥐가 날 것 같았다.

마침내 창 옆까지 올라 살며시 안을 들여다보았다. 그곳은 침실이었다. 제이준이 거울을 보고 머리를 쓸어 넘겼다. 나는 언제나 그렇듯 자동으로 셔터를 눌러 댔다. 자세가 불편해 사다리에서 미끄러질 것 같았지만, 그게 문제가 아니었다. 조금 있자 제이준이 한쪽에 세워져 있던 기타를 들더니 〈빛이 되어 줄게〉라는 노래를 부르기 시작했다.

— 힘이 들 땐 나를 봐요. 내가 있어요.

다 잘될 거예요. 그 노력 나는 알아요.

처음 공방에서 들었던 그 노래다. 여전히 아름다운 목

소리다. 셔터를 누르는 손끝이 뜨거워졌다. 사다리에 의지해 노래를 듣는데 마치 나만을 위해 불러 주는 거 같았다. 아니, 지금 이 노래를 듣는 사람은 오직 나 하나니까 정말 나만을 위한 노래가 맞다. 혼자 양평까지 와서 어두운 밤까지 몇 시간을 기다린 보람이 있었다. 제이준과 나는 분명 통하는 게 있다. 다른 팬들과 다르다. 그와 나는 특별한 인연으로 묶여 있다는 걸 다시 한번 확신했다.

양평에서 찍어 온 사진은 그야말로 폭발적인 인기를 얻었다. 제이준이 머리를 쓸어 넘기는 뒷모습과 기타를 치며 노래하는 모습은 모든 팬의 마음을 흔들어 놓았다. 방문객이 너무 많아서 페이지가 마비될 정도였다. 그것뿐만이 아니었다. 연예부 기자가 사진을 퍼 가서 대문짝만하게 기사까지 실었다. 기사의 제목도 근사했다. 〈제이준의 휴식은 노래와 함께〉 젤다는 좋아서 입이 귀에 걸릴 지경이었다.

"서진아! 너 정말 소질 있다. 타고났어. 팬페이지 생기고 요즘처럼 방문객이 많은 적 없었어. 이게 다 네 덕분이야."

칭찬을 들으니 어깨가 으쓱해졌다. 팬들한테 그 사진

은 내가 찍은 거라고 소리치고 싶었다. 내가 한 일이 팬들을 위한 일 같아서 어깨에 힘도 들어갔다. 그때부터였다. 조심하던 일들로부터 자유스러워졌다. 택시를 타고 제이준을 쫓는 것도, 숙소 앞에서 밤을 새는 것도 아무렇지 않았다. 나는 대담해졌다. 제이준의 좀 더 개인적인 모습들을 찍고 싶었다. 나만을 위해서가 아니다. 이건 수많은 팬을 위한 일이기도 하다. 내가 찍은 사진을 보고 행복해하는 팬들을 보고 싶었다. 젤다도 대환영이었다. 사실 그동안 내가 사진은 잘 찍지만 너무 조심스러워서 한마디 하고 싶었다고 했다. 물론 정말 중요한 사진은 나만 간직할 것이다. 처음 제이준을 봤을 때처럼 영혼이 서로 바라보는 느낌이 드는 사진들은 누구와도 공유할 수 없다. 그것은 오직 나만을 위한 사진이다. 카메라를 드는 시간이 낮에서 저녁으로 옮겨졌다가, 이제는 대부분 새벽이 되었다. 공방이나 공연은 가지도 않았다. 대신 숙소나 개인 스케줄을 찾아다녔다. 그리고 점점 더 제이준의 개인적이고 마니악한 모습을 찍어 나갔다. 슬리퍼에 헝클어진 머리라든지, 자고 일어나서 눈곱이 낀 얼굴 모습들 말이다. 지난주에는 제이준이 코를 파는 모습을 포착했다. 젤다에게 보내니 팬페이지에는 못 올리겠지만 따로 쓸데가 있다며 좋아했다. 내 알바비는 더 올라갔고 내가 없는 팬페이지는 이제 상상하기도 힘들었다. 내 사진을 보러 일부러 찾아오는 팬들이 많아졌기 때문이다. 한가지 불만은 내가 찍는 사진 중 반 이상을 팬페이지에 못올리는 것이었다. 젤다 말로는 너무 개인적인 사진은 팬들에게 위화감을 줄 수 있어 잘못하면 팬페이지 이미지까지 망친다는 거였다. 그러면서도 그런 사진들을 계속찍어 오라는 걸 보면 이해되지 않았다. 월요일이 지나고화요일 오후였다. 젤다에게 급하게 메시지가 왔다. 대어라며 목소리가 흥분되어 있었다.

"드디어 제이준 꼬리를 잡았어. 오늘 저녁에 일반인여친 만나러 간대. 내가 주소 바로 보낼 테니까 얼른 준비하고 나가. 사진 꼭 건져야 해!"

곧 휴대전화로 주소가 찍혔다. 종로 쪽이었다. 나는 바로 카메라를 챙겨서 택시를 잡아탔다. 기분이 묘했다. 제이준의 여자 친구라니. 언제나 소문은 있었지만 한 번도사진으로 찍혀서 기사가 뜬 적은 없었다. 정말 여자 친구면 어떡하지? 배신감 같은 것도 조금 느껴졌다. 택시에서 내려 메시지에 적힌 장소에 가 한쪽에 숨어서 기다렸다. 조용하고 사람이 뜸한 카페였다. 조금 있자 가게 앞에 차가 한 대 섰다. 차에서 모자를 쓰고 마스크까지 한 남녀가 내리더니 손을 잡고 카페로 들어갔다. 선글라스까지 껴서 얼굴이라곤 볼 수 없었지만 딱 봐도 제이준이었다. 이제 제이준 걸음걸이만 봐도 다른 사람과 구분이 됐다. 옆에 여자는 야구 모자를 깊게 눌러쓰고 청바지에 평범한 후드티를 입었다. 이렇게 봐서는 특별한 것이 없어 보이는데 뭐가 제이준의 마음을 끌리게 했을까? 나는 쓴입을 다시며 셔터를 눌렀다. 둘이 들어가자 가게 문에 바로 클로즈라는 간판이 걸렸다. 아무래도 가게를 통째로 빌린 모양이다. 어떻게 할까 고민하는데 지난번에 별장에서 봤던 사생 애들이 보였다. 둘은 꼭 울 것 같은 얼굴로 카페 앞을 서성거리다 뒤쪽으로 사라졌다. 아무래도 닫힌 문 말고 또 다른 문을 찾고 있는 게 틀림없었다. 그걸 보고 있으니 나도 오기가 생겼다. 둘이 뭘 하려고 가게까지 통째로 빌렸는지 궁금하기도 했다. 잠시 고민하다가 오늘 아예 뿌리를 뽑자고 마음먹었다. 나는 택시를 불러 한쪽에 대기시키고 쭈그려 앉아 제이준이 나오기를 기다렸다. 세 시간쯤 지났을까. 드디어 카페 문이 열렸다. 둘은 들어갈 때처럼 손을 꼭 잡고 나오더니 세워둔 차에 올라탔다. 차가 유유히 골목을 빠져나갔다. 나는 아까부터 대기시켜 놓은 택시에 올라타 제이준이 탄 차를 쫓았다. 차는 종로를 벗어나 한남동에 있는, 제이준의 빌라로 가더니 멈췄다. 택시의 유리창을 내려서 둘이 내리는 걸 찍고는 나도 바로 내렸다. 조심스럽게 따라가는데 여자가 걷다가 다리를 삐끗했는지 휘청했다. 그 바람에 모자가 벗겨지고 긴 머리가 흘러내렸다. 제이준은 놀라서 여자애를 잡더니 껴안아 주었다. 놓칠 수 없는 기회였다. 떨리는 손을 진정시키며 줌을 당겼다. 초점을 맞추는데 카메라가 자꾸 흔들렸다. 크게 숨을 내쉬고 간신히 손을 진정시키니 그제야 렌즈에 맺힌 제이준과 여자 친구의 상이 선명해졌다. 작고 흰 얼굴에 커다란 눈과 오똑한 코였다. 예쁘구나. 마음 한쪽이 찌른 듯이 아릿했지만 순간을 놓치지 않고 셔터를 눌렀다. 방향을 돌려 제이준과 여자 친구를 따라가는데 누군가 내 손에서 홱 하고 카메라를 채 갔다. 얼마나 세게 카메라 끈을 당겼는지 내 몸도 휘청하면서 옆으로 밀려났다. 순간 내 몸에 부딪힌 쓰레기통이 쿵 하며 옆으로 넘어졌다. 고개를 돌려 보니 시나브로 매니저였다.

"너 뭐야! 여기가 어디라고 쫓아와서 셔터질이야!"

매니저의 고함에 제이준과 여자 친구가 동시에 나를

쳐다봤다. 너무 놀라고 부끄러워서 나는 얼른 고개를 돌리고는 카메라를 찾으려고 했다.

"주세요. 제 거잖아요. 왜 남의 걸 맘대로 가져가요."

매니저가 화를 내며 소리를 질렀다.

"그래, 이 카메라 네 거야. 그리고 준이 얼굴은 준이 거고. 너 초상권 몰라?"

나도 지지 않고 소리를 질렀다.

"공인이잖아요. 공인이면 이 정도는 참아야죠."

"공인은 사생활 없어? 공적인 장소에서 찍는 거 갖고 뭐라고 하는 게 아니잖아. 지금 여기가 공적인 장소야?"

매니저의 말에 순식간에 말문이 막혀 버렸다. 매니저가 거칠게 카메라 파일을 뒤지기 시작했다. 제이준이 달려오고, 둘은 카메라에 찍힌 모습들을 쭉 훑어보았다. 곧 매니저와 제이준의 얼굴이 붉으락푸르락해졌다. 둘 다 나를 쳐다봤다.

"이거 완전히 사생이잖아. 너 같은 것들 때문에 시나브로 애들이 얼마나 스트레스받고 괴로워하는지 알아!"

나는 망치로 머리를 맞은 듯 멍해졌다. 이게 무슨 소리지? 내가 왜 사생이야? 내가 그런 쓰레기들하고 같다고? 고개를 저으며 소리 질렀다.

"내가 왜 사생이에요! 나 사생 아니에요. 진짜예요."

그때였다. 물을 끼얹은 것 같은 차가운 목소리가 내 귀를 때렸다. 제이준이었다.

"개소리하고 있네. 네가 사생이 아니면 누가 사생이야! 사생 중에서도 아주 악질이구만. 숙소에서 자는 모습, 양치질하는 모습. 이런 거 너 어떻게 찍었어? 너 같은 애는 경찰서에 잡혀가도 달라지질 않더라!"

카메라를 든 제이준의 손이 부들부들 떨렸다. 화를 억누르며 나를 마치 벌레처럼 쳐다봤다. 날 보고 웃어 주던 두 눈이 경멸로 가득 차 있었다. 제이준의 눈을 쳐다보기가 힘들었다. 내가 뭘 그렇게 잘못했지? 난 그저 제이준이 좋아서 제이준의 모든 모습을 찍고 싶었을 뿐인데, 왜 이런 소리를 들어야 하지? 지금 일어나는 일이 실감 나지 않았다. 내가 멍하니 서 있는 사이 매니저는 카메라에 찍힌 제이준의 사진을 다 지운 다음에야 카메라를 던지듯 돌려주었다.

"잘 들어. 네가 아직 학생 같아서, 한 번은 봐줄 거야. 하지만 두 번은 없어. 다음에 또 이렇게 쫓아다니고 몰래 사진 찍다 걸리면 바로 경찰서에 신고할 거야. 알았어?"

나는 눈물이 그렁그렁 맺힌 눈으로 고개를 끄덕거렸

다. 제이준은 더 이상 말도 하기 싫다는 얼굴로 여자 친구와 함께 빌라로 들어가 버렸다. 너무 억울했다. 그런 게 아니라고 해명하고 싶었다. 나는 눈물을 뚝뚝 흘리며 매니저를 쳐다봤다.

"저 정말 사생 아니에요. 그런 범죄자들하고 전 정말 달라요."

매니저는 황당한 눈으로 나를 쳐다보더니 한심하다는 듯 입을 열었다.

"다른 사생들도 걸리면 너처럼 말해. 그냥 오빠가 좋아서, 오빠를 조금이라도 알고 싶어서 그런 거지 자기들은 사생이 아니라고 말이야. 그리고 이런 말을 하는 애도 있어. 오빠랑 자기는 정말 특별한 사이라고. 그래서 자기가 이렇게 할 수밖에 없다고. 오빠도 자기를 알면 아마 화내지 않을 거라고. 그런데 말이다. 그게 바로 사생이야. 너희가 좋아하는 오빠들 피를 바짝바짝 말리는 사생이라고. 알아들었어?"

내가 대꾸를 안 하자 포기한 듯이 고개를 흔들더니 돌아가라며 내 등을 떠밀었다. 나는 카메라를 껴안고는 눈물을 흘리며 어두운 골목길을 걸어 나왔다. 큰길로 나오는데 아까 봤던 사생들이 어딘가 숨어 있다 뒤를 쫓아왔다. 사생들은 나를 보더니 코웃음을 쳤다.

"야, 우리 아까 네가 하던 소리 다 들었다. 네가 사생이 아니라고? 너 진짜 뻔뻔하다. 우리는 그래도 사생이라고 인정은 하는데, 넌 뭐야?"

내가 눈물을 닦으며 째려보자 다른 한 명이 나를 따라오며 한마디 했다.

"너, 우리 사생들 사이에서도 유명해. 숙소까지 들어가는 거 우리가 못 봤을 줄 알아? 지난번에 별장에서는 사다리까지 놓고 올라갔잖아. 같은 사생이라 모르는 척해준 것뿐이야. 오죽하면 저렇게까지 할까 싶어서. 그런데도 네가 사생이 아니니?"

둘은 비웃으며 내 어깨를 툭 치고는 앞서서 걸어갔다. 길가에 가로등이 자꾸 깜박거렸다. 바람이 불어와 할퀴듯 볼을 때렸다.


어떻게 집에 왔는지 모르겠다. 방으로 들어가 문을 잠그고는 침대에 쭈그려 누웠다. 눈을 감으면 나를 쳐다보던 제이준의 눈이 떠올랐다. 부끄러워서 얼굴이 화끈거렸다. 곰곰이 생각할수록 억울했다. 난 정말 사생이 아닌데, 왜 사생 소리를 들어야 하지? 내가 원한 게 아니었다. 솔직히 젤다가 다 시킨 거잖아. 카메라를 쥐어 준 사람도, 택시비까지 대 주며 등을 떠민 사람도 다 젤다였다. 젤다만 아니었다면 오늘 같은 일도 없었을 거란 생각이 들어 잠도 오지 않았다. 밤새 뒤척이며 어떻게 할지 고민했다. 날이 밝도록 생각해도 방법은 하나밖에 없었다. 더 이상 사진을 찍지 않는 것. 조금 힘들더라도 다시 전으로 돌아가는 것. 생각을 정리해도 부끄러운 건 마찬가지였다. 제이준은 나에게 정말 특별한 사람인데, 그 사람에게 미움을 받았다는 사실이 견디기 힘들었다.

아침이 되어 학교에 갔다. 자리에 앉았는데 끝없이 카톡이 울려 댔다. 젤다였다. 어제 찍은 사진에 대해 계속 물었다. 수업이 끝나자마자 젤다에게 만나자고 연락했다. 약속 장소로 가는 내내 몸이 무거웠다. 젤다는 먼저 와서 나를 기다리고 있었다. 뭔가 내 목소리에서 분위기가 심상치 않은 걸 느낀 것 같았다. 나는 자리에 앉자마자 카메라부터 젤다에게 내주었다.

"이걸 왜 나한테 줘?"

젤다가 나를 빤히 쳐다봤다.

"저 이제 제이준 사진 못 찍을 것 같아요."

"어제 무슨 일 있었구나. 안 그래도 전화받고 대충 예상은 했어."

어제 있었던 일을 젤다에게 이야기했다.

"전 스스로 사생이라고 생각한 적 단 한 번도 없어요. 지금도 마찬가지고요. 그런 말까지 들으면서 사진을 찍을 순 없어요."

젤다의 표정이 시큰둥했다.

"선수가 뭐 그런 일에 충격을 받아. 그깟 사생 소리 좀 들으면 어때. 네 사진을 기다리는 팬들을 생각해 봐."

젤다가 달콤한 말로 위로했지만 귀에 한마디도 들어오지 않았다.

"세상에 태어나서 어제같이 창피했던 적이 없어요. 제이준에게 그런 말을 다시는 듣고 싶지 않아요."

어떤 말을 해도 소용이 없자 젤다가 조심스럽게 내 눈치를 살피며 입을 열었다.

"네가 그렇게 힘들면 제이준 찍지 마. 세상에 아이돌이 제이준만 있는 것도 아니고."

무슨 말을 하는 거지? 제이준 말고 다른 아이돌로 방향을 바꾸라고 위로해 주는 건가?

"그래도 네 사진 찍는 솜씨가 너무 아깝지 않니? 제이준을 못 찍겠으면 샤이가이는 어때? 걔들은 찍다 걸려도 덜 쪽팔리잖니."

이게 무슨 소리지? 나한테 다른 아이돌을 찍으란 건가? 왜?

"언니 제이준 팬마잖아요. 거기 페이지에 올리려고 찍는 건데 샤이가이 찍어 봤자 어디다 써요?"

내 물음에 아차 싶었는지 젤다는 잠시 고민하는 표정을 짓다가 다시 나를 쳐다봤다.

"뭐, 이렇게까지 된 거 다 말할게. 사실 나 샤이가이 홈마이기도 해."

무슨 소린지 이해되지 않았다.

"거기 홈마는 샤샤러브 아니에요?"

젤다가 어깨를 으쓱하더니 고개를 끄덕였다.

"응. 젤다도 나고, 샤샤러브도 나야. 둘 다 맡아서 하려니 너무 힘들어서 너를 알바로 쓴 거야."

"무슨 아이돌 팬을 그렇게 많이 해요. 그것도 팬마에 홈마까지."

내가 놀라는 얼굴로 말하자 셀다가 얼굴을 찌푸렸다.

"왜? 그러면 안 돼? 나 진짜로 제이준이랑 샤이가이 좋아하고 걔들 덕분에 돈도 벌어. 페이지나 공홈만 잘 운영해도 얼마나 짭짤한지 아니. 이게 성덕이지 뭐가 성덕이야?"

돈 세는 시늉을 하는 젤다를 보니 속이 부글거렸다.

"그럼 내가 찍은 사진들도 다 그런 데 이용된 거예요?"

"왜 그런 얼굴을 해? 알바비 줬잖아."

뻔뻔한 얼굴로 아무렇지도 않게 말하는 걸 보고 있으니 나도 모르게 목소리가 커졌다. 문득 팬페이지에 올리지 못한 사진들이 떠올랐다. 따로 쓸데가 있다고 했던 사진들이 어디에 쓰였는지 궁금해졌다.

"전에 제이준이 숙소에서 자는 모습 찍은 사진 같은 거 따로 쓸데가 있다고 했잖아요. 그거 어쨌어요?"

내 말에 젤다가 조금 주춤거렸다.

"어쨌냐고요? 설마 그거 팔았어요?"

"네가 찍은 사진들은 다 내가 산 거라고 생각해야지. 내가 그 사진으로 뭘 하든 넌 상관할 바 아니지."

나는 있는 대로 소리를 질렀다.

"그래서 팔았냐고!"

주변 사람들이 다 우리를 쳐다봤다. 젤다가 주변을 두리번거리더니 조용히 하라는 듯 입에 손가락을 가져다 댔다.

"대놓고 덕질 못하는 고상한 마님들이 있거든. 돈은 넘쳐 나게 많지. 그 양반들은 일반 팬들과 공유하지 않는, 자기만 볼 수 있는 사진을 원하거든. 부르는 게 값이야. 나한테는 아주 짭짤한 사업이지."

귀찮다는 듯 말을 내뱉는 젤다를 보고 있으니 다리에 힘이 풀렸다.

"제이준 팬이라는 것도 샤이가이 팬이라는 것도 다 거짓말이죠? 그냥 돈 벌려고 팬 흉내 낸 거죠? 나같이 멍청한 애들 이용해서요."

젤다가 재미없다는 얼굴로 쓴웃음을 지었다.

"너도 좋았잖아. 실컷 제이준도 보고, 돈도 벌고."

나는 고개를 저었다.

"난 정말 순수하게 제이준이 좋아서 한 거라고요. 돈 벌려고 사진 찍은 거 아니에요. 당신이야말로 내 열정으로 돈을 벌었잖아요."

젤다가 코웃음을 쳤다.

"너 혼자 깨끗한 척하겠다 이거니? 그런데 너 생각해 봤어? 내가 물어다 주는 제이준 스케줄들이 다 어디서 나오는지? 너도 머리가 달렸으니 한번쯤은 궁금하지 않았어? 설마 순진하게 내 말을 다 믿었다고 하지는 않겠지? 어떤 기획사가 자기네 스타들 개인 일정까지 알려 주니. 그건 전부 돈으로 내가 기획사 스태프들한테 산 거야. 넌 그 정보로 움직인 거고."

난 움찔했다. 젤다인지 샤샤러브인지 모를, 내 앞에 있는 이 여자 말이 맞다. 난 정말 궁금했다. 하지만 대답을 듣고서도 믿을 수 없었다. 바보가 아니면 알 일이니까. 하지만 깊게 파고 싶지 않았다. 소속사가 알려 주는 스케줄을 따라다니며 사진을 찍는다는 명분이 필요했다.

"그래, 네 덕분에 한동안 짭짤했지. 너 조금만 부추겨도 별짓을 다 하더라. 근데 그게 열정이야? 네가 아까 사생 아니라고 하는데 웃음 참느라 혼났어. 네가 한 게 사생이 아니면 뭐니? 내가 너한테 숙소 몰래 들어가고 사다리 올라타라고 시켰니? 너 뭔가 착각하는 거 아니야? 너야말로 나한테 다 뒤집어씌우고 편해지고 싶은 거 아니냐고!"

젤다는 한심하다는 듯 날 쳐다보더니 카메라를 들고 유유히 사라졌다. 나는 젤다의 뒷모습만 멍하니 쳐다봤다. 카메라를 쥐어 준 사람도, 매니저도, 제이준도, 사생 팬들도, 다 내가 사생이라고 한다. 난 정말 사생인 걸까? 소파에 잠든 제이준에게 카메라를 들이댈 때 난 무슨 생각을 했지? 알바비가 들어올 때 난 왜 그렇게 웃었지? 난 왜 그렇게 떳떳했을까?

휴대전화의 알람이 울려 댔다. 제이준 팬페이지에 새 사진이 올라왔다. 열어 보니 제이준과 제이준 여친의 사진이었다. 나 말고도 다른 알바가 있었구나. 헛웃음이라도 짓고 싶었지만 그마저도 말라 버렸는지 안 나왔다.

손목이 시큰거렸다. 카메라를 줘 버렸으니 손목도 곧 나아지겠지. 일어나 걷기 시작했다. 아직 해가 지기 전이었다.

# 너와 나의 '좋아해'

  '좋아해'라는 감정은 그를 좀 더 알고 싶게 만든다. 처음엔 그의 머리 색, 취미, 신발 사이즈를 아는 것으로 만족하지만, 시간의 흐름에 비례해 호기심의 단계가 다양해진다.

  감정의 시소에 올라탄 두 사람의 균형이 잘 맞는다면 다행이지만 어느 한쪽의 '좋아해'가 너무나 무거우면 그때부터 한쪽의 호기심은 다른 한쪽의 고통을 만들어 낼 뿐이다. 마치 소설 속의 서진처럼 말이다. 원하는 대답을 들을 수 없는 사생팬들의 '좋아해'를 통해 자신이 올라탄 감정의 시소를 들여다보는 계기가 되었으면 한다.

신지영

블라인드 6. 자살
# 버드나무 벤치 양호문

**양호문**

문학에 대한 꿈을 놓지 않고 여러 직업을 전전하다가 중편소설 《종이비행기》(제2회 허
균문학상 수상작. 강원일보, 2000)로 겨우 등단했다. 이후 다시 직업전선에서 한동안 헤
매던 중 장편청소년소설 《꼴찌들이 떴다》(제2회 블루픽션상 수상작. 비룡소, 2008)부터
본격적 작품 활동 시작했다. 주요 작품으로는 《달려라 배달민족》, 《웰컴 마이퓨처》, 《악
마의 비타민》, 《식스틴 마이러브》, 《4월의 약속》, 《별볼일 있는 녀석들》, 《중3 조은비》
등이 있다. 현재는 직업전선을 떠난 행복한 전업작가로 종일 책 읽기와 글쓰기에 전념하
는 중이다.

# 버드나무 벤치

토요일이 되었다. 막상 토요일 당일이 되면 마음이 흔들리지 않을까 염려했던 것과는 달리 오히려 담담하다. 눈꺼풀에 감지되는 빛의 세기로 시간을 추측하다가 살며시 눈을 뜬다. 커다란 별 하나가 제일 먼저 시야로 들어온다. 창문 커튼을 조절하는 끈에 매달린, 주먹만 한 은색 별. 연하늘색 커튼에도 손톱만 한 별들이 빼곡히 박혀 있다. 엄마가 공부방을 위해 풍수 이론가에게 자문까지 받아서 구입한 고급 커튼이다. 엄마와 아버지는 내가 큰 별이 되기를 무척 바라고 있다. 별을 보고 잠이 들고 별을 보고 잠이 깬 지도 벌써 3년이 넘는다.

침대에서 일어나 시계를 본다. 9시 15분. 계획한 대로 일을 진행하기로 한다. 엄마, 아버지가 이미 출근한 뒤라 방해 요소도 없다. 책장 위 안쪽 깊숙이 감춰 둔 모형카를 꺼내 주머니에 넣고 주방으로 간다. 식탁 위에 메모지가 눈에 띈다. 밥 맛있게 먹고 학원 잘 갔다 와. 우리 아들, 사랑해! 내가 늦잠을 자는 토요일과 일요일 아침이면 엄마가 습관적으로 써 놓는 메모다. 식탁에는 순두부찌개와 오징어볶음이 먹음직스럽게 차려져 있다. 가게 일로 늘 피로가 쌓인 엄마가 일찍 일어나서 만든 음식. 하지만 오늘은 먹지 않는다.

거실 정면 벽에 걸린 대형 가족사진을 바라본다. 중학교 졸업식 날 찍은 것으로, 굳은 표정을 한 나를 가운데 두고 엄마와 아버지가 내 양쪽에 붙어 앉아 밝게 웃는 모습이다. 액자를 떼어 내 문구용 칼로 내 모습만 오려 낸후 다시 걸어 놓는다. 내가 사라져 중앙에 커다란 구멍이 뚫린 가족사진. 며칠 전, 엄마 아버지는 내 가슴에 훨씬 더 큰 구멍을 뚫어 놓았다.

주머니에서 휴대전화를 꺼낸다. 메모라도 몇 줄 남겨야 할 것 같지만 무슨 말을 써야 할지 쉬 떠오르지 않는다. 다람쥐처럼 거실을 빙빙 돌며 머리를 짜낸다. 그래도 생각나지 않는다. 사실 딱히 할 말도 없다. 휴대전화 전원을 끈 다음 텔레비전 앞에 똑바로 놓는다.

굽이 낮은 검은색 운동화를 찾아 신고 집을 나선다. 철컥! 귀청을 자극하는 싸늘한 금속성 소리. 내가 이제 돌아오지 않을 걸 아는지 현관문이 유난히 큰 소리를 내며 잠긴다. 아는 사람을 만나는 게 싫어 엘리베이터를 타지 않고 계단으로 걸어 1층까지 내려간다. 출입구를 나서자마자 하늘부터 살핀다. 동쪽 하늘이 조금 흐릿하고 바람이 좀 불지만 대체로 맑은 날씨다. 그러나 기온이 높아 후텁지근하다.

아파트 단지를 빠져나가서 학원이 있는 곳과 정반대쪽인 좌측 길로 방향을 잡는다. 혹시 동네 친구나 학원 친구 눈에 띌까 봐 사방을 살피며 빠른 걸음으로 걷는다. 오전 10시에 시작해서 오후 4시에 끝나는 학원 주말반 수업은 학습에 적잖게 도움을 주었다. 엄마의 요청을 받아들여 2학년 말부터 듣기 시작해 여태 한 번도 빠지지 않으려고 애썼다. 하지만 이제 다 부질없는 짓. 공부는 나에게 더 이상 의미가 없다.

횡단보도 앞에서 신호가 바뀌기를 기다리며 건너편에 멀찍이 있는 빌딩을 바라본다. 5층 블랙킹 피시방. 이사를 와서 새로운 학교에 적응하기 힘들었을 때 종종 올라가 게임을 하던 곳이다. 어른들이 피워 대는 담배 연기를 고스란히 마시며 짧게는 두 시간, 길게는 네 시간씩 구석 자리에 움츠리고 앉아 폭력적인 게임에 빠져 지냈다. 생소하고 막막한 서울에서 느끼는 불안감과 우울을 달래기 위한 일종의 자구책이었다. 거의 세 달간이나 그렇게. 입 맛이 씁쓰레해진다.

두 블록을 지나 국민은행 앞에 이르러 급히 걸음을 멈춘다. 저 앞 버스 정류장에 아는 아이가 서 있는 것 같다. 가로수 뒤로 재빨리 몸을 숨기고 자세히 살핀다. 붉은 테 안경을 끼고 감청색 어깨 가방을 멘 것으로 보아 현아가 분명하다. 가방 속에 가득 든 문제집 무게로 가방이 심하게 뒤틀어진 모양이다. 나는 어제 저녁 무렵, 학교에서 나와 한강 광나루 둔치로 갔다. 거기서 망가진 플라스틱 벤치에 한참 동안 앉아 있다가 책가방 속 문제집을 다 꺼내 쓰레기통에 버리고 집으로 돌아왔다.

현아는 엉뚱하면서도 재미있는 질문을 해서 수업 분위기를 부드럽게 해 주는 아이다. 여러 번 내 옆자리에 앉기도 했고 휴식 시간에 학원 앞 햄버거 가게에서 대화를 나눈 적도 있다. S대학 심리학과에 진학해서 심리학자가 되는 게 꿈이라는 현아. 스스로 결정했다는 자신의 진로

와 꿈에 대해 확고한 태도를 보이는 당당한 모습에 호감
이 갔다. 엄마, 아버지와 어정쩡한 합의를 해서 H대 기계
공학과를 포기하고, K대 경영학과로 진로를 결정한 나는
현아의 성격이 꽤나 부러웠다. 그러나 오늘은 마주치고
싶지 않다. 내가 결심한 일에 방해가 될 뿐이다. 빈 택시
가 다가오자 얼른 불러 세운다.

　"강남 버스 터미널이요."

　서울을 벗어나 겨우 수원을 지났는데 길이 또 막히나
보다. 시선을 뙤약볕이 쏟아지는 창밖으로 돌린다. 시월
중순인데도 냇가에는 늦더위를 피하려고 나온 사람들이
많다. 나무 그늘 밑으로 원색의 동그란 텐트들이 알버섯
처럼 줄을 지었고, 물속에서는 수영복 차림의 또 다른 사
람들이 싱싱하게 펄떡거린다. 그럴 때마다 흰색 물방울
이 퍼드덕 공중으로 튀어 오르고, 그와 동시에 맑은 웃음
소리가 사방으로 울려 퍼진다. 사람들은 지칠 줄 모르고
몸부림을 쳐 자기가 살아 있음을 알린다. 멀지 않은 곳에
손바닥만 한 간이역도 보인다. 마법에 걸려 시간이 정지
된 마을처럼 역에는 아무 움직임이 없다. 마치 액자 속에
든 정물화를 보는 듯, 철로 위로 두껍게 내려 깔린 적막

이 현실 세상이 아닌 것 같은 느낌을 준다. 지금 내가 가는 곳도 저런 곳일까. 부디 그런 곳이기를 바란다.

땡볕 속에 멈춰 선 버스는 좀체 움직일 줄 모른다. 단풍철인데다 토요일이라 나들이 가는 승용차들이 몰려 도로는 주차장이나 다름없다. 강한 햇볕에 에어컨 성능마저 좋지 않아 버스 안은 사우나 속과 별반 다르지 않다. 얼굴에 짜증기가 덕지덕지 붙은 어느 승객이 운전기사에게 항의를 한다.

"아, 왜 이렇게 안 가? 늦어도 너무 늦잖아!"

"제가 일부러 안 갑니까? 길이 자꾸 막히니까 못 가는 거지요."

"한 시간 늦는 데 내가 얼마나 손해 보는지 알아?"

"손해야 우리 버스 회사가 더 많이 보지요."

운전기사의 말대꾸에 오십 대 중반의 아저씨가 욕설을 퍼붓자 사십 대 중반의 운전기사가 일어나 그에게로 다가가 멱살을 잡는다. 오십 대도 일어나 맞잡고 잘잘못을 따진다.

"불쾌지수 높은 날에 기사가 손님한테 그러면 되나?"

"기사한테 먼저 욕을 한 저 손님이 잘못한 거야!"

몇몇 승객까지 가세해 싸움은 더욱 커진다. 나이까지

들먹이면서 서로 상대가 잘못했다고 우겨 댄다. 그러다
또 상스런 욕설을 내뱉는다. 버스 안이 순식간에 도떼기
시장처럼 시끌벅적해진다. 나는 이맛살을 찌푸리고 그들
을 멀뚱멀뚱 바라본다. 대다수 승객은 자기 알 바 아니라
는 듯 관심을 두지 않는다.

소란이 가라앉자 옆자리에 앉은 커트 머리 누나가 휴
대전화로 문자를 쓰기 시작한다. 내 시선이 저절로 휴대
전화 화면으로 이동한다. 길이 막혀 약속 시간에 도착을
못할 것 같다는 내용이다. 문자 끝에 붙인 하트와 입술
이모티콘에 나는 그만 슬며시 웃는다. 아마 남자 친구를
만나러 가는 모양이다. 남자 친구가 보낸 답장 끝에도 하
트와 입술 이모티콘이 붙어 있다. 내가 지켜보는 것도 모
르고 커트 머리 누나는 사랑이 가득 담긴 문자를 남자 친
구와 끊임없이 주고받는다. 이 누나도 내 경우와 같은 일
을 당한다면 어떤 표정을 지을까. 나와 비슷한 결심을 하
지 않을까. 커트 머리 누나가 또 다른 문자를 쓰기 시작
하자 나는 시선을 거두고 의자 등받이에 뒷머리를 기댄
다. 그리고 눈을 감는다. 공주에 도착할 때까지 뜨지 않
을 것이다. 이 세상 풍경을 더 이상 내 기억 세포 속에 담
고 싶지 않다.

그 문자를 받은 날은 지난 화요일이었다.

✉ 재성이가 자살했대!

대전에 살고 있는 현석이가 보낸 한 줄의 짤막한 문장을 보는 순간, 나는 피식 웃고 말았다. 막바지 수능 공부에 스트레스가 쌓인 그 애가 장난삼아 보낸 문자라고 생각했다.

✉ 장난하지 말고 공부나 열심히 해!

답장을 보내고, 사실이라는 문자를 다시 받자마자 인터넷 검색을 했다. 틀림없었다. 〈공고 실습생 현장일 견디지 못하고 자살〉이라는 기사에 자세히 나와 있었다.

모 피혁 제조 기업체에서 현장 실습 중이던 공고 3학년 Y군이 극단적인 선택을 했습니다. Y군은 자신의 전공과 무관한 고강도 작업과 업체 측의 비인간적인 대우, 학교 측의 막무가내 밀어내기식 실습 파견을 원망하는 유서를 휴대전화에⋯⋯.

나는 망치로 정수리를 얻어맞은 듯한 충격에 휩싸였다. 숨이 턱 막히며 머리가 핑 돌더니 입이 굳고 손이 떨렸다. 심장이 터지는 고통이 뒤따랐다. 기사 끝에 달린 악성 댓글은 더욱더 내 가슴을 후벼 팠다.

— 그러게 애초에 그런 학교를 가지 말았어야지.
— 그러니까 무조건 공부를 잘하고 봐야 해!
  아님, 애초에 큼직한 금수저를 물고 태어나던지.
— 멘탈이 약한 놈은 도태되기 마련이야.

나는 흐르는 눈물을 주체할 수가 없어서 화장실로 뛰어들어 갔다. 그러고는 오후 수업이 다 끝나도록 나오지 못했다. 친구가 죽었는데 눈물을 흘리는 것 말고는 아무것도 할 수 없다는 무력감이 소름 돋도록 싫었다.

담임한테 몸이 아프다고 사정해서 조퇴를 한 후 멍한 상태로 거리를 헤맸다. 이따금 그런 뉴스를 접했을 땐 남의 일이라 치부하며 관심을 두지 않았는데, 나와 관련된 일이 되다니. 죽음이 이렇게나 내 곁에 가까이 있었다니. 전혀 예상을 못했던 사건이라 도대체 어떻게 해야 할지 대책이 서지 않았다. 정신이 몽롱하고 머리가 어지러워

앞이 보이지 않았다. 커다란 구멍이 뚫린 듯 가슴이 몹시도 시리고 아팠다. 그런 상태로 걷고 쉬기를 반복하며 끝없이 방황했다. 하지만 울렁이는 마음은 좀체 진정되지 않았다. 시간이 흐를수록 오히려 더욱더 심해져 갔다.

12시가 다 되어 집으로 들어가자 엄마가 나를 기다리고 있었다. 아버지도 그때까지 자지 않고 거실에서 마감 뉴스를 보며 녹차를 마시는 중이었다.

"아이고! 우리 아들, 오늘은 좀 늦었네?"

나는 대답하지 않았다.

"공부하느라고 힘들었지? 어서 밥부터 먹고 씻어!"

엄마 손에 이끌려 간단한 야식이 차려진 식탁으로 가서 앉았다. 아버지도 찻잔을 들고 따라와 앞에 앉았다.

"자, 숟가락! 어? 우리 아들 얼굴색이 안 좋네? 오늘 학교에서 무슨 일 있었어?"

엄마의 물음에 고개를 저었다.

"어디 아파?"

나는 또 대답을 않고 고개만 저었다.

"뭐가 아니야? 얼굴이 얼룩덜룩하고 눈알이 빨갛게 충혈됐잖아? 여보, 승혁이 얼굴 좀 봐 봐요!"

"대체 무슨 일이 있었던 거야? 어서 말해 봐!"

아버지가 내 얼굴을 뚫어질 듯 살피며 물었다. 사실을 말할 수밖에 없었다. 나는 눈물을 글썽이며 더듬더듬 털어놓았다.

"친구, 재성이가, 주, 죽었대요!"

"재성이? 재성이라면……. 어머머! 걔가 왜 죽어? 교통사고?"

"실습 나갔다가 힘든 일을 견디지 못하고 자, 자……."

목이 메어 뒷말이 이어지지 않았다. 그러자 눈을 몇 번 끔뻑거린 아버지가 입을 열었다.

"음! 안타까운 일이다만, 이왕 그렇게 된 거 어쩌겠니? 빨리 잊고 흔들림 없이 네 일을 해야지."

빨리 잊으라는 아버지의 말이 심장을 찔렀다. 엄마의 말은 더 깊숙이 내 가슴에 꽂혔다.

"그것 봐라. 서울로 이사 오길 잘했지! 그렇지 않았으면 너도 그 애 따라 특성화고에 갔을 거 아니니? 거기 가지 않은 게 얼마나 다행이니? 거기 갔으면 너도 실습인지 뭔지 나갔다가……. 어휴, 생각만 해도 끔찍하다!"

나는 잠깐 엄마를 노려보다 숟가락을 식탁에 던지듯 내려놓았다. 그와 동시에 자리를 박차고 일어나 내 방으로 들어가서 문을 잠가 버렸다.

"쟤가 오늘 왜 저래? 내가 못할 말을 했나, 뭐! 너, 수능 공부 빼고 모두 신경 철저히 끊어야 돼!"

엄마는 잠긴 문 손잡이를 좌우로 계속 돌리면서 내 신경을 긁어 댔다. 나는 책가방을 들어서 책상에 여러 차례 패대기쳤다. 쿵! 쿵! 쿵! 창문까지 흔드는 충격음이 방 안에 오래 울려 퍼졌다.

"하, 참! 우리 승혁이가 중학생 때 안 한 사춘기를 이제야 시작하려나 봐요."

"그게 아니야. 나이가 몇인데 사춘기야?"

두 사람은 내 마음을 조금도 배려해 주지 않고 제멋대로 추측하며 내 화를 북돋웠다.

"승혁아, 그래도 밥은 먹어야지. 문 좀 열어 봐!"

"여보, 가만 놔둬! 수능이 가까워지니까 신경이 많이 예민해져서 그래. 내일이면 다 가라앉을 거야."

"쟤가 공부하느라 체력이 딸리나 봐요, 정신력도 부족해지고. 내일 당장 보약을 한 첩 지어 와야겠어요."

"그렇게 해!"

엄마와 아버지가 엉뚱한 대화를 하면서 문을 두드렸지만 나는 끝내 열어 주지 않았다. 내 마음의 문 또한 완전히 닫혀 버리고 말았다.

수요일 밤에도 나는 방향감각을 상실한 모르모트처럼 사방팔방으로 돌아다녔다. 오후 수업이 끝나자마자 학교를 빠져나가 발길이 닿는 대로 쏘다니며 쓰레기통을 걷어차고, 빈 병을 주워 마구 던지고, 육교 위에 서서 고래고래 소리를 지르고, 심지어 지나가는 어른에게 시비를 걸기도 했다. 차라리 누군가에게 흠씬 얻어맞고 기절하기를 바랐다. 생각하지도 느끼지도 못하는 혼수상태에 빠지고 싶었다. 예전에는 감히 상상조차 못해 본 행동들이었다. 목요일 점심시간에는 학교 옥상에 올라가 어두운 하늘을 보았다. 온몸이 다 젖도록 추적추적 내리는 가을비를 맞으며 오랫동안 서 있었다. 체온이 내려가 어깨가 으스스 떨렸다. 그 때문인지 나는 마음이 다소 진정되어 비로소 내가 해야 할 일을 결정할 수 있었다. 며칠간 고뇌한 끝에 생전 처음 스스로 내린 결정이었다.

　길이 막히는 바람에 버스는 예상보다 두 시간이나 늦게 도착했다. 3년 4개월 만에 와 보는 지방의 소도시 공주. 고향은 아니지만 초등학교 4학년 2학기부터 중학교 3학년 1학기까지 살았기에 정이 든 곳이다. 하늘을 살펴보자 동쪽 먼 하늘에 짙은 구름이 드문드문 떠 있다. 바람도 조금 세게 분다. 하지만 서쪽으로 기울어진 해는 여전히 강한 햇살을 내뿜는다. 버스에서 먼저 내린 커트 머리 누나는 어딘가로 빠르게 걸어간다. 경쾌한 걸음걸이를 따라 꽃무늬 짧은 치마가 나비처럼 나풀거린다. 오십대 중반 아저씨는 운전기사의 팔을 잡아끌고 버스 사무실로 가고 있다. 버스 연착으로 자기가 손해 본 것을 보상받아야 한다면서. 나는 자신의 손해만 따지는 어른들을 노려보다 터미널을 빠져나간다. 그리고 우측 외곽 도로를 따라 걷는다. 목적지까지는 걸어서 40분 정도 걸릴 것이다. 도시는 그동안 많이 변해 높은 건물들이 여러 개 보인다. 거리에 차량과 사람도 꽤 많다.

중학교 3학년, 여름방학 한 달 전에 갑작스럽게 이사를 가야 했던 일이 생각난다.

"승혁아, 우리 서울로 이사 가기로 결정했다."

아버지의 일방적인 통보에 나는 얼떨떨했었다. 하지만 순순히 받아들였다. 이미 초등학교 때 두 번이나 그런 일을 겪어 봐서 이사해야 하는 이유를 충분히 알고도 남았기에 묻지 않았다. 그저 잠자코 있었다. 어차피 결정권은 나에게 있는 게 아니니까. 그러자 나의 반대를 예상하고 있었던지 아버지가 의아한 표정으로 설명을 달았다.

"조금 무리를 해서라도 가는 게 좋겠다. 다 너를 위해서야. 남자는 큰 곳에서 놀아야 큰 별이 돼!"

엄마도 한마디 거들었다.

"하나뿐인 우리 아들을 위해서라면 서울이 아니라 뉴욕이라고 못 가겠니? 딸라 빚을 내서라도 가지. 그러니까 너는 공부만 열심히 해!"

나는 그냥 알았다고 짤막하게 대답해 주고 말았다. 엄마, 아버지와는 가능한 말하고 싶지 않았다.

현대주유소를 지나자 왼쪽으로 둑이 나타난다. 둑 경사면에 코스모스는 얼마 없고 온통 개망초 꽃 천지다. 마치 조그만 얼음 알갱이를 흩뿌려 놓은 것 같다. 콩알만하게 솜을 뜯어 촘촘히 박아 놓은 듯이 보이기도 한다. 내 방 커튼에 빼곡한 별무늬 같기도 하다. 쑥쑥 웃자란 개망초 꽃 군락 너머로 강물도 보이기 시작한다. 푸른 물줄기가 파란 비단 띠처럼 길게 이어져 있다. 추억이 오롯이 깃든 금강. 커다란 강물이 도시를 휘돌아 흐르는 형태라 물가에서 보낸 추억이 특히 많다. 재성이와 자전거를 타고 강변도로를 따라 공주보까지 시합을 벌이던 일. 백제교 위에 나란히 서서 시시각각 변하는 저녁 노을빛을 오래오래 바라보던 일. 물새 알을 찾기 위해 곰나루 둔치

갈대숲을 들고양이처럼 뒤지던 일. 그 추억들 하나하나가 고스란히 떠올라 눈시울이 뜨거워진다.

외곽 도로에서 벗어나 부분 부분 단풍이 든 연미산 밑자락에 이르자 언덕길이 시작된다. 길이 좀 변한 것 같아서 걸음 속도를 늦춘다. 절벽 위로 완만하게 이어진 좁은 흙길이었던 곳이 2미터 정도의 폭으로 확장되었다. 게다가 아스팔트로 포장하고 녹색 페인트까지 칠해 놓은 상태다. 주변 모습도 다소 바뀌어 생소한 느낌이 든다. 하지만 강쪽 절벽은 그대로여서 다시 걸음 속도를 높인다. 한 걸음, 한 걸음, 목적지가 가까워지자 흥분되어 심장이 뛴다. 아무 말을 하지 않아도 마음이 통하는 친구. 그냥 함께 있는 것만으로도 기분이 좋아지는 친구. 가슴이 설렌다. 주머니 속 모형카를 소중히 움켜쥐고 점점 더 빨리 걷는다. 재성아, 조금만 기다려! 나, 거의 다 왔어. 곧 친구를 만난다는 기쁨으로 내 얼굴에는 행복이 넘치고 입가에는 길쭉한 미소가 그려진다. 몸이 풍선처럼 가벼워져 하늘로 둥둥 떠오를 것만 같다.

친구와 함께했던 옛 추억을 회상하며 10미터쯤 올랐을 때, 나는 다시 걸음 속도를 늦춘다. 앞쪽에 리어카 한

대가 느릿느릿 가고 있다. 폐휴지와 고물이 가득 실려 높이가 내 키를 훌쩍 넘는다. 경사가 그다지 급하지 않은 길이지만 끝까지 오르려면 꽤나 힘들 것 같다. 거친 숨소리가 연이어 들린다. 늦더위로 기온이 높아 금방 지칠 텐데 왜 굳이 이 언덕길을 오르는 거지. 의아해하며 가만히 다가가 뒤를 밀어 준다. 이 세상에 베푸는 처음이자 마지막 선행이라 쑥스럽기도 하다.

"고마워요!"

앞에서 고맙다는 인사말이 날아온다. 그러나 높이 쌓인 폐휴지에 가려져 누구인지 볼 수는 없다. 목소리로 추정하건대 오십 대 후반의 아저씨 같다. 아무 대꾸도 않고 팔에 힘을 더 준다. 리어카의 움직임이 좀 더 빨라진다. 금세 숨이 차고 이마에 땀이 솟는다. 손에 지저분한 오물도 묻는다. 하지만 상관하지 않는다. 어차피 오늘이 마지막 날이니까. 18년 7개월의 짧은 생에 마침표를 찍는 날. 사람들 눈에 띄지도 않을, 어쩌면 웃음거리밖에 안 될 깨알만 한 마침표를.

리어카를 밀면서 왼쪽 절벽 밑으로 흐르는 강을 계속 살핀다. 눈으로 들어오는 푸른 물결, 귀에 들리는 출렁이는 물소리, 코로 느껴지는 향긋한 물 내음. 하루라도 빨리 오지 못한 게 후회스럽다. 방황하지 말고 수요일 오전에 곧장 왔어야 했는데……. 친구에게 미안한 생각이 든다. 힘겹게 언덕길 중간쯤에 이른다. 내가 원하는 지점에 얼추 다 온 것 같다. 이제 그만 리어카에서 손을 떼려는 순간, 리어카가 먼저 멈춘다. 곧 앞쪽에서 사람이 나타난다. 오십 대 후반 아저씨가 아니다. 바싹 마른 몸에 허리가 구부정한 칠십 대 할아버지다. 나는 얼떨결에 고개를 숙여 인사한다.

"아, 안녕하세요."

"고마워, 학생! 나는 저기서 좀 쉬었다 갈 거야. 학생도 와서 좀 쉬어."

할아버지가 리어카에서 검은색 비닐봉지를 챙겨 들고 따라오라 손짓한다. 그를 따라 절벽 위에 새로 꾸며 놓은 조그마한 공원으로 들어간다.

"아이고! 힘들다. 자, 이리 와서 앉아."

잠시 망설이다가 할아버지가 정해 준 벤치에 앉는다.

"고물을 줍다 보니 오늘도 점심이 늦었어. 빨리 먹고 얼른 가 봐야 해."

할아버지가 비닐봉지에서 무언가를 꺼내 놓는다. 떡, 과자, 고구마튀김, 방울토마토, 생수 등이 벤치 위에 푸짐하게 차려진다.

"난 늘 여기서 잠시 쉬었다가 이 언덕을 넘어. 예전에
는 저 산 뒤의 찻길로 빙 돌아서 갔는데, 이제는 이 산책
로가 넓게 포장돼서 많이 편해졌어! 자, 학생도 같이 먹
어. 시장 아주머니들이 요기하라고 조금씩 건네준 거야."

거절할 수가 없어 나는 방울토마토 한 개를 집어 든다.
그러고서 할아버지를 찬찬히 살핀다. 백설이 덮인 듯 새
하얀 머리카락, 햇볕에 그을려 까무잡잡한 피부, 얼굴에
가득한 깊은 주름살, 양쪽 뺨에 표범 무늬처럼 박혀 있는
검버섯, 앞니가 서너 개나 빠져 합죽하게 된 쭈그렁 입
술. 호감 가는 외모가 아니라서 시선을 시내 쪽으로 돌린
다. 그러고는 예전에 다니던 초등학교, 중학교와 5년 동
안 살았던 아파트를 찾는다. 새로 생긴 고층 건물들에 가
려져 중학교는 보이지 않는다.

"자, 이 떡도 좀 먹어 봐."

할아버지가 지저분한 맨손으로 떡을 집어 건넨다. 나
는 받기가 꺼려져 주저주저한다.

"아주 귀한 두텁떡이야. 옛날에는 임금님만 먹었다는
거야."

억지로 받아 들고 한 입을 떼어 먹는다.

"난 종종 얻어먹으니까, 이 떡 학생 다 먹어! 배고파 보이는데."

아침과 점심, 두 끼를 굶어 허기가 졌던 참이라 나는 무심결에 떡은 물론 튀김, 과자까지도 집어먹는다. 할아버지가 그런 내 모습을 마치 친손자 바라보듯 하며 흐뭇이 웃는다.

음식을 얻어먹으면서 계속 말을 안 하기가 어색해 나는 먹기를 멈추고 할아버지에게 가만히 묻는다.

"짐을 저렇게 많이 싣고서 이 언덕길을 넘어가시는 거예요?"

"응! 매일 한 차례씩 넘어가. 언덕 너머 저 위 상서리에 고물상이 있거든. 해 떨어지기 전에 도착해야 돼. 그렇지 않으면 고물상 문 닫아."

"고물상은 저기 백제교 옆에도 있지 않나요? 거기 평지에."

"거기도 있고 보건소 뒤에도 있어. 하지만 이 고개 너머 상서리 고물상이 고물값을 더 많이 쳐주거든. 킬로당 20원."

킬로당 20원을 바라고 힘들게 언덕길을 넘어서 멀리 상서리까지 간다고? 리어카에 실린 고물 무게가 1백 킬로라 치면 겨우 2천 원을 더 받는 건데? 나는 주머니에 손을 넣어 지갑을 만지작거린다. 지갑에는 4만6천 원쯤 들어 있다. 어차피 이제 나에게는 필요 없는 돈이어서 마지막 점심을 얻어먹은 값으로 할아버지한테 다 줘 버리기로 한다.

"예전엔 이 소공원은 없었고, 저 절벽 아래 물가에 고목나무가 몇 그루 있었는데?"

강물과 절벽은 그대로이나 멋스러웠던 버드나무가 보이지 않아 혼잣말로 중얼거린다. 그 말을 듣고 할아버지가 설명해 준다.

"맞아! 나만큼 늙은 버드나무 세 그루가 쭉 서 있었어. 그런데 작년에 이 길을 넓히고 소공원을 조성한 다음, 수명이 다한 그 고목을 가져다 벤치를 만든 거야. 사람들이 편히 쉬었다 가라고. 고목은 오랜 세월 온갖 풍상을 다 겪으면서도, 묵묵히 서서 금강에 아름다운 풍경이 되어 주었지. 아마 버드나무도 기뻐할걸! 이렇게 좋은 일에 쓰이고 있으니까."

할아버지의 설명에 나는 다시 소공원을 둘러본다. 공원 안에는 벤치가 열 개도 넘는다. 모두 아름드리 버드나무를 적당한 길이로 자른 후 그걸 다시 반으로 갈라서 만

든 것이다. 자연을 그대로 담은 모습 덕분에 플라스틱 의
자보다 엉덩이에 닿는 감촉이 부드럽고 운치도 있다.

"그런데 학생은 어디 가는 길이야?"

"저는 친, 친구 만나러요. 중학교 때 친구요."

"어디로? 고개 너머 상서리로?"

"아니요! 바로 여기예요. 이 언덕에서 만나려고요."

"더운 날은 사람들이 이 언덕길을 올라오길 싫어해서
그렇지, 날씨가 선선하면 이곳에 많이 와. 시내도 내려다
보이고 강물도 내려다보이고, 경치가 좋잖아?"

나는 고개를 끄덕거리면서 강물을 살핀다. 오후 햇살
을 받은 강물은 수만 개의 은색 별이 떨어져 내린 듯 눈
부시게 반짝거린다. 조그마한 개망초 꽃송이 수천 개가
한꺼번에 떠서 일렁이는 듯하다.

"학생은 어느 동네 살아?"

"지금은 서울에 살고요, 예전에는 저기 산성동 한빛
아파트에 살았어요."

"아, 주공 임대 아파트 건너편? 나, 그 동네도 자주 가.
그러니까 옛 친구를 찾아 서울에서 이곳까지 온 거구먼!
아주 친했나 보군?"

"네. 취미도 같고 꿈도 같아서 같은 고등학교를 가기

로 약속했어요. 그런데…….”

중2 시절 어느 가을날, 재성이와 나는 24단 기어가 달린 고가의 자전거를 완전히 분해한 후 다시 조립했다. 무려 네 시간이나 걸려 조립을 끝냈을 때 우리 손은 온통 기름투성이였다. 그런 손으로 우리는 하이파이브를 하며 약속했다. 나중에 커서 자동차 엔지니어가 되자고. 그래서 멋진 스포츠카를 직접 만들어 보자고, 한 번이 아니라 여러 번 손가락을 걸었다.

“그런데 다른 고등학교를 갔구나?”

“네. 중3 때 저희 집이 갑자기 서울로 이사 갔어요.”

갑자기 서울로 이사한 것이 나와 재성을 떼어 놓으려는 엄마, 아버지의 꿍꿍이라는 걸 나는 짐작하고 있었다. 드러내 놓고 표현하지는 않았지만 엄마, 아버지는 자전거 수리점 집 아들인 재성이 나와 친하게 지내는 걸 늘 못마땅해했다. 그 애와 함께 자동차 엔지니어를 꿈꾼다는 게 그 이유였다. 겨우 손에 기름이나 묻히는 기술자가 꿈이냐고 힐난하던 엄마와 아버지의 눈빛을 아직도 잊을 수가 없다.

“제가 서울로 전학 가서 새 학교에 적응을 못하고 게임에 빠져 있을 때, 그 친구가 제 마음을 잡아 줬어요. 이

왕 간 거 더 열심히 공부해서 부모님 실망시키지 말라고
요. 형 같은 친구였어요."

"오오! 그런 친구는 참 드물지!"

할아버지가 감탄하며 고개를 크게 끄덕인다. 그 때문
에 기분이 좋아진 나는 속에 든 말을 모두 꺼내 펼친다.

"그래서 저는 부모님 뜻에 따라 인문고로 진학했고,
약속대로 그 친구는 자신의 꿈을 이루려고 대전에 있는
기계공고 자동차과로 진학해서 기숙사 생활을 했어요.
고2 때까지는 그래도 한 달에 한두 번 정도 연락해서 자
동차에 관한 얘기를 나누었는데, 3학년이 되고부터는 거
의 못했어요."

"그랬겠지. 3학년 때는 입시 공부하느라 바쁘니까."

"그러다가 지난 9월 초에 통화를 했는데, 실습을 나가
게 됐다고 좋아했어요. 자기가 급료를 타서 한턱내겠다
고 수능 잘 치르라고, 그런 다음에 꼭 만나자고……."

목이 메어 더 이상 말이 나오지 않는다. 두 눈에 눈물
이 맺힌다. 지난 화요일 점심시간에 받았던 현석의 문자
가 눈물 속에 어른거린다.


✉ 장난 아니야. 인터넷으로 확인해 봐!

벌써 그끄저께 금강에다 유골을 뿌렸대. 나도 오늘에야 알았어. 승혁이 너는 당연히 알고 있을 거라 생각했지. 장례식도 당연히 참석하고. 너는 재성이랑 친했으니까.

다음 날인 수요일 아침, 나는 당시 상황을 좀 더 자세히 알아보기 위해 대전에서 하숙하는 다른 친구에게 전화를 했다. 그 친구의 말은 더욱 충격이었다.

"대전에 우리 중학교 동창들이 마흔 명 넘게 와서 고등학교에 다니는데, 걔 장례식에 인문고 애들은 아무도 안 갔대. 사실 수능이 코앞인데 어떻게 가니? 야, 재성이 걔 하필이면 이런 때에 죽을 게 뭐니? 나 지금 수Ⅱ 마무리로 바쁘다. 너도 바쁠 텐데 그만 끊자!"

그 친구의 무덤덤하고 사무적인 말투에 나는 어금니를 깨물었다. 감정이 메말라 버린 친구들의 태도에 주먹을 움켜쥐었다. 그러나 속으로 욕을 한마디 하는 것 말고는 달리 어쩔 도리가 없었다. 재성이가 왜 하필 피혁 공장으로 실습을 간 건지. 왜 밤늦게까지 혼자 롤러 작업을 한 건지. 왜 처음부터 자기 전공 분야가 아니라고 말하며 실습 거부를 못 한 건지. 왜 부모님께 밝히지 않고 도움도

청하지 않은 건지. 세상 모든 게 원망스러웠다.

내 마음이 진정되기를 한참이나 기다려 주던 할아버지
가 눈물이 글썽한 내 눈을 지그시 바라본다. 봄볕처럼 부
드럽고 따스한 눈빛이다. 하지만 마주 보기가 부담스러
워 나는 고개를 살짝 돌린다. 그러자 할아버지가 생수를
한 모금 마신다. 그리고 기침을 해 목청을 가다듬더니 묻
지도 않은 자기 이야기를 털어놓는다.

"젊어서 조그마한 사업을 하나 하느라고 항상 바빴어.
오로지 돈을 많이 벌기 위해 새벽부터 동분서주했지. 시
간이 곧 돈이라고 믿었거든. 그래서 가족 여행을 생각만
하고 실행하지 못하다가 어느 해 초여름, 큰맘 먹고 시간
을 내서 강릉으로 출발했어. 아내와 아이들이 아주 좋아
하더군. 나도 좋았고."

"아, 네."

"영동고속도로를 달려 목적지인 동해 바다가 멀지 않
은 곳에 이르렀어. 한 20킬로만 더 가면 강릉 경포대 해
수욕장이었지."

진지한 표정에 무게감 있는 목소리로 보아 얘기가 길
어질 것 같다.

"곧 바다를 보게 된다고 아내와 아이들이 기뻐서 껑충 껑충 뛰었어. 사실 별것도 아닌 조그마한 일인데 그렇게도 좋아하더라고. 하여튼 아내와 아이들이 즐겁게 재잘거리는 소리를 들으며 나는 마냥 행복했지! 그래서 지키기 어려운 줄 알면서도 매년 한 번씩 가족 여행을 가자고 약속했고."

할아버지가 좀체 말을 그칠 기미를 보이지 않는다. 나는 어른이랑, 더욱이 할아버지랑 이렇게 오래 함께 앉아 있어 본 적이 없다. 이처럼 긴 시간 대화를 나눠 본 적은 더더욱 없다.

"대관령 휴게소를 앞두고 한 2, 3백미터 달렸을까? 갑자기 중앙분리대가 박살이 나더니, 집채만 한 트럭이 밀어닥쳐서……."

거기서 할아버지가 말을 멈춘다. 그러고는 다시 생수를 한 모금 마시고 헛기침을 두어 번 한다. 표정이 굳어지고 눈이 약간 충혈된 게 북받치는 감정을 애써 누르고 있음을 알 수 있다.

"정신을 잃었다가 사흘 후에 깨어나 보니 아내와 아이들은 모두……. 일시에 하늘이 무너지고 땅이 꺼져 버리더군. 그 당시 아들은 열다섯 살, 딸은 열세 살이었어. 내

나이가 올해 일흔여섯이니까 벌써 30년이 다 되었지."

"30년이나 혼자 사신 거예요?"

"응. 혼자 살면서 고물을 주웠어. 운동 삼아, 일 삼아 매일. 고물 주워 판 돈을 모아서 석 달마다 어려운 곳 두어 군데에 기부를 해."

"기부요?"

"응! 우리 아이들 이름으로 조금씩 해. 그게 내가 사는 이유야. 우리 아이들은 남에게 뭘 베푸는 걸 좋아했거든. 허허허!"

나는 크게 놀라 똥그랗게 뜬 눈으로 할아버지를 바라본다.

"큰일을 당해서 제 몸 하나 건사하기도 힘들 텐데 열심히 사는 그런 사람들을 보면 나도 힘이 나. 계속 도와주고 싶은 마음도 생기고. 내게 주어진 생을 끝까지 살면서 의미 있는 일을 더 많이 하고 싶은 욕심도 생기고."

할아버지를 마주 보기가 무안해서 나는 공연히 헛기침을 하고 마른침을 삼킨다. 그러다가 들고 있던 고구마튀김을 슬며시 내려놓고 지갑에서 돈을 다 꺼내 할아버지에게 내민다. 할아버지가 깜짝 놀라더니 손을 내저으며 사양한다.

"웬 돈을?"

"이 돈 받으세요. 저는 필요 없어요."

"혼자 사는 늙은이라 나도 돈 필요 없어!"

"괜찮아요. 받으세요. 떡값이에요."

할아버지와 나는 돈을 놓고 받아라, 못 받는다 하며 실랑이를 벌인다. 할아버지는 끝내 돈을 받지 않는다.

"네 번이나 대수술을 하며 1년 동안 병원에 입원해 있다가 퇴원하고 나와서 한 3년간 술독에 빠져서 살았어. 세상이 원망스럽고 싫어서 여러 차례나 죽으려고 시도도 했고."

"……!"

"죽어서 아내와 아이들을 만날 수만 있다면야 벌써 죽었지. 사실 죽는 일은 어렵지 않아! 눈 한번 딱 감으면 되는 일이야. 그런데 그건 먼저 떠난 내 아내나 아이들이 결코 바라지 않을 거라는 생각이 들었어. 아내와 아이들의 죽음을 가장 오래 기억하고 가장 오래 슬퍼해 줄 사람은 바로 나라는 생각도 들고."

나는 검은색 낡은 운동화에 시선을 두고 묵묵히 듣는다. 자전거를 탈 때 신었던 클래식 모델로 공주 장마당에서 재성과 함께 구입한 것이다.

"그리고 나하고 이리저리 인연이 맞닿은, 살아 있는 많은 사람들도 내가 그렇게 죽는 걸 바라지 않을 거고. 입장을 바꿔 생각해 보면 금방 알 수 있지!"

뒷말을 끊은 할아버지가 강물을 내려다본다. 무슨 생각에 잠긴 건지 두 손을 다소곳이 포개어 아랫배에 붙인 채 아무런 말이 없다. 재성이가 지금 내 입장이라면 그 애는 어떻게 행동을 했을까, 생각하다가 떡을 싼 포장지, 튀김을 싼 휴지, 과자 봉지 등을 검은 비닐봉지에 담아서 쓰레기통으로 살금살금 걸어간다. 저녁 햇살로 생긴 길쭉한 내 그림자가 땅바닥에 나타나는가 싶더니 나를 앞선다.

쓰레기를 버린 뒤 소공원 곳곳에 배치된 버드나무 벤치를 하나하나 살펴본다. 재성이와 나란히 올라앉아 꿈에 대해 얘기를 나누곤 했던, 등 굽은 버드나무를 찾는다. 하지만 다 엇비슷해서 그게 그거 같다. 금강을 보니 상류 쪽 건너편, 수심이 얕은 곳에 물놀이하는 사람들이 몰려 있다. 아래쪽 멀리에도 여러 사람이 오간다. 그러나 다행히 내가 원하는 절벽 아래에는 아무도 없다. 할아버지의 시선을 피해 절벽을 내려갈 방법을 고민하지만 여의치 않다.

벤치로 터벅터벅 되돌아가 보니 할아버지의 자세는 조금도 변함이 없다. 눈도 여전히 강을 향한 채다. 조그마한 눈동자 속에 푸른 강물이 잔잔히 흐르고 있다. 나는 이제 그만 할아버지가 가기를 바란다. 마음이 따스하고 좋은 분이지만 지금은 내가 할 일을 가로막는 방해 요소일 뿐이다. '해 지기 전에 빨리 가 보셔야 되지 않아요?'라고 물으려는 찰나 할아버지가 강물에서 눈길을 거두며 먼저 입을 연다.

"슬픔도 꿈을 이루는 데 좋은 밑거름으로 삼을 수가 있어. 그런데 죽으면 꿈을 꿀 수가 없으니까 꿈을 이룰 수도 없는 거야. 모든 건 살아 있어야지 가능해지는 것이라고."

그 말을 하는 할아버지의 의도를 몰라 나는 고개를 갸웃거린다.

"여기서 만나기로 했다는 그 친구는 끝내 안 오나 보군! 아마, 그냥 되돌아가라는 뜻일 게야."

"……!"

"학생이 그 친구 몫까지 더욱 열심히 살아야겠어! 자, 나는 이제 그만 가네."

말을 마친 할아버지가 느리게 일어나더니 내 어깨를

툭툭 쳐 준다. 그러고는 공원 밖으로 나가서 리어카를 끌고 다시 언덕길을 오르기 시작한다. 나는 버드나무 벤치에 그대로 앉아 방금 전 할아버지가 했던 말을 되새긴다. 그러다 고개를 돌려 할아버지의 뒷모습을 물끄러미 바라본다. 주워 실은 고물보다 더 고물인 리어카를 끌고 백발의 할아버지가 언덕길을 한 발 한 발 올라간다. 꽃분홍색 고운 노을빛이 할아버지의 구부정한 몸을 감싼다.

할아버지가 언덕길 너머로 사라지자 나는 가만히 자리에서 일어선다. 천천히 걸어서 절벽으로 가까이 다가간다. 가드레일을 타 넘어 조심조심 밑으로 내려가 거북바위 위에서 멈춰 선다. 고개를 빼고 4, 5미터 아래 강물이 C자로 꺾이며 만들어 놓은 웅덩이를 바라본다. 재성이와 수십 번이나 다이빙을 했던 웅덩이. 재성이의 유골이 별처럼 뿌려진 곳. 눈물이 뺨을 타고 흘러 방울방울 떨어진다. 눈물을 삼키고 주머니에서 모형카를 꺼낸다. 학교에서, 동네 놀이터에서, 버드나무 고목에서 최고의 자동차 엔지니어가 되자고 재성이와 다짐하던 순간들이 어제 일처럼 생생하게 떠오른다.

"재성아, 늦게 와서 미안해! 그렇게 힘들었으면서 왜 나한테 말하지 않았어? 전화라도 해서 털어놓았으면 조금이나마 위로가 됐을 거 아냐?"

재성이 성격상 부모님한테 사실을 밝히지 못하고 혼자 괴로워했을 것이다. 나에게도 부담을 주고 싶지 않았을 게 분명하다. 아마 내 공부에 방해가 될까 봐, 휴대전화를 들고 오랫동안 망설이다 결국 통화 버튼을 누르지 못했을 것이다.

"자, 이거 먼저 받아 줘! 수능 끝나고 너 만나면 선물로 주려고 사 놨던 거야."

물웅덩이를 향해 모형카를 던진다. 내 손을 떠난 모형카가 완만한 포물선을 그리며 웅덩이로 떨어진다. 곧 모형카는 물속으로 잠기고 그 자리에 동심원이 생겨나 옆으로 번진다. 동심원이 사라지자 나는 어금니를 악물고 뛰어내릴 자세를 취한다. 바로 그 순간, 재성이 얼굴이 수면에 흐릿하게 나타난다. 나는 재성이를 만났다는 기쁨과 그는 이미 이 세상 사람이 아니라는 슬픔이 뒤섞인 감정으로 눈을 맞춘다. 재성이가 밝은 표정으로 입가에 길쭉한 미소를 짓는다. 그러고는 나에게 무어라 가만가만 말을 한다.

# 10 대 100

〈버드나무 벤치〉를 통해 나는 어른들과 청소년들에게 각기 한 가지씩 메시지를 전하려고 애썼다. 먼저, 어른들에게는 공감 능력을 키울 것을 은근히 주장했다. 청소년의 슬픔과 고통에 대한 어른의 공감 능력 부족이 자살을 부추기는 주요 원인 중 하나라고 여겼기 때문이다. 슬픔과 아픔에 공감해 주는 따뜻한 말 한마디가 소중한 생명을 지킨다.

다음, 청소년들에게는 충동적으로 행동하지 말고 한번 더 신중하게 생각할 것을 제안했다. 지금 당장은 죽을 만큼 슬프고 아픈 일처럼 보이겠지만 시간이 좀 지나고 나면 그렇지 않은 경우가 허다하기 때문이다. 상실감, 소외감, 절망감 등으로 불안정한 감정 상태에 처한 청소년은 자꾸 죽을 이유만 찾는 경향이 있다. 그러나 죽어야 할 이유가 열 가지라면 살아야 할 이유는 백 가지나 되는 것이다.

양호문

블라인드 7. 폭력

# 도기태 이용권

이송현

**이송현**

어린 시절, 친구들이 〈캔디 캔디〉의 안소니와 테리우스를 놓고 싸울 때 혼자 돈 많고 나이 많은 앨버트를 지지할 만큼 조숙한 여자애였다. 지나치게 파이팅 넘치는 청소년기를 무사히 보내고 지금은 대학에서 아동·청소년문학을 가르치고 있다. 제5회 마해송 문학상, 2010 조선일보 신춘문예(동시), 제9회 사계절문학상 대상, 제13회 서라벌문학상 신인상, 2016 서울문화재단 창작기금을 받았다. 동화, 동시, 청소년소설을 쓰고 있다. 지은 책으로 《라인》, 《드림 셰프》, 《너와 나의 3분》, 《내 청춘, 시속 370km》, 《아빠가 나타났다!》, 《슈퍼 아이돌 오두리》 등이 있다.

# 도기태 이용권

평소대로 자전거를 타고 갔으면 좋으련만, 통째로 집어 갈 줄이야. 제법 고가의 자전거를 고른 것이 화근이었다. 부모의 이혼 기념일마다 선물을 받는 인간도 세상천지 나밖에 없을 것이다. 엄마는 고가의 선물을 부담스러워하는 나에게 늘 이렇게 말했다.

"기태야, 받을 수 있을 때 받아. 네 유효기간도 얼마 남지 않았어."

엄마는 자신의 상처받은 마음을 들먹이며 아버지에게 돈을 요구했다. 간단히 무시하면 될 엄마의 상처를 아버지는 매번 외면하지 못했다. 그 요구의 담보가 바로 나였기 때문이다. 엄마와 이혼한 아버지는 재작년에 새 가정을 꾸렸다. 그리고 이복동생이 태어났다. 아버지 말로는 나와 비슷한 생김새의 사내아이라고 했다. 아버지가 휴대전화로 아이 사진을 보냈는데 금방 지워 버렸다. 엄마는 그 아이가 태어나고부터 나의 유효기간에 대해 운운했다. 아버지에게 돈을 얻어 낼 수 있는 시간이 얼마 남지 않았다는 소리다.

캐멀색 가죽 안장이 인상적인 자전거였다. 상점에서 보는 순간, 사랑에 빠졌다. 예상대로 가죽은 매끄럽고 단단했다. 손끝에 닿는 가죽 촉감은 나를 황홀하게 만들었다. 작은 흠집이라도 날까, 엉덩이를 안장에 대지도 못한 채 탔다. 그런 자전거를 고스란히 도둑맞았다. 그리고 772번을 탔다.

구설경을 봤다. 반에서 제일 예쁜 아이이자 또래들 사이에서 가장 묘한 아이였다. 말수도 적고 행동 또한 눈에 띄지 않게 조심조심하려는 기색이 역력했지만 오히려 그 때문에 아이들 입에 더욱 오르내리는 아이였으니까. 구설경 옆에는 김선규가 있었다. 당연한 그림이었다. 주먹깨나 쓴다는 또래 사이에서 선규는 톱이었다. 교복 위에 캐멀색 코트를 입은 구설경은 맨손이었다. 영하의 날씨에 장갑을 끼지 않은 손끝이 빨갛게 얼어 있었다. 작고 빨갛게 변한 손으로 성에 낀 차창을 닦았다. 버스 창가에 맺힌 노을에 구설경의 얼굴이 얼룩졌다. 선규가 구설경의 귓가에 대고 뭐라고 소곤거리자 하얗고 차가워 보이는 얼굴에 미소가 번졌다. 웃는 모습도 있구나, 하고 감탄하는데 구설경의 얼굴에 균열이 생겼다.

'소문의 실체를 드디어 보는 건가?'

소문은 세상을 돌고 돌아 내 발밑까지 왔다. 남자아이들 사이에 도는 소문은 구설경이 김선규의 인형이라는 것이다. 뭔가 약점이 잡혀서 선규에게 꼼짝 못한다는 말이 돌았다. 김선규가 구설경의 몸캠을 갖고 있다는, 보다 구체적인 이야기까지 들먹이는 녀석도 있었다. 얌전한 모범생 구설경과 불량아로 찍힌 김선규 사이에서 공통점을 찾기란 너무나 막연했다. 몇몇 애들은 장난처럼 사랑이라고 떠들어 댔다.

손님이 많지 않은 버스 안, 졸음을 유발하는 정치, 시사 얘기가 라디오에서 흘러나오고 있었다. 나이 든 사회자가 읊조리듯 오늘의 정치 동향을 알리는 소식은 사람을 멍하게 만드는 효과가 있었다. 몇몇 손님은 창밖을, 몇몇 손님은 졸거나 휴대전화를 들여다보았다. 뒷자리 구석에 앉은 나는 오리털 점퍼에 몸을 묻고 자는 척했다.

방금 전까지 웃던 아이가 시체처럼 생기를 잃는 모습을 고스란히 지켜봤다. 나는 그 애, 구설경이 어둠 속에서 헤어 나오지 못하는 동안 선규 녀석이 하는 짓을 고스란히 목격했다. 보살핌이라고 포장된 추행이었다. 말로만 듣던, 구설경이 인형이 되는 시간이다.

캐멀색 코트로 녀석의 손이 다가갔다. 힘없이 창가에 기댄 그 애를 한 손으로 당겨 자기 어깨에 기대게 하더니 웃는다. 구설경이 스위치 꺼진 인형처럼 쓰러지던 순간, 녀석이 하는 혼잣말을 나는 똑똑히 들었다.

"넘어간다, 넘어간다……. 쿵. 오케이!"

캐멀색 코트 사이로 녀석의 손이 들어갔다. 뱀처럼 기어들어 간 녀석의 손이 한동안 코트 속에서 움직이지 않았다. 내가 놀란 숨을 들이켜는 순간, 그 애의 들숨과 날숨 박자에 맞춰 녀석의 손이 움직이기 시작했다. 움직이는 녀석의 손놀림이 자연스러웠다. 그 애의 평온한 숨과 녀석의 더러운 손길이 저렇게 하나로 움직일 수 있다는 사실이 충격이었다.

'눈 떠!'

내 외침은 어디까지나 입안에서만 맴돌 뿐이었다. 설경의 가슴에서 한참 동안 배회하던 손길을 보는 순간, 선

규와 내 시선이 얽혔다. 녀석이 날 향해 씩 웃었다. 나는
녀석의 눈빛을 단숨에 읽어 내려갔다.

'부럽냐, 새꺄?'

나는 자리를 박차고 일어났다. 나를 난도질하는 김선
규의 눈빛이 느껴졌다. 두 눈이 똑똑히 마주쳤는데도 녀
석은 캐멀색 코트 속에 들어간 제 손을 거두지 않았다.
오히려 더 보란 듯이 그 애의 가녀린 숨을 움켜쥐고 있었
을 뿐.

"아저씨, 문 열어 주세요. 내려요."

집 근처 정류장까지는 아직 다섯 정거장이나 남았다.
버스에서 내린 순간, 나는 비겁한 도망자였다. 서서히 움
직이는 버스 창 너머로 김선규의 웃는 얼굴이 보였다. 녀
석은 내게 손을 흔들었다. 구설경은 여전히 웅크린 채 무
생물처럼 가만히 창가에 기대 있었다.


열일곱, 우리의 세상에는 두 종류의 인간이 있다. 누군
가를 이용하는 자와 누군가에게 이용당하는 자. 나는 가
끔 인간은 공평한 존재가 아니라, 절대적으로 불공평할
수밖에 없는 존재라는 사실을 깨닫는다. 그러나 나는 둘
중에 어떤 인간도 되고 싶지 않다. 부리는 엄마에게 이용

권을 줄 수 있는 자였다.

"엄마, 미쳤어? 부리를 왜 집에까지 데리고 와!"

"어른한테 말버릇 좀 봐. 부리가 뭐야, 부리가! 저녁 식사 한 번이야."

부리에게는 정복만이란 멀쩡한 이름이 있다. 마흔의 엄마보다 무려 스무 살 연상인, 돈 많은 늙은이다. 나는 그의 턱 밑에 난 혹 때문에 그를 혹부리 영감, 줄여서 부리라고 불렀다.

"밖에서 만나는 건 신경 안 써. 집은 절대 안 돼!"

집은 내가 지켜야 할 성역이었다. 비록 위자료로 얻은 전셋집이었지만, 이 집은 우리에게서 떠난 아버지를 추억할 수 있는 공간이나 마찬가지였다.

가스레인지 위에서 청국장이 끓고 있었다. 온 집 안에 청국장 냄새가 진동했다. 식탁 위에 차려진 세 사람분의 밥공기에 시선이 닿자, 가슴 밑바닥에서부터 뜨거운 무언가가 치솟았다. 새된 욕지기를 참아 내려고 나는 애꿎은 입술만 깨물었다.

"도기태. 그냥 밥 한 끼야. 복만 씨가 가정식을 먹고 싶다잖아."

부리가 뭘 먹고 싶은지는 나와 상관없는 일이다. 그러

나 엄마는 부리가 요구하는 것이면 뭐든지 들어줘야 한다고 믿었다. 그의 요구를 들어주는 것이 엄마의 의무라도 되는 듯. 엄마는 곧 나의 미래를 들먹이며 당신의 연애가 얼마나 많은 희생을 요구하는 일인지 나에게 설명하려고 들겠지. 나는 대꾸하지 않고 가방을 들었다.

"너! 학원비가 한두 푼인 줄 알아?"

나는 구질구질한 변명 따위는 더 이상 듣고 싶지 않았다. 모든 것이 나 때문이라는, 나를 위한 것이라는 변명과 핑계들.

"엄마도… 엄마도 이젠 지쳤어. 편하게 살고 싶다고."

드디어 드러나는 엄마의 본심을 확인하자, 나는 전의마저 상실했다. 이혼 후, 엄마는 노력했다. 나도 안다. 엄마가 나를 데리고 살기 위해 여태껏 온갖 일을 했다는 것을. 그러나 적어도 엄마는 부리의 빌딩, 부리의 돈을 넘보는 것을 사랑이라고 포장하지 말았어야 한다.

"편하게 살아. 나, 이번 달까지만 다닐게. 학원 끊어."

뒤도 돌아보지 않고 집을 나왔다. 돌아봤다면 나는 분명, 뱉어 놓고 후회할 말들을 엄마한테 퍼부었을 게 분명했다.

'나 갖고 장사하지 마. 아버지, 이제 남의 식구야.'

속으로 수십 번을 되뇌었던 말이지만 나는 매번 '남의 식구'란 말 앞에서 소스라치게 놀랐다. 낡은 빌라 건물 밖으로 나가자, 동네에 어울리지 않는 대형 세단이 서 있었다. 엄마가 입이 닳도록 자랑하던 부리의 애마였다.

공중으로 날아간 공은 태양과 일직선을 이뤘다.
"마이 볼, 마이 볼!"
진우가 속사포로 외쳐 댔다. 축구할 때면 발보다 입이 빠르다는 애였다. 전학생인 나에게 첫날부터 오지랖을 보이던 녀석이다. 어차피 난 이 학교에 오래 다닐 생각이 없었다. 그런 까닭에 친구니 뭐니 하면서 정붙일 필요도 못 느꼈다. 아버지를 만나는 몇 차례 동안 나는 아버지의 속내를 알 수 있었다.
'내게 와라. 엄마한테 휘둘리지 말고.'
그러나 말처럼 쉬운 일이 아니었다. 이혼 후, 엄마가 날 위해 어떻게 살았는지 잘 아는 나로서 아버지에게 가는 것은 엄마를 향한 배신이나 다름없었다.
전반전은 0:0으로 끝났다. 마이 볼을 목이 쉬어라 외치던 진우의 헛발질 덕에 득점 기회를 놓쳤다. 구령대 계단에 앉아 땀을 식혔다. 11월 말의 찬 기운이 상쾌했다.

갑자기 목덜미가 얼음장같이 차가운 기운에 소스라쳤다.
진우가 음료수 캔을 목덜미에 갖다 댔다.

"우우, 저기 구신 간다."

진우를 돌아보기 전에 나는 진우가 가리키는 방향을
주시했다. 구설경이 있었다. 파리한 얼굴을 해 갖고는 여
자애 한 명과 나란히 팔짱을 끼고 본관으로 들어섰다.

"쟤, 왜 구신이냐?"

"여신처럼 예쁘다고. 귀신처럼 창백하고. 그래서 구설
경은 구 씨 성을 가진 신, 구신."

"이상한 별명이네."

나직이 읊조린 내 말에 진우가 내 곁에 바싹 붙어 앉았
다. 발끝으로 내 발을 툭툭 찼다.

"왜?"

"도기태, 너 그거 아냐?"

나는 허리를 구부려 축구화 끝을 손으로 매만졌다. 아
무래도 아까 태클을 당할 때 가죽이 찢긴 것 같았다. 흙
을 털어 내자, 까진 가죽 자국이 고스란히 드러났다.

"구설경 이용권."

"뭐?"

손끝이 저려 왔다. 추위 탓이라고 하기엔 손끝으로 온

기가 순식간에 빠져나가는 느낌이었다. 애써 아무 일 없다는 듯 나는 진우에게 시선을 줬다. 진우는 담담한 내 표정에 살짝 실망한 눈치였다.

"넌 구설경 이용권 안 궁금하냐?"

"뜬소문 아냐?"

"뜬소문이라고 하기엔 제법 흥미진진하다 못해 후끈 달아오를 일이라는 거지."

"풀어 봐. 얼마나 흥미진진한지."

나는 계단에 등을 기대고 누웠다. 구름 한 점 없는 하늘이 눈에 들어왔다. 내쉬는 숨결에 입김이 허공으로 흩어졌다. 버스 안에서 봤던 구설경, 그 애의 모습을 떠올렸다. 눈을 감고 깊게 잠든 모습, 캐멀색 코트……. 딱 거기까지만 생각했다.

"김선규가 구설경 이용권을 판대, 돈 받고. 문제는 아무나 살 수 없다는 거지. 그래서 다들 궁금해서 안달이고. 3학년 선배 하나가 이용권을 샀다는……."

"미친. 어린 새끼들이 뭘 사? 됐다 그래. 범죄다, 그거."

천천히 몸을 일으켰다. 후반전이 시작될 시간이었다. 나는 축구화 끈을 단단히 고쳐 묶었다.

"걘 바보야? 그딴 말도 안 되는 이용권에 이용이나 당하게?"

"빼도 박도 못하는 이유가 있나 보지. 구설경 몸캠을 김선규가 갖고 있단 거, 백 퍼센트 리얼 아닌가 몰라."

후반전이 시작되자마자, 우리 팀은 두 골이나 먹었다. 수비 최전선에 있던 나로서는 할 말이 없는 결과였다. 내 몸은 운동장을 누비고 있었지만 머릿속은 지금 경기와 상관없는 생각들로 뒤엉켜 있었다.

"도기태! 뒤, 뒤!"

뒤를 돌아볼 틈도 없이 몸이 공중으로 뜨는가 싶더니 그대로 바닥에 내동댕이쳐졌다. 언 땅의 위력은 대단했다. 비명조차 흘릴 수 없을 정도로 통증이 엄습했다. 끙, 끙, 앓는 소리가 사치로 느껴질 만큼. 별일 아니라는 듯 자리를 툭툭 털고 일어서려고 했지만 역부족이었다. 그 바람에 내게 태클을 걸었던 녀석도, 나도 뻘쭘한 표정으로 서로를 바라보았다. 발목에 힘이 주어지지 않았다.

"야이, 이게 뭐라고. 우리가 국대냐? 뭘 그렇게 죽기 살기로 덤벼."

호들갑스레 진우가 끼어들지 않았다면 난처할 뻔했다.

"업혀. 보건실 데려다줄게."

나는 진우의 선의를 보기 좋게 무시했다. 진우의 어깨를 끌어안으며 나는 실없는 소리를 흘렸다.

"너에게 업힐 마음의 준비가 아직이다. 오늘은 그냥 안겨서 보건실 갈게. 부축이나 해, 최진우."

진우는 보건실에 가는 동안, 내 걱정을 유난스럽게 하더니만 정작 5교시 수업 종이 울리자 나를 짐짝 부리듯이 보건실 앞에 두고 가 버렸다. 오십 대 초반인 보건 선생은 3반 담임과 대화 중이었다. 짧게 목례를 하고 비어 있는 침상에 앉았다. 발목이 욱신거리는 강도가 더 거세졌다. 3반 담임은 보건 선생한테 '깨어나도 놀라지 않게 잘 좀 부탁한다'는 소리를 하고 서둘러 보건실을 나갔다. 고개를 슬쩍 내밀었다. 근처 침상에 간이 커튼이 쳐져 있었다.

'누가 쓰러졌나?'

침상 아래, 운동화 한 켤레가 놓여 있었다. 여자애 신발로 어림잡아 235밀리미터 정도의 사이즈였다. 보건은 교복 바지를 걷어 올리고는 눈살을 찌푸렸다. 발목이 통통 부어올랐다. 넘어지면서 언 땅에 쓸렸는지 정강이가 찢어져 흙과 피딱지가 엉겨 붙어 있었다. 상처에 소독약을 붓자, 작은 기포가 일어났다. 쓰렸지만 왠지 모르게 속이 시원했다.

"상처 치료는 다 했으니까 덧나지 않게 조심하고. 아무래도 발목 인대가 늘어난 것 같으니까 반깁스하는 게 좋겠는데."

"네."

무덤덤한 대답에 보건 선생이 가볍게 내 어깨를 툭 친다. 수업에 들어가도 괜찮다는 말에 나는 그냥 한 시간만 누웠다 가면 안 되냐고, 머리가 아프다고 엄살을 부렸다. 보건 선생은 그런 내 반응이 짠했는지, "입시가 뭐라고"라며 중얼거리더니 그러라고 허락했다.

보건실 안 공기는 훈훈했다. 온몸이 노곤해지면서 졸음이 몰려왔다. 나는 커튼 너머를 주시했다. 커튼에 가려 보이지 않는 아이가 누워 있는 자리……. 까무룩 잠이 들려는데 툭, 커튼이 움직였다. 그리고 가는 팔목이 커튼 틈 사이로 삐쭉 나왔다. 가는 팔목은 마치 나보고 '나, 여기 있어'라고 속삭이는 것 같았다. 시선을 끄는 손이었다. 핏기가 하나도 없는, 그래서 푸른 핏줄이 실타래처럼 보이는 손에 자꾸만 눈이 갔다.

나직하게 휴대전화 벨이 울리더니, 보건 선생이 밖으로 나가는지 문이 닫히는 소리가 들렸다. 나는 자리에서 일어나 앉았다. 무언가에 홀린 듯, 커튼이 드리워진 침상으로 향했다. 아무렇게 놓여 있던 운동화를 짝에 맞춰 나란히 정리했다. 그리고 커튼으로 손을 뻗었다. 그 애가, 그 애가 거기 있었다.

잠든 구설경은 식물 같았다. 나는 천천히 그 애를 살펴봤다. 푸른 핏줄이 도드라진 손등은 멍 때문이었다. 오래된 멍 자국인지, 이제 멍은 노란빛으로 제 몸 색깔을 바꿔 가는 중이었다. 코트를 입고 있지 않은 구설경은 더욱 작아 보였다. 하늘색 담요가 흐트러져 있었다.

'부럽냐, 새꺄?'

나는 두 눈이 감긴 구설경의 얼굴을, 붉은 입술을, 목선을, 어깨를, 그리고 가슴께를 살폈다. 단단히 잠긴 블라우스 단추를 보며 안도의 작은 한숨을 쉬었다. 내가 신경 쓸 일이 아니었다. 허리를 숙여 그 애를 꼼꼼히 눈에 담았다. 그날처럼 구설경의 가슴이 오르락내리락했다. 바지 주머니께에서 배회하던 손을 들었다. 담요를 집어 그 애 몸을 덮어 주었다. 허리에서 가슴까지, 가슴에서 목까지 끌어 올려 덮어 주었다. 담요를 덮어 주면서 나는 이상한 상처를 보았다. 손바닥에 가득한 자국들, 무언가에 단단히 찍힌 것 같은 자국들이다.

'오지랖이다, 도기태.'

나는 상처를 자세히 보기 위해 몸을 숙였다. 작은 손을 잡고 살짝 쥐어져 있는 주먹을 천천히 폈다. 아물지 않은 상처에 계속 상처를 내는 모양이었다.

문이 열리는 소리에 놀라 침상에서 한 발자국 떨어졌다. 김선규였다. 녀석이 날 보더니 입꼬리를 말아 올리며 웃었다. 나도 알지 못하는 내 속내를 들키기라도 한 듯, 찝찝한 기분이 들었다.

"내가 촉 하나는 기가 막히게 좋아요. 내가 한눈팔면 꼭 얘 옆에 똥파리가 붙거든. 이럴 줄 알고 화장실 핑계 대고 여기까지 왔지."

똥파리란 말에 부아가 났지만 문제를 일으킬 생각 따위 없었다. 나는 최대한 조용히 살고 싶었다.

"살 거야, 말 거야?"

김선규가 고갯짓으로 그 애를 가리켰다. 파란 담요 위에서 잠이 든 그 애의 모습은 무서우리만치 평화로워 보였다.

"뭘?"

"이용권."

김선규가 구설경 곁으로 다가갔다. 침대에 앉더니 담

요 안으로 사라진, 녀석의 손은 담요 밖으로 나오지 않았다. 순간 내 머릿속을 파고든 한 가지 단어, 파렴치한. 하지만 그 단어를 입 밖으로 내보내서 귀찮은 일을 만들고 싶은 생각은 눈곱만큼도 없다.

"관심 없어."

"왜? 예쁘잖아."

진우가 했던 말이 뇌리에 꽂혔다. 구설경 이용권을 아무에게나 제시하지 않는다는 사실. 풍문 같은 그 이용권을 김선규에게 사겠다고 나서는 간 큰 애들도 없었지만, 그 말도 안 되는 이용권을 녀석은 왜 나에게 들이미는 것일까?

"그러는 넌, 왜 그런 건데?"

미소가 번져 있던 녀석의 얼굴이 천천히 일그러졌다. 뾰족한 혓바닥이 녀석의 입 밖으로 나와 천천히, 아주 천천히 제 입술을 핥았다.

"예쁜데 기절하니까 더 좋았지."

대꾸할 가치도 없는 말이었다. 주먹에 힘이 들어갔으나 참았다. 이전 학교 때처럼 학폭위가 열리고 부모님을 모셔 와야 하는 상황은 사절이었다. 이혼 가정의 자식이란 사실 하나로 사건의 본질을 들여다보기보다 이혼이란 단어에 무게를 싣고 이러쿵저러쿵 떠들어 대는 사람들의 입방아는 질색이니까.

"구설경, 기면증을 앓고 있거든."

심장 박동 수가 불규칙해졌다. 나는 김선규의 얼굴을 똑바로 쳐다보았다. 녀석이 비릿한 미소를 지었다.

"그 표정, 나한테 개기고 싶다는 걸로 보인다."

"……."

녀석의 손이 담요 밖으로 나왔다. 쳐다보지 않으려 했으나 나는 녀석의 뱀 같은 손길을 노려보았다. 착각이었을까. 구설경의 가슴이 안도의 한숨으로 아주 작게 내려앉는 것 같았다. 녀석은 창백할 정도로 하얀 구설경의 얼굴을 쓱 쓰다듬었다. 그리고 나를 향해 말했다.

"난 얘에 대한 권리가 있어. 그러니까 그렇게 날 벌레 보듯 하지 말라고. 기분 더러우니까, 새꺄."

5교시가 끝나는 종이 울렸다. 복도에서 아이들의 발소리와 말소리가 들리기 시작했다. 나는 비겁하게 발길을 돌렸다. 그게 지금으로선 최선이었다. 돌아설 때 담요 아래로 드러난 구설경의 손가락이 가늘게 떨고 있는 것을 보았다. 그러나 잠든 얼굴을 보니, 아마도 내 착각일 것이다.

하고많은 역할 중에 불청객이 되고 싶은 마음은 전혀 없었다. 대형 쇼핑몰 안에 있는 패밀리 레스토랑 입구에 도착하고도 나는 한참을 망설였다. 아버지의 새 아들, 그러니까 나의 이복동생 돌잔치 장소 앞에 와서도 나는 들어가야 할지, 말아야 할지, 마음을 정하지 못했다.

"기태야, 안 들어오고 뭐 해?"

아버지의 여자였다. 엄마가 그년이라고 부르는, 아버지의 새 부인. 차라리 못된 여자라면 대놓고 무시하거나 욕이라도 할 텐데, 늘 쿨하게 나를 대하는 여자의 태도에 당혹스러울 뿐이다. 이복동생은 인공수정과 시험관을 통해 어렵사리 얻은 아들이었다. 엄마는 그 사실을 알고 "그렇게 돈이 썩어 날 정도면 우리 기태 앞으로 돈이나 챙겨 줄 것이지"라고 악다구니를 쏟아 냈다. 나를 앞세웠지만 엄마는 결국 엄마의 삶이 고됐던 것일 테지.

아버지는 나를 보고 아는 체를 했다. 아버지 품에 빨간 볼을 한 이복동생이 잠들어 있었다. 친척들이 모여 있는 자리에 어색하게 목례를 하고 앉았다. 따로 앉고 싶었으나 아버지의 여자는 기어이 나를 친척들이 앉아 있는 테이블로 이끌었다. 나 역시 아버지의 피붙이임에도 그들이 나를 바라보는 눈이 곱지 않다는 걸 잘 알고 있다. 아이를 안고 무대에 오른 아버지는 어느 때보다 밝아 보였다. 가족, 가족이란 저런 것이지……. 서로를 향한 원망과 악다구니가 존재하지 않는 완벽한 가족이 내 눈앞에 있었다. 이복동생의 이름이 '도희태'라는 사실을 비로소 알았다. 돌잡이를 물끄러미 보고 있는데, 나를 계속 외면하던 고모가 입을 열었다.

"기태야, 네 엄만 잘 있니?"

"네? 아, 네."

고모는 정말 엄마의 안부가 궁금했을까. 이 테이블에 나는 물과 기름처럼 섞이지 못했다. 한때 나도 이들에게 귀여운 혈육이었을 것이다. 귀염둥이 기태로 불렸을지도 모른다, 지금의 희태처럼. 누군가 돌잔치에 와서 떡을 꼭 먹어야 한다고, 그래야 아이가 건강하게 잘 산다고 떠들어 댔다. 고모가 내 옆으로 떡 접시를 밀었다.

"괜찮아요."

"누가 너 좋으라고 먹니? 희태 때문이야. 그래도 동생인데 먹고 건강하라고 빌어 줘야지."

나는 떡을 싫어했다. 그러나 내 개인 식성을 입 밖에 내고 싶은 마음은 없었다. 고모는 끝끝내 떡에 손대지 않는 나를 보더니 들으라는 듯 큰 소리를 냈다.

"지 엄마 닮아서 남 잘되는 꼴은 못 보는구나. 축하도 안 할 거면 왜 온 거니? 네 엄마가 또 네 양육비 운운하면서 아버지한테 용돈 받아 오라고 시키던?"

모욕적인 발언이었지만 나는 한마디도 할 수가 없었다. 틀린 말이 아니었기 때문이다. 그러나 나는 참고만 있는 고분고분한 인간이 아니었다. 자리를 박차고 일어났다.

"고모가 주실 돈 아니니 신경 쓰지 마세요."

"어머머, 이 새끼 말하는 본새 좀 봐."

"고모 새끼 아니니, 이 새끼 저 새끼 하지도 마시고요. 안녕히 계세요."

금세 자리가 소란스러워졌다. 남의 잔치에 와서 뭐하는 짓인가 싶었지만 시작은 내가 아니었으니 상관없었다. 아버지와 그 여자에게 인사하고 레스토랑을 나왔다. 이복동생은 귀여웠다. 잠이 덜 깬 눈으로 나를 빤히 보는 까만 눈동자에 시선을 잠시 빼앗겼다. 하마터면 그 애를 만질 뻔했다.

"기태야, 도기태!"

아버지가 날 불렀다. 뒤돌아보지 않았다. 앞으로 엄마가 뭐라고 하든 아버지의 가족 모임에 발을 들이는 일은 절대로 하지 않으리라 다짐했다.

"기태야, 이거. 미안하다."

뒤따라온 아버지가 내 주머니에 봉투 하나를 쑤셔 넣었다. 안 봐도 돈 봉투란 사실을 짐작할 수 있었다. 고개를 들자, 우리를 바라보는 그 여자와 시선이 마주쳤다. 봉투를 뿌리쳤어야 했는데 나는 그저 "갈게요"란 인사로 대신했다.

"그렇게 엄마가 안쓰러우면 네 아버지한테 가서 돈 달라고 해. 우리 둘, 편히 살 수 있는 돈!"

일이 고된 날이면 술에 취해 엄마가 입버릇처럼 내뱉는 말이 나를 붙잡고 놓지 않았다.

나는 불청객이었다. 내가 설 자리는 이곳이 아니란 현실에 시원섭섭한 기분이 복합적으로 들었다. 집으로 돌아오는 내내, 주머니에 손을 넣지 않았다. 칼날 같은 바람이 손등을 매섭게 때렸다.


집 안이 엉망이었다. 혼자 김장을 했는지, 좁아터진 부엌에 고무 대야며 배추 찌꺼기, 온갖 김치 통이 즐비했다. 파, 마늘 냄새가 가시지 않은 부엌에서 나는 보리차를 마셨다. 천천히 마시면서 부엌을 둘러보았다. 냉장고

옆에 황금색 보자기로 싼 김치 통이 눈에 들어왔다.

"엄마."

대답이 없었다. 나는 안방으로 향했다. 그리고 엄마를 본 순간 뚜껑이 열렸다. 벽을 향해 누워 있는 엄마의 몸집이 유난히 작았다. 이불을 머리끝까지 뒤집어쓴 채 미동조차 없는 엄마는 사물 같았다. 나는 엄마 이마를 짚었다. 열이 펄펄 끓었다.

"누가 먹는다고 김장을 해! 게다가 파김치 누가 좋아한다고!"

"시끄러워. 머리 아파."

엄마는 내 손을 밀쳐 냈다. 나는 며칠 전, 밥상에서 엄마가 했던 말을 생각해 냈다. 파김치를 먹고 싶어 한다는 부리, 그 인간 입에 들어갈 김장이었다. 속에서 뜨거운 불이 치솟았다.

화장실로 달려가 찬물로 세수를 했다. 할 수 있는 일이라고는 열을 식히는 일뿐인가. 세숫대야에 찬물을 가득 담아 안방으로 갖고 갔다. 물수건을 만들어 땀에 젖은 엄마의 몸을 닦았다. 이마, 뺨, 목덜미, 등, 손과 발……. 그리고 나는 엄마의 비밀을 보고 말았다. 멍 자국이었다. 옷에 가려진 경계선에 줄지어 선 노랗고 파란 멍 자국.

"엄마… 이게 다 뭐야?"

엄마는 열 때문에 정신을 차리지 못했다. 엄마가 부리에게 맞은 것이 분명했다. 나는 내 예상이 틀리지 않았다고 확신했다. 부리의 건물 1층 마트에서 일하는 엄마는 손님들에게 상냥한 사람으로 인정받았다. 부리는 남자 손님과 말을 나누는 엄마를 볼 때면 비정상적이다 싶을 정도로 화를 냈다. 나도 몇 번 그 광경을 목격했다. 내가 열 받아 난리라도 피울 기세면 엄마는 부리의 과거를 들추며 나를 달랬다. 바람난 전처 때문에 부리가 트라우마에서 못 벗어난다는 얘기였다. 엄마는 모든 것을 사랑이란 이름으로 포장하고 넘어가려고만 했다. 나는 그 사랑이, 관심이 세상 그 무엇보다 무서운 폭력으로 둔갑했다고 믿었다.

엄마의 허리께에 피어난 보랏빛 멍 자국에 손을 대자 엄마가 끙끙 앓는 소리를 냈다.

"개새끼. 내가 부리 영감 죽일 거야."

내 스스로에게 하는 다짐이었다. 엄마의 허리께를 물수건으로 닦는데 엄마가 내 손을 잡았다.

"죽이고 나면, 그러고 나면 내 삶이 달라지니? 우리 삶이 더 나아져?"

서늘한 목소리가 너무나도 낯설어서 나는 제자리에 얼어붙고 말았다.

"엄마!"

"내가 선택한 사람이야. 편하게 살겠다고. 세상에서 어떤 대가 없이 거저 얻는 게 있을 거라고 생각해? 소리 지르지 마, 골 흔들려."

물수건이 미지근해졌다. 엄마의 뼈마디는 내가 상상했던 것보다 가늘고 여렸다. 창밖에서 앙상한 나뭇가지가 바람에 흔들려 창문을 요란스럽게 때려 댔다. 거실로 나와 서랍을 뒤졌다. 집 안에 돈이란 돈은 씨가 말랐는지 동전 한 푼 나오지 않았다. 점퍼를 걸치고 현관을 나섰다. 주머니에 손을 넣고 말았다. 바스락, 빳빳한 봉투가 손에 쥐어졌다.

사십 대 후반의 약사는 감기약을 달라는 내 말에 귀찮을 정도로 이런저런 질문을 해 댔다. 기침은 하지 않냐, 콧물은 흘리냐, 목이 아프지는 않냐, 열이 심하면 병원에 가서 수액을 맞는 편이 나을 거다, 등등. 성의 없이 대답하며 마스크가 있는 진열대를 살폈다. 마트에서 수많은 사람을 상대하다 보니 감기에도 쉽게 걸릴 터였다. 분홍색 마스크 앞에서 서성대는데 그 애와 마주쳤다.

"약은 잘 먹고 있지? 기면증은 스트레스받지 않고 잘 쉬는 게 중요해."

"네. 얼마죠?"

구설경이다. 그 애와 눈이 마주쳤다. 먹물같이 까만 눈이 유리알처럼 반짝였다. 나는 흡사 최면에 걸린 사람처럼 꼼짝할 수가 없었다. 구설경의 두 눈동자에 맺힌 내 모습이 왜 그리 얼간이 같아 보였을까. 그저 몸이 약한 애라고 생각했는데 진짜 기면증을 앓고 있었구나……. 약국을 나왔다. 마스크는 결국 사지도 못했다. 문소리가 나고 구설경이 따라 나왔다. 비닐봉지 가득 약이 들어 있었다.

"잘 가."

뻔히 얼굴을 아는데 모른 체하기도 우스워서 인사를 건넸다. 눈이 오려는지 날이 뿌옇게 흐렸다.

"넌 왜……."

환청이 아닌 실제였다. 그 애의 목소리가 발길을 붙들었다. 정지 화면 속 주인공처럼 우리는 그 상태로 서로의 얼굴을 뚫어져라 바라보았다. 정신을 차린 내가 그제야 눈을 껌뻑이자, 그 애가 작지만 또렷한 목소리로 말을 건넸다.

"넌 왜……."

똑같이 반복하는 말, 이 말 뒤에 생략된 많은 의미와 비밀은 무엇일까. 갑자기 그게 궁금해졌다.

"내가 뭘?"

"왜 날… 만지지 않은 거니?"

"뭐라고?"

똑똑히 듣고도 믿지 못할 말이었다. 어떤 감정조차 실리지 않은 무미건조한 표정과 조근조근한 말투 앞에서 나는 적잖이 당황하고 말았다.

"그날 보건실에서 말이야."

"너, 잠들었던 거 아니었어?"

가만히 고개를 끄덕이는 구설경을 보니 그 애의 작은 머리통을 보듬어 주고 싶었다. 나는 구설경을 알고 싶은 마음이 들었다. 그 애의 작은 머리통이 근처 포장마차를 향했다.

"어묵 먹을래?"

"어묵?"

"그래, 어묵. 추우니까."

나는 아무래도 좋다는 뜻으로 어깨를 한번 으쓱거렸

다. 어깨를 나란히 하고 서서 어묵을 먹었다. 종이컵을
두 손에 감싸 들고 구설경은 국물을 마셨다.

"넌 나한테 아무런 대가를 요구하지 않네."

그게 무슨 소리냐는 뜻으로 나는 구설경을 바라봤다.

"그래서 김선규한테, 아니 김선규가 말도 안 되는 이
용권 떠들어 대는 건 알고 있는 거니?"

나는 조심스레 물었다. 그 애는 대답하지 않았다. 대신
에 아주 작게 소리 내어 웃었다. 물렁한 웃음이었다, 뼈
마디가 사라지고 없는.

"중학교 때 왕따를 당했어."

"이유가 뭔데?"

그냥 들어줄걸, 바보 같은 질문을 했다. 구설경이 어묵
꼬치를 한 입 베어 물었다. 어묵에 잇자국이 동그랗게 났
다.

"그냥. 지독한 왕따를 당할 때는 이유가 없어, 그냥이
야. 왜 그러냐고 물었거든. 하도 많이 맞아서 나중에 발
악을 하며 이유를 물었지. 그냥 내 얼굴이 재수가 없대."

구설경은 자신의 이야기를 마치 남의 이야기하듯 말했
다. 혹시 얘가 소설을 쓰고 있는 것은 아닐까 착각이 들
만큼. 새로울 것도 없는 이야기였다. 내 초등학교, 중학

교 생활은 물론, 지금 고교 생활에서도 종종 볼 수 있는 흔한 일이었다. 누구나 피해자가 되지 않길 바랄 뿐이지. 낯설지 않은 이야기 앞에서 나는 묵묵히 듣고만 있었다.

"반 남자애 중에 한 명이 내 편을 들었어. 모범생에, 여자애들한테 인기가 좋은 애였는데, 그게 더 큰 화를 불렀어. 그 애가 내 편을 드는 바람에 여자애들이 날 때리기 시작했으니까. 한번은 끌려가서 맞는데 이러다가 죽겠구나, 싶더라."

언젠가 뉴스에 나왔던 여중생 폭행 영상이 오버랩되었다. 어묵 하나를 더 권하는 구설경의 손길을 거부했다. 입맛이 떨어졌다. 하지만 그 애는 어묵 하나를 더 집어 들었다. 꼭꼭 씹어 먹는 입매가, 도무지 애들에게 얻어맞고 다니는 애라고 상상할 수 없을 만큼 야무졌다.

"신고했어? 가족에게는?"

"해서 뭐하게. 아무도 내 말에 위로보다는 어쩌다 그 지경까지 갔는지, 내가 잘못한 것은 없는지부터 따지더라고. 내 손 잡아 줄 생각부터 하는 사람, 못 만났어."

세상이 얼마나 잔혹한지 나는 어렴풋이 알고 있었다. 내 부모가 이혼하자, 아버지의 식구들과 친척들은 엄마에게 모든 책임을 전가했다. 이혼은 쌍방의 문제라는 내 생각은 그저 어린놈이 하는 어설픈 헛소리일 뿐이었다. 세상을 제대로 살려면 든든한 배경이 있어야 한다. 애들도 안다. 내가 때려도 될 놈과 때려서 안 될 놈을 말이다.

"그게 원인이 된 거야? 기면증……."

"글쎄. 원인 중 하나일까? 피범벅이 된 얼굴을 보고부터 밤에 잠들지 못한 건 사실이고."

포장마차를 나왔다. 포장마차의 가림막이 그나마 찬바람을 단단히 막아 주고 있었구나 싶을 정도로 칼바람이 불었다.

"김선규는… 진짜 네 남친이야?"

구설경이 웃었다. 묘한 웃음이었다. 주머니에 손을 넣자, 돈 봉투가 잡혔다. 약값으로 봉투를 열어 버렸다.

"기면증을 앓고부터 내가 내 몸을 통제할 수 없는 순간이 오더라. 감정 조절이 내 맘대로 안 되면 특히나. 약을 먹어도 졸음을 못 이기면서 탈작 증세를 보일 때가 종종 있어. 그때 남자애들이 내 몸을 만진다는 걸 알았어."

"개새끼들."

나직이 읊조린 내 욕설에 구설경이 내 옷소매를 가만히 흔들었다. 위로였을까.

"신고해도 소용없었어. 아무도 내 편이 아니니까. 안

했다고 하면 그만이지. 난 왕따니까. 그래서 김선규랑 거래를 했어."

"무슨?"

사거리 신호등 앞에서 그 애가 발걸음을 멈췄다. 바람에 구설경이 들고 있는 약봉지가 요란한 소리를 내며 흔들렸다.

"김선규한테 아무도 날 못 만지게 해 달라고. 대신에 그 대가로 나를 줬어."

의식을 잃고 쓰러졌을 때, 알지도 못하는 여러 놈이 자신을 만지고 몹쓸 짓을 하는 것보다는 단 한 명에게 자신을 맡기는 것이 나았다고 고백하는 그 애의 말에 나는 울컥했다. 슬픈 대사도 없었고 서글픈 표정은 더더군다나 짓지도 않았는데 나만, 내 감정만 신호를 무시하고 성큼 길을 건너고 있었다.

'날 지켜 줘.'

'그래서 내가 얻는 대가는 뭔데?'

중학생이던 그들이 나눴을 대화가 제멋대로 상상되었다. 감정 조절이 되지 않으면 쓰러진다던 그 애가, 분명히 무표정한 얼굴로 차분하게 자기 얘기를 늘어놓았는데 쓰러졌다. 사거리 신호등이 초록색으로 바뀌었지만 나는 길을 건너지 못했다. 예상치 못한 장소에서 나는 구설경을 업었다.

나는 정신 차리라는 말 대신, 그 애를 진심을 다해 업었다. 너무 빠르게 뛰지도, 그렇다고 느리게 걷지도 않았다. 구설경을 둘러업은 손이 그 애 허벅지에 닿지 않도록 두 주먹을 꽉 쥐었다. 대가는 필요 없었다.


내가 사다 준 감기약을 먹고 나은 건지, 아니면 부리 영감에게 받은 용돈 때문인지 엄마는 금방 자리를 털고 일어났다. 자리를 털고 일어나자마자, 엄마가 한 일은 쇼핑이었다. 그리고 쇼핑의 결과는 최악이었다.

"입어. 올겨울 한파가 장난 아니라고 난리더라."

"어디서 났어?"

"그게 뭐가 중요해. 점원이 그러는데 이 패딩이 요즘 고등학생들 사이에서 유행이라더라."

엄마는 내 말을 귀담아 듣지 않았다. 쇼핑백에서 패딩을 꺼내더니, 내 어깨에 걸쳐 주었다. 나는 패딩을 바닥에 내동댕이쳤다. 엄마 벌이로는 고가의 패딩을 사는 게 무리였다. 덜컥 서럽단 생각이 들었다. 몸살을 앓아 가며 우리가 먹지도 않을 김장을 해 가며 부리 영감의 비위를 맞춰 대며 웃고 손찌검까지 당하는 엄마가 불쌍했고 한심했다.

"누가 이딴 거 바란대? 똑바로 살아, 제대로!"

말이 입 밖으로 튀어 나가는 순간, 심했다는 생각이 들었지만 주워 담기 싫었다. 사실이었으니까. 엄마가 내 등짝을 때렸다. 그러나 이런 손찌검쯤은 얼마든지 참을 수 있다. 아픈 건 내 등짝이 아니라 엄마의 말에 상처받은 내 마음이었으니까.

"널 위해서야!"

"그 말도 그만해. 엄마, 그런 말이 나한테 얼마나 잔인한 폭력인지 알아? 엄마가 이혼한 것도 날 위해서였어? 널 위해서가 아니라, 결국엔 너 때문으로 바뀔 말이잖아!"

엄마는 입을 닫았다. 나는 패딩을 밟고 밖으로 나갔다. 아침부터 기분이 엉망이었다. 아버지를 만날 때면 아버지는 내게 종종 이렇게 말했다.

"엄마를 이해해 줘. 나는 이해하지 않아도 상관없는데 엄마는 이해해 줘라. 그냥 삶의 방식이 다른 사람이었어. 내가 잘못한 거지."

가족이라고는 했지만 우리는 다른 사람들이었다. 아버

지의 사랑과 엄마의 사랑이 다르듯, 언젠가 내가 하는 사랑도 같은 모습일 수는 없을 것이다. 그렇게 알면서도 엄마가 부리 영감에게 허우적대는 꼴은 못 보겠다. 부리 영감의 돈이 주는 안락함을 상상하면서 그 자의 모든 것을 참아 내는 게 과연 진짜 삶일까. 자기 몸에 생긴 멍 자국을 감내할 만큼 엄마는 부리 영감을 사랑하는 걸까.

등굣길에 패딩을 입은 아이들이 눈에 띄었다. 백화점 점원의 말대로 아이들은 유행이 한창인 패딩을 교복처럼 입고 있었다. 소매가 닳아 버린 점퍼가 창피하지는 않았지만 추웠다. 저 멀리 교문 앞에서 손을 잡고 걸어가는 구설경과 김선규의 뒷모습이 보였다.

'내 이름이 왜 설경인지 아니? 눈이 오는 날 태어났대, 내가.'

어깨를 자꾸만 움츠리게 되는 아침이었다. 날은 흐렸고 여전히 눈은 내리지 않았다.


점심을 먹고 운동장으로 나가려는데 교실 한구석이 시끄러웠다. 무시하고 뒷문으로 향하는데 구설경이 여자애들에게 둘러싸여 하얗게 질린 얼굴을 한 모습을 보고 말았다. 무리 중 하나가 구설경의 휴대전화를 빼앗았다.

"이 문자메시지는 뭔데, 그럼? 이러고도 네가 꼬리 치는 게 아니야?"

그 애의 휴대전화가 박살이 났다. 그 애가 액정이 깨진 휴대전화를 집으려고 하자, 또 다른 여자애가 구설경의 머리를 후려쳤다.

"너 아픈 것도 뻥 아냐? 일부러 연약한 척하면서 온갖 남자애들 홀려 놓고 갖고 노는 거 아니냐고. 중학교 때 이미 소문이 자자하던데."

구설경은 입을 다물고 휴대전화만 자꾸 주우려고 했다. 그 행동이 여자애들의 화를 돋웠다. 하나둘씩 재수 없다는 소리와 함께 그 애를 툭툭 쳤다. 흥미롭게 구경하던 남자애들도 시큰둥한 반응을 보이더니 모른 체했다. 진우가 내 어깨를 툭 쳤다.

"여자애들이란, 쯧쯧. 도기태, 어서 나가자. 이번에 지면 굴욕이야."

알겠다고 대답했지만 발길이 쉽사리 떨어지지 않았다. 퍽, 소리가 났고 그 애가 쓰러졌다.

'이 새끼는 어디로 간 거야?'

교실을 둘러보는데 앞문으로 김선규가 들어왔다. 나는 김선규에게 고갯짓을 했다. 녀석이 비릿하게 웃었다.

'개새끼!'

나는 한달음에 달려갔다. 김선규에게 외쳤다.

"뭐 해? 안 말려?"

"내가 왜?"

나는 주먹을 틀어쥐었다. 그리고 또박또박 말했다.

"거래했잖아, 구설경 지켜 준다고."

김선규가 제자리에 앉았다. 상관없는 일이라는 듯, 이어폰을 귀에 꽂았다. 나는 녀석의 귓구멍에서 이어폰을 잡아챘다.

"도기태, 너 죽고 싶냐? 오지랖 떨지 마."

"버스에서… 그딴 짓 다 해 놓고 애를 책임 안 져?"

김선규가 내 손에서 이어폰을 다시 빼앗아 갔다. 내 얼굴을 뚫어져라 보며 입을 열었다.

"이용권 거둬 갔어. 나도 이제 쟤가 주는 대가 재미도 없고. 됐냐? 이만 꺼져라."

온몸에 있던 힘이 탁, 풀렸다. 여자애들은 이제 대놓고 그 애에게 욕설과 손찌검을 행했다. 발악이라도 하란 말이야! 소리치고 싶었지만 나는 그러지 않았다. 교실 바닥에 누워 있는 그 애의 얼굴이 너무나 편안해 보였기 때문이었다. 누군가가 쇼하지 말라고 외쳤고 또 다른 누군가는 죽은 거 아니냐는 소리를 했다.

'가증스런 늙은이, 엄마랑 결혼 절대 안 해 줄걸? 이용해 먹는 거라고. 사랑? 엿이나 먹으라고 해.'

엄마에게 쏟아붓던 내 악다구니가 불쑥 가슴을 쳤다.

"비켜, 비키라고!"

나는 허우적대며 여자애들 사이를 파고들었다. 몇몇 아이들이 놀란 눈으로 나를 올려 봤다. 그러거나 말거나 나는 내가 해야 할 일을 똑똑히 알고 있었다. 수군대는 소리 따위가 뭐라고…….

나는 구설경을 또다시 업었다.


보건실 침상에 누운 그 애를 멀거니 바라봤다. 문자메시지가 왔다. 엄마였다.


✉ 미안해, 기태야.


그래도 패딩은 절대 받아 입지 않을 것이다. 나는 답장하지 않았다. 집에 가서 저녁밥을 말끔히 비우면 엄마도 내 마음을 알겠지.

구설경이 정신을 차렸다. 보건 선생이 약은 챙겨 먹었

냐고 확인했다. 그 애는 작게 고개를 끄덕였다. 잠시 누웠다가 갈래, 라고 묻는 보건 선생에게 구설경은 그러겠다고 대답했다. 나는 구설경 곁으로 가 멀찍이 떨어져 앉았다.

"너, 미쳤니?"

다짜고짜 구설경이 나에게 물었다. 등이 땀으로 흠뻑 젖도록 업고 뛴 사람한테 미쳤냐니. 보기보다 강단이 있는 아이였나 헷갈렸다.

"너는 나한테 할 말이 그것밖에 없어?"

"애들이 너한테까지 헛소리할 게 분명해."

설경이 주먹을 꼭 쥐었다. 손톱 끝이 손바닥을 파고들어 가는 게 눈에 보였다. 나는 설경의 손바닥이 점점 붉게 변하는 걸 묵묵히 바라만 봤다. 손바닥에 난 상처가 저거였나.

"야, 구설경. 죽게 생겼는데 참 잘도 내 생각해 준다. 왕따도 모자라서 맞아 죽겠던데? 적극 이용해, 날. 너한테 이용당해 줄 용의, 분명히 있으니까."

보건 선생이 책상에서 일어나더니 창가로 다가섰다.

"어머, 얘들아. 창밖 봐 봐. 눈 온다."

구설경이 기다리던 눈, 눈이 오는 날 태어났다는 구설

경. 창가로 다가가려는데 손 안에 따뜻한 무언가가 들어
왔다. 말랑거리고 부드러운, 그 애의 마음이었다.

"도기태… 네 손, 잡아도 돼?"

나는 대답 대신 그 애의 작은 손을 잡아 주었다. 살면
서 누군가의 손을 잡고 싶을 때가 있는 법이니까.


"도기태! 구신 쓰러졌어."

진우의 외침에 문제집을 풀다 말고 자리에서 일어났
다. 누군가 열부 났다며 키득거렸다. 화장실에 다녀오다
가 쓰러진 모양이다. 몇몇 여자애들이 몰려 있었다. 나는
익숙한 걸음으로 "잠깐만 비켜 줄래?"라고 말하며 구설
경에게 다가선다.

매번 업고 뛰는 것이 점점 더 자연스러워지고 있다. 최
대한 손을 대지 않으려고 주먹을 꽉 쥐고 설경을 업는 것
이 마음에 들었다. 어쩌면 영원히 이 애를 등에 업고 달
리는 게 나의 업보가 아닐까, 생각하는 순간 예전과 다른
온기가 등에 스며든다. 설경이, 구설경이 다정하게 두 뺨
을 내 등 위로 내렸다. 기절이 아니다. 마음을 다해 나에
게 기대고 있는 중이다.

"구설경… 너에게만 줄게. 도기태 이용권."

310

대답 따위는 필요치 않다. 이 세상에서 등을 기댈 한 사람이 있다면 오늘은, 충분하다.

# 우리들의 계절

학교, 집, 도서관, 학원…… 이상하게 계절의 변화를 인식하지 못했던 나날이었다. 계절의 변화를 느끼기에 열여덟의 삶은 빡빡했다.

"다 널 위해서야.", "널 사랑하니까 이런 말을 하는 거야.", "너에게 애정이 없었다면 이런 호통은 치지도 않지."

폭력으로 다가왔던 그 모든 것이 사랑이었다고? 사랑하니까, 로 시작된 수많은 말은 우리의 가슴에 생채기를 내기에 바빴을 뿐이었다.

그때, 그 봄에 모의고사를 포기하고 집으로 돌아가려는데 그 애가 다가왔다.

"업어 줄까?"

계단 난간을 위태롭게 붙들고 선 A에게 손을 내밀었던 그 애. 잊을 수 없는 봄날이었다.

으랏차차, 이송현